U0961711

神级召唤师 2

蝶之灵 / 著

北京时代华文书局

图书在版编目（CIP）数据

神级召唤师．2 / 蝶之灵著．-- 北京：北京时代华文书局，2019.12

ISBN 978-7-5699-3223-2

Ⅰ．①神… Ⅱ．①蝶… Ⅲ．①长篇小说－中国－当代 Ⅳ．① I247.5

中国版本图书馆 CIP 数据核字 (2019) 第 234526 号

神级召唤师．2

Shenji Zhaohuanshi 2

著　　者 | 蝶之灵

出 版 人 | 陈　涛
责任编辑 | 石乃月　王雨沉
特约编辑 | 萨　萨　夜　森
装帧设计 | 樱　瑄
封面绘制 | 雯　雯
责任印制 | 刘　银

出版发行 | 北京时代华文书局 http://www.bjsdsj.com.cn
北京市东城区安定门外大街 136 号皇城国际大厦 A 座 8 楼
邮编：100011　电话：010 - 64267955　64267677　57735443
印　　厂 | 三河市嘉科万达彩色印刷有限公司　0316-3156777
（如发现印装质量问题，请与印刷厂联系调换）
开　　本 | 880mm×1230mm　1/32　　印　　张 | 9　　字　　数 | 265 千字
版　　次 | 2020 年 1 月第 1 版　　印　　次 | 2020 年 1 月第 1 次印刷
书　　号 | ISBN 978-7-5699-3223-2
定　　价 | 36.00 元

版权所有，侵权必究

SHENJI ZHAOHUANSHI Ⅱ

目录

SHENJI ZHAOHUANSHI Ⅱ

CHAPTER 01

师兄弟之情

谢树荣没过多久就认出对面的剑客是他的大师兄苏广漠。很久没有交手，他的斗志被苏广漠激发出来，他也懒得隐藏实力，爽快地跟师兄打了一场。

没想到苏广漠却在最后关头突然停手，迅速后跳离开谢树荣的攻击范围，顺手私聊他道："几年不见，小师弟进步还挺大。"

谢树荣不客气道："谁是你小师弟？不是说让我滚蛋吗？"

苏广漠笑道："几年前吵架的话还记在心上，男子汉大丈夫不要这么小气！"

当年，苏广漠十九岁，谢树荣和俞平生都是十八岁。

俞平生不爱说话，总是默默躲在一边垂着脑袋玩手机，可苏广漠和谢树荣的脾气却一个比一个火爆，两人撸起袖子吵架的画面很长一段时间占据了俞平生的梦境。

——都年少轻狂，都固执己见，都不肯服输。

"一山难容二虎"，苏广漠本来就是个直脾气，再加一个锐气逼人的谢树荣，飞羽战队拿下冠军的那一年，外人看上去是"三剑客齐心协力""师兄弟相处和睦"，可事实上，他们几乎每天都在吵架。

下一场比赛要怎么安排？苏广漠觉得要这样，谢树荣却觉得要那样，两人意见不合就要干架。俞平生不敢拦着，只能默默躲在一旁打电话求助师父。

担任飞羽战队教练的宋阳经常跑来训练室劝架，有时候急了，两个徒弟这边揍一拳、那边踹一脚，宋阳每天都头疼，实在不知道该怎么办。还好谢树荣和苏广漠的争吵大部分都是为战队考虑，战术思路偶有不合，也能在师父宋阳的调节下互相理解，加上两人都性格直率、不爱记仇，往往早上还在吵架，下午就凑到一起看比赛录像，关系好得跟亲兄弟一样。其实，两个人吵吵闹闹的第三赛季，现在回想起来，也是年少时一段珍贵的回忆。

当年的苏广漠、谢树荣都处于年少轻狂的叛逆期，骄傲又暴躁，在一起时无时无刻不拌嘴，只不过他们都没往心里去，也从不记恨对方。直到那一天，他俩的争吵终于到了无法收场的地步。

第三赛季拿下冠军之后，宋阳觉得三个徒弟已经能够撑起飞羽战队，于是他就放心地去做生意，正式退隐并离开了电竞圈。

师父走后，俞平生考虑很久，终于鼓起勇气说出了自己的想法。

他跟师兄比较熟，就偷偷跟苏广漠说了。其实他最喜欢玩的是狂战士，只不过宋队当时想培养三个剑客，俞平生又很内向，不善言辞也不喜欢跟人争辩，就默默地同意了。

这一年多来他懵懵懂懂地跟着师父玩剑客，可他始终觉得自己玩剑客的时候缩手缩脚，思路打不开，在战队也发挥不了太大的作用，所以他想尝试着改玩狂战士。他私下也有偷偷练习，觉得自己玩狂战士比剑客更加得心应手。

不过，他一改职业，也就意味着飞羽战队要重新找个剑客接班，阵容也要从头调整。因此俞平生说出这些话的时候非常忐忑，因为紧张，说起话来有些结结巴巴。

本以为师兄不会答应，不料苏广漠却爽快地拍了拍他的肩膀，说：“好，你想玩什么就玩什么。”

俞平生抬头惊讶地看他，眼中满是感激。

苏广漠对上那双清澈的眼睛，忍不住笑了起来，轻轻揉了揉师弟的脑袋，说：“师父离开了战队，飞羽现在由我做主，以后你想干什么跟我说一声就行，不需要顾虑太多。”

像俞平生这样内向的人，敢鼓足勇气说出这些话，证明他已经考虑了很久。苏广漠有些心疼这个师弟，跟光芒四射、锐气逼人的小师弟谢树荣比起来，俞平生在三剑客当中更像是一个透明人。如今飞羽战队拿下冠军，根基总算站稳，小俞想换自己喜欢的职业玩也未尝不可。

然而让苏广漠没想到的是，谢树荣居然会强烈反对。

“我们三个，是师父亲手培养起来的剑客，师父一走你就换职业，难道这不是对师父的否定吗？”谢树荣盯着俞平生，目光无比锐利，“而且，你一换职业，飞羽战队的整个阵容、战术都要改变，你能不能别这么自私？你考虑过其他的队员吗？考虑过师父的感受吗？”

俞平生本就性格内向，被谢树荣这么一骂，眼眶立刻红了，可又不知道该怎么反驳，只能低下头，手指紧紧地攥在一起，脸色越来越苍白。

苏广漠看见这一幕，顿时怒从心起，沉着脸道：“什么叫他自私没考虑过别人的感受？这就是你跟师兄说话的态度？”

“师兄就可以任性妄为？”谢树荣不客气地反驳道，“师父刚走，你就可以乱来，是吗？想换职业就换职业，想换阵容就换阵容，你不如干脆把飞羽战队的名字也换了！”

“你在胡说八道些什么？”苏广漠忍耐着动手揍人的冲动，沉声说道，“职业选手只有选择自己最喜欢的职业，才能在赛场上真正地发光发热。小俞想换职业自然有他的理由，你不支持他不说，还扯这么多废话，十八岁也算成年了，你说话能不能过一下脑子？”

“我说话不过脑子？是你一直在无脑维护他吧！”

这句话让忍耐了很久的苏广漠彻底爆发，他一把扯住谢树荣的衣领：“你有胆再说一遍！”

“难道我说错了？”谢树荣就像被激怒的小狼狗一样，不客气地回瞪着对方，“俞平生说什么你都会举双手赞同，我说一句你却能骂我十句！我也是你师弟，你偏心是不是偏得太明显了？要是看我不顺眼，你就来点干脆的，反正你是队长，想让我滚出飞羽，你可以直说！”

苏广漠睚眦欲裂，指着门怒道：“行，你现在就给我滚蛋！”

这句话一说出来，三个人都愣住了。

训练室里的气氛非常尴尬，俞平生察觉到不对，赶忙拉住苏广漠的胳膊，轻声说道:“师兄,你们别吵了,我不换职业了行吗?我们还是按以前那样……”

他还没说完,谢树荣便迅速拿起自己的背包,指着苏广漠的鼻子吼道:“是你让我滚的,你别后悔!”

看着十八岁的少年负气离开的背影,苏广漠气得脑仁疼,一脚踹翻了面前的凳子。

俞平生想追出去拦住阿树,可惜小师弟跑得飞快,转眼就没影了。回头去劝苏广漠,却发现他把自己关进卧室里生闷气。俞平生无奈,只能让他们先冷静一下,或许明天就和好了呢?反正他俩也不是第一次吵架,每次吵完了不过一天就能和好。

但俞平生没料到,这会成为苏广漠和谢树荣的最后一次争吵。

十八岁的谢树荣一个人走在深夜的街头,他知道师兄说的是气话,人在生气的时候很容易说出不恰当的话来,只要服个软,再回去就行了。可当时的他心高气傲,在苏广漠说出那样的气话之后,他也拉不下脸再回到飞羽。

他背着包边走边想,最终决定出国。

由于他拿下第三赛季最具潜力新秀大奖,美国 ICE 俱乐部早已私下联系过他,说是 ICE 正好缺玩剑客的人才,如果他愿意,可以去纽约打比赛,俱乐部包吃包住,还有不错的薪资待遇。

谢树荣觉得,反正跟飞羽签的合同快要到期了,与其留在飞羽战队天天跟苏广漠争吵,还不如换个环境,从头开始。

他还没去过美国呢,或许去那边打比赛会更有趣,也可以增长一些见识。于是,十八岁的谢树荣下定决心,孤身一人来到纽约,加入了 ICE 电竞俱乐部。

只是后来,一个人背井离乡,吃着不习惯的食物,听着耳边队友们流利的英语,他才渐渐明白,当年的自己做出的决定实在太过草率,可惜,上天不会给人吃后悔药的机会。

这些年,谢树荣渐渐地长大,考虑问题也比年少时成熟了许多。

——作为一个职业选手,只有选择自己最喜欢的职业,才能在赛场上真正地发光发热。

这是苏广漠当年说过的话。

只是，当时的两人吵红了眼，谢树荣并没有仔细去想这句话的道理，只觉得俞平生是在无理取闹，苏广漠是在无脑维护俞平生。

后来到了美国，见多了赛场上那些优秀的选手，想起当年那个跟在大师兄身后很“透明”的俞平生，谢树荣突然觉得心酸。

俞平生性格内向，总是默默接受别人的安排，很少会发表自己的意见。每当师兄弟两个吵起来的时候，他不知道怎么劝架，只能表情纠结地站在一旁，一张白皙的脸苍白得就像生病了一样。那次两人为了他吵起来，还说他自私不考虑别人，他的心里才是最难受的吧？

事实上，当初谢树荣是因为师父刚离开飞羽战队，心情十分低落，俞平生却在这时候否定师父三剑客的思路，要改玩狂战士，谢树荣一时气不过才跟他们吵了起来。后来仔细想想，如果俞平生最爱的职业是狂战士，那么，他改玩狂战士也是很正确的决定。那样一个孤僻的人，敢说出自己心里的想法其实并不容易，苏广漠作为队长，支持他也是应该的。可惜，十八岁时的自己倔强又骄傲，冲动之下负气离开飞羽，让那次争吵再也没有了挽回的余地。

谢树荣一直心存愧疚，尤其对俞平生，他当年说的那些话其实非常伤人。

这几年他一直在关注着飞羽战队的赛事，他看见了一个跟当年默默无闻的剑客截然相反的狂战士，如今国内神迹联盟最厉害的前排狂战士，正是飞羽战队的副队长俞平生——那个性格冷淡内向、少言寡语，却在赛场上发光发热、势不可当的狂战士俞平生。

正是他，让飞羽战队的前排成了神迹联盟所有战队都不敢轻视的铜墙铁壁。有他在旁保护，苏广漠才能毫无后顾之忧地打出人族剑客最强的攻击连招。

飞羽战队如今依旧跻身于神迹豪门之列，证明苏广漠和俞平生当年的选择并没有错。

谢树荣很为两位师兄欣慰，只是，他不可能再回到飞羽，这跟骄傲无关，而是很多事情，错过了就没有办法再回头。

同样的，苏广漠这几年也一直在关注小师弟的动向。

当年谢树荣负气离开之后，冷静下来的苏广漠立刻依靠人脉关系查谢树荣的下落，知道阿树在美国ICE俱乐部继续打比赛，并且还挺受战队的器重，他也很为小师弟高兴。只是当年的那次争吵，两人都说了许多不该说的话，彻底伤了师兄弟之间的感情。

苏广漠也十分后悔，但他知道，阿树不是小心眼会记仇的人，他后来不回飞羽战队，并不是介意当年的事，而是因为他在ICE俱乐部有了很好的发展。

那些陈年旧事他们并没有耿耿于怀，只是他们之间，都还欠对方一句抱歉。

谢树荣给在旁边围观的“天涯共此时”发去了一条私聊：“当时年纪小，说话不过脑子，你别太介意！其实你玩狂战士挺厉害的，我当年一根筋只想守着师父的三剑客，忽略了你的感受，真的很抱歉。”虽然没交手、也没说话，但他知道这个人肯定就是俞平生。

苏广漠走到哪都要带着俞平生，谢树荣后来才明白原因——俞平生有心理问题，人际交流障碍，不会跟人打交道。苏广漠是怕他一个人待着会得抑郁症才经常把他带在身边，护他已经护成了习惯。

这条消息发出去的同时，谢树荣这边也收到了一条苏广漠的私聊：“师兄当年正在气头上，叫你滚蛋明显就是气话，你这笨蛋怎么就真的滚蛋了？还滚去美国那么远。”

看到这熟悉的语气，谢树荣不由骂道：“这就是你道歉的态度吗？道歉都这么跩？”

“好了好了，是师兄的错！”想起当年小小年纪天天在战队干架的往事，苏广漠也不由笑了起来，“小时候的事咱都别计较了。我知道你这几年一直在ICE俱乐部打比赛，明年神迹就要举办世界大赛，你毕竟是中国人，不可能代表美国出战，还是回国吧，这里才是你的家乡。”

“那当然，我正打算回国大干一场。”谢树荣信心满满地回复。

“如果你想回飞羽的话，我跟你俞师兄随时欢迎你。”苏广漠的邀请也很有诚意。

“回去又要跟你吵，俞师兄又该头疼得睡不着觉了。”谢树荣微微笑了笑，打字说道，“还是算了吧，我已经联系好了队伍。”

苏广漠对此并不意外，其实他也猜到了阿树不会再回飞羽。当初的三剑客早就成了传说，俞平生如今都不玩剑客了，这个世界本就没有回头路，很多事情既然已经错过，那就让它错过吧，强行挽回也不一定会得到好的结果。不过，听他这么说，苏广漠倒是好奇起来：“你联系的哪家战队？”

“目前还不方便透露。”谢树荣给他卖了个关子，“等我回来你就知道了。”

“还卖关子啊？”苏广漠笑着说，“行吧，反正总有一天会真相大白。”

刚聊到这里，谢树荣的左下角又弹出来一条私聊小字，是俞平生发来的——

“没关系，我不介意。你这几年成长很快，我跟师兄都很欣慰。”

有交流障碍的家伙，过了这么久才回复，一句话估计是苦思冥想憋了好半天才憋出来的。

可谢树荣却觉得心头一暖。

第三赛季的神迹联盟，三剑客并肩携手将飞羽战队送上冠军宝座。三年后的神迹联盟，只剩下人皇苏广漠、狂战士俞平生，还有即将重归故里的沧澜战队选手谢树荣。

他们三兄弟的关系其实很好，苏广漠是把谢树荣当作亲弟弟，才会口无遮拦地直接骂他。只是，年少时锋芒毕露的两人，用身上尖锐的刺狠狠地刺伤过彼此，也刺伤过俞平生。

当初的少年倔强又鲁莽，就像笨拙的刺猬一样，用伤害别人的方式来证明自己的强大。

但如今，他们都已经真正强大了起来。

三剑客的消亡，其实正是三个少年长大成熟的标志。

他们证明自己的方式，将会在神迹职业联赛最大的赛场上出现。

苏广漠跟小师弟聊了几句，紧跟着又给吃货小分队的爱吃红烧鱼发去一个切磋邀请。据飞羽的会长说，这位精灵族召唤师特别厉害，或许这个人正是阿树的队友，他想试试爱吃红烧鱼的水平到底如何。

然而系统却弹出来一条提示：**［爱吃红烧鱼］拒绝了你的请求。**

苏广漠私聊问道："拒绝干吗？切磋试试？"

切磋试试你不就试出我是谁了？还是保持神秘感比较好。李沧雨这么想着，果断地回复他道："还是不试了吧，我不想打击你的自信心。"

你说话这么跩，不怕闪到舌头？苏广漠忍耐着直接开屠杀的冲动，又给旁边的黑魔法师发去一条切磋邀请。结果系统又是一条提示：**［清蒸鲈鱼］拒绝了你的请求。**

苏广漠疑惑地私聊他："怎么？切磋一下都不行？"

清蒸鲈鱼回复道："还是免了吧，我不想打击你的自信心。"

苏广漠："……"

你们俩是穿着一条裤子吗？说话都一模一样，这是提前商量好的吧？苏广漠被这两人给气笑了，忍不住回头对俞平生说："一个爱吃红烧鱼，一个清蒸鲈鱼，这两人还挺有意思，居然说不想打击我的自信心？看来，阿树的这个新队伍不简单啊！"

"阿树加入了新队伍吗？"俞平生问道。

"嗯。这小子倒挺有想法，就是不知道他这次找的队友可不可靠。"

"以阿树的眼光，应该不会差吧？"俞平生认真地说。

苏广漠也相信谢树荣不会随便加入一支战队，他的水平放在国内任何一支豪门强队都会稳占主力大将的地位，只不过目前国内的八支强队风格已经趋于固定，谢树荣的打法最好融入的其实是飞羽战队，他不想回飞羽，去其他的队伍又不太合适，干脆洗牌重来，倒也不失为一种好的选择。

苏广漠并不想勉强挽回小师弟，毕竟现在的谢树荣已经长大，也有了自己的想法，过去的事情就留在心里当回忆吧。想到这里，苏广漠便私聊谢树荣道："等回国的时候告诉师兄一声，师兄请你吃饭。"

“嗯，我们队里有大神，你先做好心理准备，到时候别把眼珠子吓掉了。”

“哪位大神？”苏广漠好奇地问。

“不告诉你！”谢树荣笑着说。

吊人胃口说一半，这家伙绝对是故意的！既然他不乐意说，苏广漠也就不再追问，反正谢树荣的队伍总有公开亮相的一天。

苏广漠和谢树荣聊天的时候，俞平生一直像幽灵一样安安静静地坐在旁边盯着电脑屏幕，他总是这样没什么存在感，别人不跟他说话，他就乖乖地坐着，透明得像是一团空气。不过，看到这里，他却突然开口说道：“会不会是李沧雨？”

苏广漠愣了一下，瞬间回过神来。

对了，李沧雨！怎么就没想到这一点呢？

精灵族召唤师最强的大神，就是老猫李沧雨。

谢树荣既然说队伍里有大神，他身边的这位精灵族召唤师肯定不弱，加上前不久沧澜战队解散的消息被程唯转发后也传遍了神迹联盟，队长老猫如今正是下落不明的状态……

“难道猫神也要回来？”苏广漠惊讶地回头看师弟，对上俞平生清澈明亮的眼眸。俞平生认真地说：“精灵族的召唤师，猫神是最强的。”

“那倒是。”苏广漠若有所思，“如果真是这样，阿树的队伍可就厉害了。”

俞平生问道：“你说凌队知道这事吗？”

苏广漠道：“我们都知道，那凌雪枫肯定早就知道了，他跟猫神关系最好。”

俞平生点了点头，表示赞同。

苏广漠给爱吃红烧鱼发去一条消息：“电脑那边是猫神吧？”

李沧雨严肃地回：“猫神是谁啊？”

苏广漠笑道：“别装了，你的 ID 已经出卖了你。”

李沧雨：“……”

说起“猫神爱吃鱼”这件事，其实还有一个老选手们都知道的典故。

第一赛季的时候，李沧雨凭借极强的个人能力在神迹联盟迅速打响了名气，位居精灵族选手首位，跟魔族选手凌雪枫、人族选手宋阳、神族选手徐落和血族选手莫权并称为五神，是五个种族的代表选手。

虽然 FTD 战队第一赛季没打进季后赛，可猫神的个人能力已经得到了神迹联盟的广泛认可。

第二赛季的开幕式结束之后，神迹联盟主席南建刚在主办城市上海组织了一次晚宴，那时候飞羽的队长还是宋阳，苏广漠和俞平生是刚刚出道的新秀，跟着师父一起参加了这次晚宴。

南主席豪爽地在酒店三楼包了个大厅，摆了几十桌，请了所有的参赛选手。苏广漠和俞平生很自觉地跟新人们坐一桌，凌雪枫、李沧雨、宋阳这些第一赛季出道的老选手们正好坐在隔壁。大家一边聊天，一边吃饭，气氛倒也其乐融融。

后来服务员端上来一盘红烧鱼，苏广漠他们这桌大部分人都吃饱了，又没人爱吃鱼，随便扒拉两下就把鱼放在一边，结果，凌雪枫突然回头问道：“这鱼你们不吃了吗？”

一群新人对凌队十分敬畏，赶忙说道：“我们不吃了！”

“那给我吧。”凌雪枫说。

然后，众人就见凌雪枫面无表情地把一盘鱼端了过去，放在一个人的面前。

那个人长得很帅，留着一头干练的短发，一双眼睛炯炯有神。此时他正在埋头认真地吃鱼，对旁边徐落、宋阳等人的谈话完全充耳不闻，好像那条鱼就是他的整个世界。

他吃鱼的技术绝对一流，把鱼吃得干干净净，居然能剩下完整的鱼骨。

吃完之后，他似乎意犹未尽，拿起纸巾擦了擦嘴巴，刚一抬头，发现凌雪枫又递来一盘鱼，他愣了一下，然后朝凌雪枫笑了笑，拍拍凌雪枫的肩膀表示感谢，接着继续埋头吃鱼。

更让人震惊的是，刚才面无表情的凌队，在对上那个人的笑容时，也轻轻微笑了一下。那笑容很淡，若不是苏广漠正好看向他的方向，几乎不能察觉。

被端走鱼的新人们呆呆地看着隔壁桌那位帅哥迅速解决掉第二盘鱼，都露出十分佩服的表情。

过了一会儿，宋阳叫新人们去隔壁桌敬酒，还主动介绍道：“苏广漠，ID 苍狼，俞平生，ID 一蓑烟雨，这两个都是我的徒弟，这赛季带他们上场，请大家多关照。”

刚才吃鱼的那位帅哥爽朗一笑，站起来把红酒干了，拍拍苏广漠的肩说：“新人加油，跟着你们师父多学学，将来肯定会有出息。”

宋阳介绍道：“这位是 FTD 的队长猫神。”

苏广漠立刻礼貌地笑道：“谢谢猫神。”

不同于李沧雨的直率，凌雪枫从出道开始就是一副很严肃的样子，新人来敬酒他也不多话，只是站起来干脆地跟苏广漠等人碰了碰杯。

回头见李沧雨又自觉地倒满了酒，凌雪枫便低声说道：“你别喝醉了。”

李沧雨道：“今天高兴，正好多喝一点，喝醉了你背我回去。”

凌雪枫：“好吧。”

这两人说话时的那种亲密无间，跟旁人似乎略有不同。

后来苏广漠才知道，他俩是在网游里认识的，相对于他赛场上认识的对手们而言，凌李两人之间自然多了一份年少时在网游里的纯粹交情。

也是从那天开始，联盟所有人都知道李沧雨爱吃鱼——他吃掉自己桌的一盘鱼和凌雪枫端过去的一盘鱼之后，见隔壁桌还剩了半盘，又拿过去吃掉……

能把鱼当成是主食，连吃三盘，也是够厉害的！

苏广漠之前看过不少猫神打比赛的视频，那是他第一次近距离接触猫神，没想到在赛场上快速游走、行动如风的精灵族召唤师大神，居然是个酷爱吃鱼的吃货！

猫神爱吃鱼的事情很快就传遍了联盟，当年那些跟他比较熟的选手，在群里还经常拿这件事开玩笑。

“猫神，明天比赛让我 10% 的血，给你两条红烧鱼怎么样？”

“猫神，你放空一个大招我就给你买一盘糖醋鱼！”

“猫神，能不能让我死得痛快点？我给你邮寄一盘西湖醋鱼。”

……

回想起那些往事，苏广漠嘴角的笑容不由得渐渐扩大。

虽然前三个赛季神迹联盟的制度不够完善，可联盟的气氛却比现在要好得多，很多选手闲下来就在群里面聊天八卦，有些对手私底下甚至成了很好的朋友。

不像现在，战队之间竞争太强，职业选手压力过大，以致大部分时间大家都在训练和研究战术，不同战队的选手之间交流越来越少。

没想到，那只爱吃鱼的猫也要重回神迹，这下，神迹联盟是要彻底地热闹起来了！

“猫神口味还是没变啊？一直爱吃红烧鱼。”苏广漠私聊他道。

李沧雨见瞒不过去，只好承认下来：“其他的鱼我也爱吃！”

苏广漠笑着正回话题：“这次回神迹是要重新组队吧？看来信心满满。”

“那是自然。”

“队友找齐了？”

“差得远呢。”李沧雨顿了顿，问道，“对了，你师父宋阳在哪？好久没联系了。”

“第二赛季结束之后他就彻底离开联盟了，目前在做餐饮方面的生意。”

李沧雨很好奇：“餐饮？开的是什么美食店？”

苏广漠道：“似乎是烤鱼店。”

李沧雨立刻感兴趣起来：“烤鱼？在哪？我去吃的话能打折吗？”

苏广漠：“猫神，咱们是不是该讨论一下你回神迹的问题，怎么绕来绕去又绕回到鱼了？”

几年过去，这男人还是本性不改！

苏广漠突然觉得，猫神有时候也挺好玩的，在赛场上气势汹汹，虐人虐得毫不手软，很多选手跟他对局的时候都会有种被碾压的挫败感，可一旦打完比赛，他就到处找鱼吃，谁给他推荐好吃的鱼他就把谁当哥们——他跟凌雪枫关系那么好，绝对是凌雪枫经常在聚会的时候给他拿鱼吃的缘故吧？

再聊下去肚子要饿了，苏广漠只好换了个话题："阿树也在你的队伍里？"

"嗯，正巧在新区遇见他。"

"既然是猫神亲自带队，阿树跟着你我也放心，等你们回来再聚吧。"苏广漠说道，"我师父的店在昆明，有机会一起过来，我带你们去找他。"

"好的，到时候见！"

"嗯，你们加油。"

对话在这里就结束了，苏广漠也很干脆地退出了游戏。

李沧雨的水平自然不用多说，当年的五神之一，哪怕过了几年状态略有不佳，可是以他出色的水平，虐虐联盟经验不足的新一代选手还是很轻松的。谢树荣作为宋阳的关门弟子天分也不差。如果没猜错的话，李沧雨身边那个治疗很可能就是他的老搭档白轩——光是这三人的联手就让人不敢小觑，更何况，他的队伍里或许还有其他强大的队友。

这样一支队伍回到神迹联盟，肯定会对目前的八支豪门战队造成强烈的冲击。

苏广漠对此却不担心。

他回头看了俞平生一眼，发现师弟的表情一直没什么变化，哪怕知道对方是猫神，他的情绪也没有多大的起伏，一双乌黑清澈的眼睛始终平静无波。

俞平生就是这样的一个人，性格内向，不善言辞，表面看上去安静得如同死水，可一旦到了赛场，他爆发起来，却是足以焚烧一切的烈火！

——狂战士，以沉重的斧头作为武器，是所有职业当中最暴力的。

当年那个跟在师兄后面的小剑客，如今已经成长为神迹职业联盟第一狂战士，顶在前排强悍地保护着队友。而当初那个做事冲动、不成熟的少年队长，如今也成了神迹联盟备受敬仰的人族皇者。

苏广漠、俞平生，两人携手接好了师父宋阳的班，带起了新一代的飞羽战队。现在的飞羽，实力稳居神迹联盟一流水准，苏广漠对自己、对俞平生、对整个战队都很有信心。

——真正的强者，从来不会惧怕强大的对手，反而会期待与更强的对手交锋。

——所以，他很期待老猫跟小师弟一起组队归来！

CHAPTER 02

章决明

等苏广漠下线之后，李沧雨立刻加了队里的白魔法师为好友。

他已经能确定队伍里的“觉醒的魔法师”就是章决明。苏广漠和谢树荣PK的时候，两人水平如何明眼人都看得出来，但这位魔法师却什么都没说，甚至没表现出一丝一毫的好奇心，显然是见惯了大场面、沉得住气的人。要是换成一般的代练，绝不会如此淡定。

对方通过了好友申请，李沧雨便私聊他问道：“老章，刚才那个叫‘海上生明月’的剑客打法非常老辣，跟飞羽战队第一任队长宋阳有点像，我觉得他很可能是宋阳的大徒弟苏广漠，你觉得呢？”

对方假装不知情，回道：“宋阳？苏广漠？这都是谁啊？”

说完之后，他突然发现自己掉进了猫神的语言圈套里——这不就承认自己是老章了吗？！

果然，李沧雨回道：“你怎么不问老章是谁啊？章决明。”

被扒掉马甲的章决明一脸郁闷：“老猫你这钓鱼的水平真是越来越高了啊！”

李沧雨笑道：“你早就认出我跟白轩了，对吧？还在这儿装。”

章决明摸了摸鼻子：“咳，这不是不好意思跟你们打招呼嘛！”

“因为你去当代练的缘故？”

“我是代练老板，章老板。”章决明纠正道。

“那章老板有没有兴趣回去打比赛呢？”李沧雨认真地说，“我跟白轩要组队回神迹，现在很缺队友，就等着你仗义相助。”

“我都二十六岁了啊！”章决明尴尬地说，“这个年纪回去吓人不太好吧？”

章决明跟时光老队长徐落、飞羽老队长宋阳是同龄人。

第一赛季，徐落带领时光战队拿下冠军的时候只有二十岁，称得上年轻有为，然而，同样二十岁的章决明所带领的朔月战队却跟李沧雨的 FTD 战队一样悲剧，连季后赛都没打进去。更悲剧的是，他的几个队友不像李沧雨的哥们儿那样意志坚定、百折不挠，也没有白轩这样始终支持自己的副队长，可以说，比起还有兄弟陪伴的李沧雨，他更像是孤军奋战。

朔月在第一赛季结束后解散，他也想过去别的队伍，可惜，他研究出来的白魔法辅助打法太过偏门，一时间也找不到队伍接纳他，章决明只好带着遗憾离开了神迹。

这些年他的心中确实万分不甘，可随着时间的推移，他也渐渐地明白了，神迹联盟那些出类拔萃的大神除了靠自身的天分和实力之外，很多时候还要靠机遇。

他在最好的年华错过了那份机遇，之后想要重来，却因为年纪渐渐地大了，更难找到队伍愿意接纳他。于是，这份不甘就渐渐埋在了心底。

如今二十六岁的年纪，放在电竞圈可以算是古董级选手。跟他同龄的宋阳，在第二赛季结束后退役当了教练，第三赛季带出徒弟三剑客后彻底离开了联盟，徐落则坚持到第四赛季带出谭时天后退役……

如今已是第六赛季，神迹联盟早已变成新一代选手的天下，宋队和徐队的徒弟们成了战队的顶梁柱，老队长们也早已退隐江湖。

小顾叫他“大叔”确实没有叫错，跟那些十七八岁在赛场上发光发热的少年们相比，他确实是大叔，回去的话或许还会拖队友的后腿。

想到这里，章决明眼中闪过一丝失落，却很快调整好表情，笑着说：“谢谢猫神看得起我，不过，我现在当代练也蛮好的，工作室的收入其实还可以。”

李沧雨问道：“你的代练工作室叫什么？是在北京吗？”

“北京房租太贵了，我目前在长沙，工作室叫极速，猫神有生意可以介绍介绍啊！”章决明道。

“长沙？那正巧，周末我来找你，我们当面说吧。”李沧雨道。

“哈哈，猫神你别开玩笑了，你不是在国外吗？”

李沧雨说：“我可以飞回来。”

章决明本以为猫神在开玩笑，哪能随随便便就从国外飞回来的？没想到，周六一大早，章决明刚打开门，就看见一个帅气的男人提着一个小背包站在门口，冲他露出明朗的笑容，伸出手说：“我是老猫李沧雨，还认得吗？”

章决明差点滑倒：“你真来了？”

面前的男人比起记忆中那个十八岁的少年成熟了许多，身上多了几分历经沧桑后的沉稳，也比以前的少年更有气势。高大修长的身材，加上俊朗的容貌和直率坦诚的性格，微微一笑，魅力十足！

章决明打量了他一眼，问道：“你不会是刚从机场过来的吧？”

李沧雨道：“没错。”

章决明无话可说。

都说猫神办事雷厉风行，可这直接从国外飞过来，是不是太雷厉风行了一点？

“咳，先进来坐吧。”章决明回过神，把李沧雨请进了工作室。

第一赛季结束后离开联盟，章决明仔细考虑了一下自己的出路，最终决定来到亲戚家这边发展，长沙的生活压力没有北京那么大，他在长沙郊区租了一处面积很大的公寓，开了个代练工作室，卧室里的高低床供代练们睡觉，客厅则改成工作间，里面并排放着十几台电脑。

电脑前有几个年轻人正在快速地敲击着键盘，显然是在忙生意。游戏代练，其实比职业选手还要辛苦，职业选手虽然一天到晚都在训练，可打完比赛后总有休息的时间，而且赢了比赛还有大量奖金，赛季结束也有休假期。代练就不一样了，什么时候有生意，就要通宵忙碌，赚的钱也不多……

章决明把李沧雨带到自己的办公室，这是一个面积不足十平方米的小书房，里面只摆着桌子、电脑和书柜，虽然章决明是工作室老板，有独立的房间，可这里看上去依旧十分简陋。

“咳，屋里有些乱，随便坐吧。”章决明转身去给李沧雨倒水。

李沧雨看着他弯腰倒水的背影，忍不住有些心酸——第一赛季的章决明，也跟其他战队的队长一样眼中充满光彩，只可惜，当年的朔月战队解散得非常突然，李沧雨想找他的时候他已经失踪了。

这个人跟自己一样机遇不好，在联盟前三个赛季强队百出的时代，他们没能组到一支强大的队伍，他们所带领的“小透明战队”，就像是混杂在一堆珍珠当中的微不足道的沙粒。

但李沧雨坚信，从现在开始，这颗沙粒，终将洗尽铅华，变成神迹联盟最璀璨的明珠。

“我亲自过来找你，是为了表示我的诚意。”见章决明转身，李沧雨便看着他的眼睛认真说道，“老章，加入我的队伍吧。虽然宋队、徐队那些跟你同龄的选手都已经退役了，但他们玩的是输出，你玩辅助的话并不需要太高的手速，我相信，以你的意识，也绝对能克服手速下降的问题。”

听到这话，章决明的心里忍不住有些感动。大老远跑回国，就为了说服自己这样一位过气的选手加入队伍，李沧雨的诚意明明白白地摆在眼前，这样一位队长，也确实值得人去信任和追随。

“老猫你这……实在是让我受宠若惊啊！”章决明笑着挠了挠后脑勺，“我当年玩白魔法师，其实玩得也不是很好，你如果真想回神迹，可以找一个更优秀的辅助，现在是通灵师辅助的天下吧？”

“通灵师辅助确实有他的优势，但白魔法师做辅助也不会差到哪里去。我不是一时冲动,而是经过仔细的考虑才做出这个决定。”李沧雨的态度非常坚定。

“这……白魔法师辅助能强得过通灵师？”章决明不禁有些怀疑。目前联盟的很多职业战队，要么不用辅助，要么就选择通灵师，纯辅助职业确实是通灵师的天下，白魔法师辅助早就过气了。

“要看队友的具体配置。”李沧雨笑了笑，很自信地说，“老章，我真没跟你开玩笑，目前，我们队伍已经有了治疗白轩、三剑客之一的谢树荣、龙吟训练营出来的种子选手顾思明，加上我的召唤师——前排、近战、治疗、远程都全了，刚好缺辅助。你的加入，对我们来说绝对是如虎添翼。”

章决明沉默下来。

“你跟我一样，都是没拿过奖杯的人，你就不想试试捧着奖杯的滋味吗？”李沧雨问道。

当然想，做梦都想！这么多年了，他的不甘心，只有他自己最清楚。

章决明唇角微微抽动，不知道该说些什么。

“我们俩年纪都不小了，这或许是你最后一次机会。”李沧雨道，“你考虑考虑吧。”

“不用考虑了！”章决明下定决心，摆了摆手，爽快地说，“就冲你大老远飞回来，这么诚心实意地请我加入，我就认你这个队长了！让我打替补都行，随便你安排！”

老章还是像当年那样热情豪爽，血性男儿办事就是这么利索。李沧雨高兴地站了起来：“那就这样，工作室这边你先安排一下，如果方便的话，跟我一起去俱乐部报个到，顺便把合同签了？”

“俱乐部在哪？”章决明疑惑地问。

“长沙，龙吟俱乐部。”李沧雨说。

“啊？”章决明睁大眼睛，“你签到龙吟了？”

他在长沙待了好几年，对本地的龙吟俱乐部自然很熟悉。龙吟俱乐部实力很强，这几年发展极为迅猛，没想到猫神已经找好了东家，这个男人办事果然可靠。

“嗯。我这次过来除了说服你加入战队之外，正好也要去俱乐部一趟，跟经理商量一下组队的细节。”李沧雨说道，“你要是方便的话，不如跟我一起去吧？”

章决明激动地说：“方便！当然方便！”

两人说走就走，章决明回头找来钥匙和手机，便带着李沧雨出门。

有代练员工见他换衣服出门，疑惑地问道：“老板，你要出去吗？”

章决明哈哈笑道：“是啊，老板去拿个奖杯回来！等我杀回神迹联盟大赚一笔，就把咱们工作室升级为正规的代练公司！再给你们加薪！”

然后，他就在一群人“看疯子”一样的眼神中，跟着李沧雨出了门。

代练工作室的众人在心里默默吐槽——章大叔果然病得不轻！满嘴扯胡话，这是要放弃治疗了吗？

李沧雨和章决明一起打车来到了龙吟俱乐部的所在地。他本来不想这么早回国，可凑巧章决明就在长沙，加上最近组队的进度出人意料地顺利，他才决定回国一趟，也顺便跟刘川商量一下接下来的细节。

俱乐部的总部位于长沙郊区的一座大型写字楼里，两人一进门，就看见了一行用毛笔写就的潇洒又飘逸的草书大字——龙吟电子竞技俱乐部。

那字体龙飞凤舞，颇有大家风范，据说是刘川当年建队的时候亲自写下来的。

大字挂在前台，旁边还有龙吟俱乐部的龙图腾标志，宽敞明亮的大厅看起来非常气派。

龙吟的经理刘川其实是个富二代，他母亲是国内知名商人，家产过亿，但让人佩服的是，他并没有依靠家族的资金支持，而是靠自己的能力赚下一笔钱作为启动资金，亲手创建了这家俱乐部。

龙吟俱乐部在短短几年内发展得极为迅速，人气节节攀升，广告、代言、赞助不断，财源滚滚而来，俱乐部如今的装修看上去也非常“高大上”。

刘川退役后把队长的位子交给了吴泽文，现在他只管战队的经营，并且兼任中国区电竞联盟的常务理事，也一直在关注着国内国际电竞圈的动向——他向来目光长远。所以，神迹这边一传出世界大赛的消息，他就立刻做好了进军神迹的准备，趁着这个机会，正好能扩大龙吟俱乐部的规模。

沧澜战队恰在此时宣布解散，李沧雨的加入，对刘川来说简直就是一场及时雨——没有任何人的带队能力会强过神迹出来的猫神。

两人的合作非常愉快，刘川很信任地把神迹分队全权交给李沧雨来负责，李沧雨没什么事也不去打扰他，这次回来，主要是谢树荣和章决明的合约问题以及战队的发展规划，他想跟刘川好好地谈一谈。

李沧雨到达俱乐部的时候门正好开着，一路走到最里间的经理办公室，敲了敲门，就听里面传来一个声音："进来！"

开门一看，宽敞的办公室中间摆着一张很大的办公桌，桌上是高端台式电脑，旁边有柔软的真皮沙发和茶几，显然是接待客人用的。右手边是占据一面墙的大书柜，里面并没有太多书籍，反而摆放着一盒又一盒整理好的资料，旁边的架子上整齐地放着几百张刻录好的光盘。

坐在办公桌前的男人看上去很年轻，穿着简单的短袖衬衫和休闲裤，面带笑容，一副轻松随意的模样。他的旁边站着一个戴眼镜的男人，两人正在讨论着什么，那人的长相斯斯文文的，雪白衬衫和修身长裤衬托出匀称的身材，只不过，他身上浓浓的书卷气不像是电竞选手，反倒像是搞科研的专家。

章决明对龙吟俱乐部的这两位大神也早有耳闻，坐在办公桌前的那位一看就是龙吟的经理刘川，而这位"学术派"选手应该就是龙吟在武林分部的现任队长吴泽文，电竞圈里出了名的学霸。

"两位坐。"刘川见李沧雨带人进来，立刻站起来把他们带到沙发上坐下，问道，"猫神，这位就是你跟我提过的章决明吗？"

"嗯，他已经答应加入战队，我顺便把他带过来签一下合同。"李沧雨解释道。

章决明主动伸出手："老板好。"

刘川笑着跟他握了握手，说："你的情况猫神大致跟我说了，我对老选手向来很敬重，你回来帮猫神肯定不会后悔，再给自己一次机会吧，这次我们直接冲着冠军去！"

章决明哈哈笑道："我也是这么想的！"

"泽文，你把合同拿一下。"刘川看向身旁的男人。

吴泽文立刻手脚麻利地找出合同交到章决明的手里，推了推眼镜，认真说道："这是昨晚刚拟定的，你看一下，哪些条件不满意可以再跟老板谈。"

章决明仔细翻了翻合同，发现龙吟给他的待遇还真不错。

这薪水，比他平时当代练要高上两倍还多，而且选手除了固定的底薪之外，还有额外的分成收入，包括赛事奖金分成、战队广告代言和比赛门票分成，甚至还有周边利润和节目直播平台的分成。这样的条件，还挑三拣四的话那就太不识趣了。

章决明把合同递了回去，干脆地道："没什么问题，条件比我想的还要好很多啊！"

"没问题的话咱们先把合同签一下？"刘川道。

"好！"章决明拿起笔，三下两下就在合同上签下了自己的名字，字如其人，也是典型的豪放派风格。

刘川对章决明很有好感，比起那些心里藏着事儿背后搞小动作的人来说，这种脾气直率、性格豪爽的男人最好相处。既然是猫神亲自推荐的选手，这人的水平怎么样刘川也懒得追问——他相信猫神的眼光。

合同签好后，刘川便让两人在沙发上坐下。吴泽文自觉地倒来两杯水放在茶几上，并且给两人各自发了一本厚厚的资料册子。

"这是？"李沧雨疑惑地翻开册子。

刘川微笑着解释道："泽文这几天正好闲着，帮忙整理了一下神迹联盟甲级联赛八强战队的资料，你们先看一下。"

龙吟战队的队长吴泽文理科出身，对数据的整理归纳颇有心得，李沧雨以前在武林联盟打比赛的时候就跟吴泽文有过很多次接触，对他整理分析数据的能力极为佩服。如今他们同在一家俱乐部旗下，又因为在不同联盟打比赛，相互之间并没有利益冲突，这样的资源共享方式对李沧雨来说绝对是极大的助力。

果然，学霸整理的资料就是不一样，非常详细地写明了神迹联盟本赛季所有甲级联赛八强战队的选手数据，通过一些直观的数据，可以看出很多选手目前的状态。

李沧雨大致扫了一眼——第六赛季神迹联盟所有选手当中表现最稳定的是凌雪枫，紧随其后的是苏广漠和谭时天，这三人也是如今神迹联盟人气呈"三足鼎立"之势的三大强队的队长。

三位大神排在第一梯队，第二梯队的选手实力其实并不比他们弱多少。比如风色的副队长颜瑞文就是联盟最强的黑魔法师，飞羽的副队俞平生是最强的狂战士，还有时光副队长程唯、清沐的队长朱清越、鬼灵战队的楼张组合、红狐的女队长柳湘，等等……这些选手单独拿出来，都可与凌、苏、谭这三人一战。

神迹联盟高手如云，这也说明如今甲级联赛的整体实力比起当年的第一赛季提高了不少。李沧雨虽然很有信心，但回归神迹后要面对这么多强大的对手，他肩上的压力其实并不小。

仔细看了一遍资料，李沧雨这才抬头说道："凌雪枫和苏广漠都是打了几年比赛的老选手，但谭时天上个赛季刚刚接任队长，表现好得出人意料，看来徐队选接班人的眼光很不错。"

"谭时天这个人我也去了解过，华夏俱乐部训练营里出来的天才，徐落退役后接任时光队长，算是神迹新一代选手中最有实力的一个。而且，上周风色和时光的比赛我也看了，小程唯有些发挥失常，谭时天倒是很能沉得住气。"刘川认真地点评道。

"确实是后生可畏。"李沧雨叹道，"我当年离开神迹的时候，时光战队的队长还是徐落，徐队退役后时光的成绩没有受到丝毫影响，足以证明新队长谭时天也同样出色。"

"如果我们杀回神迹，那风色、飞羽和时光就是最难啃的硬骨头了吧？"章决明道。

"这三支队伍整体实力最强，但其他战队也不弱。"李沧雨认真地分析道，"甲级联赛的八支豪门站队，风色靠的是召唤师双控和黑魔法叠加打法，时光靠白魔法控制和精灵弓手远程输出，飞羽是近战剑客的压制打法，清沐走偏门的通灵师幻术流打法，鬼灵战队的楼张组合是联盟头号杀手，猎豹是陷阱流打法，红狐靠白魔法控制和陷阱相结合，终结者则靠黑白魔法来配合，这些队伍，可以说是各有特色。"

李沧雨简单的几句话，就点明了联盟八支战队的阵容核心，可见他也是下了一番苦功。

刘川赞赏地看向他："那猫神有什么想法？"

"目前我们的队伍里，圣骑士、剑客、治疗、召唤师、白魔法辅助，已经有了五位确定的选手，我想再找一个黑魔法师、一个刺客和一个猎人。"李沧雨详细解释道，"刚开始组队的时候，我没想到能在新区遇见谢树荣，他现在的实力并不输于他的师兄苏广漠，也是他的加入让我改变了想法。小顾是从龙吟训练营出来的选手，天分非常突出，再培养一段时间就可以跟上阿树的节奏，他们俩联手，我们队伍的前排就能得到保障。阿树最大的特色是快攻，这样我们队伍的前排可以走快攻路线。"

"这不错，强势的进攻其实也是一种防御。"刘川赞同道，"后排的话，有你和白轩这对老搭档，队伍的生存能力和输出能力自然也能得到保证。"

"没错。"李沧雨对此十分自信，"老章的白魔法辅助在激烈对战的时候可以给团队提供极大的帮助，如果用在关键时刻，我们的输出会翻倍叠加，再找输出就太浪费了。剩下的队员，我找刺客、猎人和黑魔法师，就可以根据不同的对手，将他们放在机动的位置上。"

章决明越听越是惊叹——猫神的战术素养真是名不虚传。

还没开始打联赛，他就连队伍的阵容配置都想好了，果然深谋远虑。

如他所说，谢树荣和小顾的近战前排，猫神和白副队的远程后排，队伍的防御能力、生存能力、输出能力都能得到最基本的保障，找机动性更强的猎人和刺客，对团队的作用会更大，而黑魔法应该是猫神留着克制时光和红狐的白魔法的吧？

他的考虑太周全，想出的队友职业配置应付神迹联盟甲级联赛的八支强队都能选出一套针对性的方案来，而且还都有胜算，不至于被某支战队阵容碾压。

——跟着这样的队长，自己可真是明智！章决明激动地握紧了拳头。

刘川既然把神迹战队交给李沧雨来负责，自然不会对李沧雨的决定有任何质疑，听到这里便开口说："我也觉得这种搭配不错，具体的成员配置就由你来定吧。如果在游戏里找不到好的队友，需要从其他战队挖人的话，到时候我们再商量。"

李沧雨爽快地点头："好！"

刚进网游就遇到开小号的阿树，紧接着遇见当代练的老章，不到半个月就确定了五位队员，这速度确实惊人。刘川对李沧雨组队的进展也非常欣喜，笑着说："大概是你的时运到了。这次世界大赛，或许就在等着你猫神大展神威呢！"

李沧雨也笑了起来："可能是世界大赛炸出了不少高手的缘故，神迹新区确实非常热闹，能遇见阿树和老章，我的运气也太好了。"

刘川站起来道："我先带你们逛逛俱乐部吧，晚上再请你们出去吃饭，欢迎老章加入。"

章决明道："老板你太客气了！"

刘川笑道："不用客气，应该的。你们想吃什么？"

李沧雨回头看向章决明，认真地说："去吃水煮鱼行吗？"

章决明无语，他就不能吃点别的吗？每次都吃鱼。

不过，对上猫神期待的目光，章决明只好咬牙道："行！就水煮鱼！"

刘川带着李沧雨和章决明仔细参观了一下龙吟俱乐部。章决明看到宽敞的训练室忍不住心想：有钱就是任性，这里的条件也太好了。想当年他带的那支"小透明战队"根本不可能有这样宽敞明亮的训练室，更别提龙吟训练室里的投影设备和最高端的台式电脑、机械键盘……

透过巨大的窗户，看着那一排排崭新的电脑，章决明的心里又燃起了一团火焰！

以后，这里就是他训练的地方吗？

他都这把年纪了，居然还能重回赛场，真的跟做梦一样。

刘川打开了训练室的门，李沧雨和章决明一起走了进去，让人意外的是，角落里居然有一台电脑亮着，有个少年正坐在电脑前认真地盯着面前的屏幕，双手在键盘上快速敲击，传来"嗒嗒嗒"的清脆响声。

那少年长得非常可爱，婴儿肥的圆脸，一双眼睛又大又亮，柔软的头发自然地垂在耳侧，在黑发的遮挡之下，只露出一截雪白的耳朵尖儿。

章决明不由好奇:“武林那边应该是夏季休赛期吧,怎么还有人在训练呢?”

刘川说:“这家伙是我们战队的小疯子,他不跟武林的选手一起,他归猫神管,是神迹的选手。”

李沧雨介绍道:“他就是顾思明。”

章决明总算反应过来,笑着摸摸鼻子:“哦,就是那个圣骑士小朋友啊?”

听到“小朋友”三个字,顾思明立刻回过头来,睁大眼睛瞪着章决明:“我不是小朋友!”

章决明觉得这孩子肉乎乎的脸蛋再配上那一双乌黑的大眼睛真是可爱至极,忍不住就想逗一逗他:“我看你也就十三岁的样子吧,怎么不是小朋友?”

“我十七岁了!”顾思明辩解道,“明年就成年了!”

“那不就是还没成年的小朋友吗?”章决明说。

顾思明郁闷地放下键盘站了起来:“大叔,你是不是网游里那个抽风的魔法师?”

“觉醒的魔法师。”章决明纠正道。

——反正就是个病得不轻的大叔,顾思明已经在心里给他下了定论。

眼看一大一小要吵起来,刘川忙转移话题:“小顾,别玩了,我们先去吃饭。”

顾思明这才跑了过来,站在李沧雨的面前仰起头笑道:“猫神,你比视频里看上去更帅啊!”

面前的小家伙笑起来有一双可爱的酒窝,李沧雨还是觉得他玩兽族的圣骑士十分违和。以后到了赛场上,这位外表乖顺可爱、实则疯疯癫癫的顾思明小朋友所操作的圣骑士,肯定会让神迹联盟大吃一惊。

想到这里,李沧雨不由微笑着揉了揉小家伙的脑袋:“走吧,请你吃鱼。”

顾思明:“……”

猫神对人表达好感的方式很简单:请你吃鱼!

一行五人来到俱乐部附近的一家菜馆,李沧雨点了一份水煮鱼和一份剁椒鱼头,当然,为了照顾其他人的口味,李沧雨点完鱼之后就把菜单递给了他们。

顾思明很喜欢吃肉,点了排骨和烧鸡。章决明也喜欢肉,又补充了一份烤羊腿……

吃货小分队的第一次小聚，果然以满桌的美食作为开场。

刘川和吴泽文今天胃口还不错，也跟着他们吃了不少。

等一桌美食被扫荡一空之后，李沧雨才提起了正事："对了老章，你如果方便的话，过几天先搬到战队这边住吧，正好小顾也在，你们可以先互相配合着熟悉一下。"

顾思明反对："我不要跟大叔一起住。"

章决明回头道："别闹，明天给你买一斤大白兔奶糖。"

顾思明："……"

刘川差点把茶给喷出来。看来小疯子这是遇到克星了！章大叔还挺有办法治他，一句话就堵得他说不出话来。

李沧雨看到小家伙被气得满脸通红的样子，忍不住笑了起来，摸摸他的头说："乖，你章叔是代练工作室老板，手里肯定有很多老区的满级账号，我的意思是，你们俩可以直接组队去竞技场看看。"

提到战队的事情，顾思明这才认真起来："那你们呢？"

李沧雨说："我后天飞回纽约，我跟白轩、谢树荣继续在网游里物色新人，我们在线的时候你跟老章可以一起来网游里找我们，等我们下线，你俩就组队去打竞技场。咱们网游和竞技场双管齐下，一边练级一边找人，说不定你们在竞技场也能遇到强劲的队友。"

时差党一直组在一起确实不太方便，既然老章确定入队，李沧雨就想着把小顾交给他来带带。

章决明即便再默默无闻，好歹曾经也是当过队长的人。他的战术意识、对神迹各个职业和战术阵容的了解，绝对能甩新人顾思明好几条街。辅助当队长的时候，能看到的细节其实更多，章决明性格豪爽，但很负责任，由他来带小顾，李沧雨自然非常放心。

顾思明问道："等你们下线我就去竞技场，这样的话我在新区的级别就跟不上你们了吧？"

章决明说："忘了我是干吗的？"

顾思明回头："你是卖糖的？"

章决明无奈地翻翻白眼："笨，我是代练工作室的老板，级别还用你瞎操心！"

顾思明恍然大悟："哦，也对啊！"

章决明见他小鸡啄米一样连连点头，忍不住学着李沧雨揉了揉小家伙的脑袋，说："以后你就跟着大叔我混吧，大叔保证把你调教成联盟一流圣骑士。不用拜师，也不用谢。"

顾思明郁闷得想吐血。今天刚跟队长和大叔见面，脑袋就被左揉右揉的，他总觉得自己快变成战队的吉祥物了，年纪小就没有人权了，是不是啊？

吃完饭后，刘川顺便带着他们回宿舍区参观了一下。

刘川当年直接在写字楼对面的小区里买下几套公寓给战队选手当宿舍，这样大家训练完了回家睡觉也非常方便。目前俱乐部选手比较多，公寓也扩充了好几次，宿舍十分充足，有四人间、三人间和双人间，小顾目前正好住在双人间，其中一间卧室空着，刘川便把章叔安排到了他的宿舍。

顾思明年纪小，心思很单纯，之前讨厌章叔是因为大叔抽风说要给他买棒棒糖，回去的路上听猫神说这位大叔以前还当过队长，他心里也就不讨厌了，觉得自己跟着大叔学点东西也很不错。

章决明在宿舍逛了逛，对这里的环境很是满意，便答应搬过来住。

反正工作室的代练们都是自己接客户生意，代练任务完成之后的钱会给工作室上交 30%，剩下的就自己拿。章决明对大家挺好，给他们提供住宿，那几个人都很自觉，他离开一段时间工作室应该不会出问题。

想到这里，章决明便回去收拾好行李，把工作室的任务交代给一位信任的哥们儿。当天下午他就干脆地搬了过来，住到了顾思明对面的卧室，比起代练拿的这点钱来说，战队的未来更加重要。老猫既然把顾思明交到他的手里，他一定要把顾思明调教成神迹职业联盟最出色的圣骑士。

CHAPTER 03

程唯

白轩当初去纽约之前就已经订好了十二月回程的机票，这次就没跟李沧雨一起回来，趁着李沧雨回国这两天，白轩很潇洒地提着行李跑去外面旅行散心。

谢树荣不能去找白轩蹭饭吃，对着战队食堂里半生不熟的牛排唉声叹气，心里突然特别想念白大厨，胃口被养刁了吃不下西餐可怎么办——白副队你快点回来啊，我给你买了好多周边呢！

李沧雨暂时离开网游的这几天，新区各大公会的冲级速度也到了白热化的阶段。

当天晚上，李沧雨和老章、小顾一起来到龙吟训练室，用训练室里崭新的电脑登录了网游。

好友列表里的时光机器都快六十级了，正好周六晚上有公会挑战活动，李沧雨便私聊他道："会长，这次挑战副本就不联合组队了吧？你们自己打，我这边公会的人也需要我去带一下。"

时光机器忙说："好的，鱼兄你忙！"

刚开始联合组队，是因为当时吃货小分队满五十级的只有六个人，如今公会里到五十级的人非常多，可以自己单独去打。

吃货小分队在新区人气很旺，在升为三级公会之后很快就满员，李沧雨这几天很忙，都没多少时间管理公会。还好之前加进公会的小小精灵、小小猎人、小小弓手这三个学生党主动说会管理副本，李沧雨就把副本这块交给了他们，没想到，这三个家伙倒是把公会管理得井井有条。

此时正是傍晚六点，李沧雨打开公会频道，就见这三个人正在积极地组织打副本。

小小精灵：“魔境森林副本队还差三个输出，要去的赶紧私聊！”

小小猎人：“五十级以上的亲，去泽亚城堡东郊刷经验了，右键点我进团！”

小小弓手：“还没到四十五级的进组，冰霜神殿也开了几个副本，我给大家分配一下。”

公会频道非常热闹，大家都在积极地升级。

看到这一幕，李沧雨的心中很是欣慰。管理公会其实不需要事事亲力亲为，能找到几个得力的小助手他就可以把这些任务分担出去，像这三位同学组织副本就挺好，让他省了不少心。

李沧雨在公会频道说道：“今晚八点公会挑战，五十级以上的留意公会信息，我带你们打。”

“会长！”

“会长好！等我十分钟，我马上也五十级了！”

“我也五十级了，会长带我！”

公会频道一片欢腾。私聊频道却突然收到一条消息：“两天没上线，会长这是出去了？”是“清蒸鲈鱼”发过来的。

李沧雨回道：“嗯，有点事出门一趟。”

清蒸鲈鱼：“你不是在国外吗？六点上线，这么早起？”

李沧雨也没解释，只打了一个字过去：“嗯。”

他突然觉得这个“清蒸鲈鱼”有点奇怪，好像很关心他的样子啊。会长去哪了还要给你汇报吗？这人到底是干吗的，难道是其他公会的卧底？李沧雨有些疑惑地想着。

清蒸鲈鱼又发来一条消息：“今晚的挑战打算怎么打？”

李沧雨道：“这次不管时光，待会儿我们公会的人自己去打。”

晚上七点半左右，李沧雨在公会列表数了数，到五十级的人有六十个左右，他便分成两个团，自己带一个，让章决明也带一个。

公会挑战活动在每周三、周六晚八点准时开始，全服公会按照通关的先后顺序进行一次排名，第一名奖励最多，并且会金字公告，往后的名次奖励则会依次递减。

李沧雨这次的目标并不是拿下什么名次，毕竟带着一群新手不一定拿得到，还不如打慢一点，让公会的新人们熟悉挑战副本的打法，拿些经验和金币奖励的同时也补充一点公会建设度。而且这次熟悉了打法，以后就不用他亲自带队，团里的其他人也可以带队过关。

那些大公会的固定精英团打起挑战副本来自然会非常快，加上这几天级别提升，时光公会在八点二十分的时候就成功通关，再次拿下第一名。飞羽八点二十五分通关拿下第二，风色这回拿了个第三——前十名基本都是本区知名的大公会固定团。

吃货小分队的两个团由李沧雨和章决明分开带领，在八点钟准时开启公会挑战副本。由于公会里新人太多，进度比较慢，从八点一直打到九点半才打完，排名在五十名以后。

飞羽会长看着活动排行榜，不禁有些疑惑："怎么吃货小分队的排名那么低？"

卧底回复道："团里新人太多，打得比较慢。"

飞羽凉山立刻明白过来。

上次苏广漠来网游里跟会开花的树 PK 的时候，飞羽凉山跟其他几个管理一直在旁围观，后来苏广漠给他们发了条消息："'爱吃红烧鱼'就是老猫，'会开花的树'是我小师弟谢树荣，这个'牧师治疗'很可能是猫神的老搭档白色狐狸白轩，其他人的身份目前还不明朗，你们继续跟进吧。"

飞羽凉山差点惊掉了下巴！自己居然去暗杀这些大神？

要是猫神杀上门来可咋办？飞羽凉山都快愁死了！

但让他意外的是，猫神并没有对飞羽公会打击报复，只管自己升级，飞羽凉山心惊胆战了两天，发现猫神似乎忘了这件事，这才把心放回肚子里。

这几天飞羽公会非常安分，没有再去猫神面前"作死"，但飞羽凉山还是一直关注着"吃货小分队"的动向，这次公会活动吃货小分队排名在五十名开外，他很快也反应过来——肯定是因为猫神带了一批新手，一步一步教，这才拖延了进度。

猫神很理智，刚开始跟时光联手拿下第一名刷广告吸引大量玩家加入公会，第二次再亲自带这些新人打副本，公会内部就会变得非常热闹团结。新人们只要对这家公会有了强烈的归属感，那么，以后不需要他管，大家会很自觉地去做任务提交公会建设度，吃货小分队升级为四级、五级公会指日可待。

果然，大神的想法就是长远，笼络人心的手段也十分高明，亏自己还因为没拿到第一气不过去暗杀，比起来真是让人自惭形秽。

飞羽凉山琢磨了半天，又开始发愁，明天的活动要怎么办呢？

时光公会办公室内。

“我们连续两次公会挑战第一，飞羽凉山的脸都被打肿了吧？”时光机器心情极好地说道。

身后突然响起一个略带沙哑的声音：“什么脸打肿了？”

时光机器回过头，发现副队长程唯笑嘻嘻地走了进来，后面还跟着一脸无奈的谭时天。

上次跟风色战队打完比赛之后，程唯大病一场，高烧到三十九度，谭队照顾了他一整夜，烧还是没退，第二天直接背着他去医院，打了好几天的吊针。

今天，小程唯大概是病好了，看起来面色红润，精神抖擞。

时光机器站起来说：“谭队，程副队，你们怎么来了？”

他跟老队长徐落一起进的时光，在时光战队的资历比谭、程两个人还要老，也算是亲眼看着两个少年成长起来的。谭时天非常尊敬他，闲暇时也会过来公会这边转转。

只不过，今天却是程唯执意要过来。谭时天无奈地看了程唯一眼，说：“他病刚好，就坐不住了，见公会这边亮着灯，非要跑来看看。”

“你把我整天关起来，我又不是犯人！”程唯不服气道，“小感冒而已，要不要这么夸张啊？”

“这不是怕你感冒变严重吗？”谭时天习惯性地揉了揉程唯的脑袋，柔声哄道，“你还是回去睡觉吧，听你声音这么沙哑，明显还没好，晚上跑出来又着凉了怎么办？”

“我已经好了！”程唯瞪他一眼，回头看向会长，“会长，神迹每周日都会有军团保卫战对吧？明天的活动怎么安排？我能去看看吗？”

——军团保卫战，这是神迹当中规模最大的活动。

活动开启时游戏里会出现“光明女神”和“暗夜女神”两大主神所守护的对立军团，玩家可自由选择加入其中一方，双方在足以容纳数万人的大型场地进行对抗，不论输赢都能获得丰富的活动奖励。

军团保卫战活动在神迹第一年刚刚运营的时候就开放了，能够维持这么多年也证明这项活动的受欢迎程度。很多神迹玩家哪怕平时不上线，周末军团保卫战的时候还是会上线看一看。

光明女神和暗夜女神是神迹游戏里的世界级 Boss，可以说是神迹所有 Boss 中最牛的两位。前者一身纯白色闪着银光的裙子，脊背上是巨大的神族六翼翅膀，如同圣洁的天使。后者的服饰则以黑红色为主，身材婀娜，一头长及腰部的大卷发看起来十分性感，脊背上长着邪气十足的六翼魔族黑翅。

军团保卫战，就是双方阵营的玩家保护自家女神的活动。

程唯特别喜欢热闹,网游里上万人参加的这种大规模保卫战正是他的最爱。

不过，他现在还病着……

时光机器询问的目光看向队长，谭时天点了点头表示许可，时光机器这才笑着说：“副队想去看热闹也行，我这边小号多的是，你随便挑一个吧。”

程唯高兴地道：“谢谢会长！给我一个白魔法师的账号。”

他很快就从会长给的账号中挑了一个，登录上去试了试，一脸的兴奋。也难怪，一向爱热闹的家伙，被谭时天管着打了好几天吊针，他都快憋死了，恨不得时光马上飞逝到明晚八点的活动时间。

“对了，我们时光一向进光明女神的阵营，这次是会长你指挥吗？”程唯问道。

时光机器犹豫片刻，说：“这个还不一定。”

以前他确实指挥过保卫战，可自从几天前跟“爱吃红烧鱼”打了一次副本之后，他就觉得自己的指挥水平跟那位鱼兄比起来简直就是小孩子过家家。所以，这次新区的军团保卫战，他想着不如交给“爱吃红烧鱼”来指挥。

谭时天听到这里也疑惑起来：“不是你指挥？”

“嗯。”时光机器解释道，“新区的第一次军团保卫战，一般是同一阵营的几家大公会商量着推选出一个指挥，或者一家一周轮流。不过这个区有点不一样，最近新区出了一个比较厉害的指挥，我想，这次保卫战不如让给他试试。”

“厉害的指挥？”程唯好奇地问道，“比你还厉害吗？”

“这……”时光机器汗颜，“说实话，这个人的意识确实比我强。”会长是个老好人，遇到比自己强的人他也并不想否认，毕竟天外有天，他自己的水平如何他还是很有自知之明的。

“这人是什么情况？”谭时天问道。

“我也搞不明白。”时光机器挠挠头说，“我曾经试图拉他加入时光公会，他没同意，自己在新区建了一个叫“吃货小分队”的公会，发展得非常快。”

谭时天想了想，说：“可能是神迹要开展世界大赛的消息炸出了不少高手，老区也有很多人跑去新区重新玩小号的，吃货小分队这个名字看起来像是副本亲友团。”

谭队这话也很在理，网游里不少高手自己建公会，满级以后会把重点放在副本上面，一群亲友一边游山玩水一边打副本刷装备，日子过得轻松悠闲。

但时光机器觉得爱吃红烧鱼不会建休闲型公会，他的目标应该是竞技型公会，满级以后肯定要去跨服竞技场，毕竟他意识不错，在赏金任务阶段连灭两家公会的精英队，PK 水平也是一流。

按照罗小罗的说法，他好像还知道程副队。想到这里，时光机器忙说：“对了，他似乎认识程副队。”

“哦？”程唯有些疑惑地抬起头来，“他叫什么名字？是什么职业啊？”

“他叫爱吃红烧鱼，是精灵族的召唤师。”

程唯愣了一下，脸上立刻浮现出明显的惊喜之色，激动地说道：“快快快！

他在哪里快点告诉我！我要去见见他！”

程唯这激动得几乎要跳起来的模样，让谭时天的脑中瞬间闪过一个名字，他快步走到程唯身边的电脑前坐下，回头朝会长说道：“能不能约这个人来语音房间？”

时光机器察觉到事情不简单，立刻说道：“可以，我们在网游里是结盟公会，我这就叫他来。”

程唯忙说：“开音响，快开音响！我要听听这个人的声音！”

李沧雨带着公会团打完公会挑战副本后，吃货小分队的三级公会建设度已经达到了 50%，再攒几天就能升四级公会了，发展势头很好。

之前加进来的三个学生党帮了李沧雨很大的忙，李沧雨也就把小小精灵、小小弓手、小小猎人这三个家伙设置成了副会长，让他们帮着管一管公会。

小小精灵激动地表示：“会长放心，我们一定会好好管理副本队！”

李沧雨道：“那就拜托你们了，先带大家升级，等到满级之后我们就去打高难度副本，然后再组织一些喜欢 PK 的人去竞技场看看。打副本的时候要是遇到意识不错的高手，也可以给我推荐推荐。”

小小精灵说：“好的，没问题！我这就组织大家升级去！”

李沧雨把公会的管理事宜安排妥当，左下角突然弹出一条时光机器发来的私聊信息：“鱼兄在吗？能不能上一下语音，有点事情想跟你商量。”

李沧雨问道：“是不是明天保卫战的事？”

每周日的军团保卫战开启时，游戏里的所有在线玩家都可以自由选择加入光明、暗夜女神其中一方的阵营，玩家在选择阵营的时候可以单独去报名，也可以组队报名或者以公会的名义集体报名。游戏里很多大公会都会有偏爱的阵营，比如时光一直都是加入光明军团，而风色公会一般都会加入暗夜军团。时光的会长这时候来找人，李沧雨的第一反应就是他来问保卫战的事了。

事实上，是谭时天和程唯坐在旁边要拉爱吃红烧鱼去语音频道聊天，时光机器只好顺水推舟道：“是军团保卫战的事情，鱼兄应该也会加入光明军团吧？

明天怎么指挥，我想提前跟你商量一下。”

“好的，我也正想找你。”李沧雨回了一行字。

“那鱼兄来语音房间商量吧。”时光机器心下一喜，立刻给他发过去语音房间号和密码。

李沧雨输入密码进去，果然见时光机器已经等在那里。时光机器一见到他就开口问道：“鱼兄，明天的保卫战你来指挥行吗？我觉得你指挥的话，光明军团应该能赢啊！”

“这不一定吧。”李沧雨开口道，“暗夜女神那边有三家常驻的大公会，风色、鬼灵和清沐。黑魔法师、血族杀手、通灵师，在人多混乱的局面下会很有优势。”

程唯一听到这个声音，立刻激动地跳了起来：“猫神猫神猫神！是猫神！嗷嗷嗷！”

李沧雨的耳朵差点被他给吼聋了。

谭时天无奈地看着突然从座位上跳起来的家伙，这是有多激动？要是网线可以直通，这家伙肯定毫不犹豫地钻进电脑里顺着网线爬过去吧？

程唯激动地吼了两句，立刻抢过时光机器的耳麦，对着那边说道：“猫神，真的是你啊？！”

李沧雨无奈地揉了揉耳朵：“你是谁？”

程唯忙解释道：“我是程唯啊！程唯！时光战队的程唯！”

李沧雨问：“程唯是谁啊？”

程唯愣住了。

谭时天看着他呆愣的模样，忍不住同情地揉了揉他的脑袋——笨蛋，猫神是在逗你呢，你还当真。

程唯似乎反应过来了，嘿嘿笑着说：“猫神你别开玩笑了，你怎么在神迹新区？我前几天听说沧澜战队解散了，给你留言你一直不回复，我好担心你！”

小程唯简单直接的关心，让李沧雨不由心头一暖。

想起之前那个账号确实是好久没登录过了，李沧雨抱歉地说道：“沧澜解散后我就出国了，以前用的那个账号一直没有登录过，没看见你的留言。”

他有两个号，离开神迹后，之前的那个号就不怎么用了，程唯给他留言自然得不到回复。

“哦，是这样啊！”程唯倒也不介意，猫神还在他就很开心了，“话说你在神迹新区干什么啊？”

“组队回神迹。”李沧雨说。

“啊啊啊，真的吗？”程唯又激动地跳了起来，“你要回神迹？”

“是的。”李沧雨无奈地回答道。

程唯这家伙脑袋很简单，一根直肠子通到底，想到什么就说什么，尤其是生气骂人的时候，语速飞快如同机关枪扫射。他似乎是感冒了吧？声音沙哑，也不知道悠着点儿，吼那么大声，嗓子不疼吗？

而此时的程唯却根本顾不上嗓子疼不疼的问题，听猫神亲口说要回神迹，他幸福得几乎要冒眼泪了。

——猫神果然没有放弃，猫神真是越挫越勇！

——他回来了！他终于回来了！

程唯不知道该怎么形容这种心情。虽然没有正式拜过师，可猫神一直是他心里最尊敬的人。在离开神迹几年，短暂地远行之后，猫神终于重新回到了神迹……程唯恨不得现在就跳到猫神的面前去，激动地抱住那个人说：欢迎回来！你能回来真是太好了！

可他见不到猫神，只能在这边急得跳脚。

谭时天看程唯这副上蹿下跳的样子，忍不住轻笑出声。

这模样还真像只奓毛的小猫，果然是猫神的徒弟，都是属猫的。只不过，猫神是成熟稳重、一出手就捏死老鼠的大黑猫，程唯却是动不动就奓毛的小白猫。

脑补了一下大黑猫带着小白猫捉老鼠的画面，谭时天来了灵感，决定待会儿在微博上写个段子。

程唯回过头，见谭队笑得十分愉快，忍不住道：“你笑什么笑？让你请猫神来我们时光战队，你不肯，还好意思笑！你这人……”

谭时天打断了他：“你先别骂，嗓子还没好，多积累一点怒气值，等感冒好了再骂。”

李沧雨在电脑那边听到谭、程两人吵架，心里也觉得好笑。谭时天这个人还是挺有幽默感的，程唯这容易爹毛、直来直去的个性，估计也只有谭时天有办法治住他。

程唯白了谭队长一眼，不再理会对方，坐回电脑前拿起耳麦，热情地邀请道：“猫神，你还没跟别的战队签约吧？来我们时光吧！”

李沧雨直说道：“我已经签了龙吟。”

程唯瞪大眼睛：“啊？你怎么签了龙吟！签时光吧，这边条件也很好啊！”

他一心想着让猫神回来，想跟猫神待在一块儿，却不考虑战队、阵容方面的因素，笨成这样也是难得，他什么时候才能长大呢？真是愁人！谭时天无奈地想。

李沧雨解释道：“我这边有好几个队友，自己组队比较方便，正好签了龙吟，可以带着新队进军神迹。”

“哦。”程唯有些失落，但很快又开心起来，“你这次组个厉害点的队伍吧！”

“那是当然。”李沧雨微笑着说。

两人久别重逢，加上程唯感冒之后憋了好几天，唠叨起来就没完没了——战队怎么解散了？你现在在哪里啊？过得好不好？队友是什么情况？什么时候回来？

程唯激动地把一堆问题接二连三地扔出来，说话就跟蹦豆子一样，拦都拦不住。

谭时天在旁边待着无聊，干脆拿出手机发了条微博。

“从前有两只猫，大猫身手敏捷、目光锐利，很快就能捉到老鼠，小猫屁颠屁颠地跟在后面只管吃现成的。有一天大猫离开了家，小猫伤心欲绝，它不会捉老鼠，还特别笨，差点被饿死。隔壁的狗狗把它叼回家里，细心地养着它。小猫虽然经常爹毛，但狗狗一直给它投喂小鱼干，相处得很是愉快。过了几年大猫突然回来了，小猫立刻扑到大猫的怀里，不理狗狗了，狗狗好伤心！”最后还加了几个流泪的表情。

段子手大神这条微博一发出来，下面很快就刷出上千条评论——

“谭队这个段子太深奥，我看不懂唉！”

“谭队，虽然我看不懂，但我还是要给你点个赞。”

“谭队，你是要养狗还是养猫？”

“谭队放大招了，放了个大家都看不懂的大招！ P.S. 小猫是大猫亲生的吗？”

“狗狗和猫猫注定没法在一起，物种不同，懂吗？”

“谭队长，我的儿子也关注你的微博了，你写的童话故事都挺好看的。”

……

让人意外的是，飞羽队长苏广漠居然转发了这条微博，还配了一排蜡烛的表情。

苏广漠的粉丝一头雾水——苏队你给谭队点蜡烛是什么意思？

更让人惊讶的是，凌雪枫又转发了苏广漠的微博，语气严肃地评论道：“大猫和小猫是父子之情。”

粉丝们：“……”

凌队你凑什么热闹啊？你的男神形象呢？谭时天这种毫无营养的段子你也看？这是被盗号了吧！

没想到，谭时天随手写的一条段子居然被神迹联盟最大牌的苏广漠和凌雪枫转发，粉丝们激动地截图留念，却不知道谭时天的这条段子到底是要表达什么。

CHAPTER 04

楼张组合

鬼灵战队，一号宿舍内。

副队长张绍辉正躺在沙发上刷微博，看见首页出现这条消息，忍不住吐槽道："谭时天这大猫小猫的到底在说什么呢？而且苏队和凌队也跟着转发，那我也凑个热闹吧。"

于是，张绍辉顺手转了一下这条微博，评论道："这个童话故事真好看！"

结果他刚转完这条微博，旁边卧室的门就开了，一个男人走过来道："阿辉，你都没搞清楚情况，瞎凑什么热闹？"

男人身材偏瘦，戴着一副银边眼镜，皮肤很白，五官轮廓十分柔和，看上去清秀斯文，但由于他的脸色始终冷若冰霜，渐渐地就成了神迹联盟出了名的冰山美人。他就是联盟目前名气最高的头号杀手——鬼灵战队的队长，楼无双。

由于楼队暗杀技术一流，不少大神都曾死在他的潜伏偷袭之下，因此，他还有个外号叫"毒蛇"，意思是被他盯上的人就像被毒蛇盯上了一样，基本没有逃脱生还的可能。

虽然此人外表冰冷、自带降温效果，可张绍辉知道，表哥其实是外冷内热的类型，所以哪怕此时楼无双冷着脸训人，张绍辉也一点都不怕他——没错，楼张组合正是一对远房表兄弟。

张绍辉年少时因父母车祸过世，家里亲人又不多，就被好心的远房表姑接过去抚养。他跟楼无双的血缘关系其实已经在五代以外，但由于两人从小一起长大的，感情比亲兄弟还要亲。

楼无双高冷的个性让他在学校读书时没少吃亏，加上那时候皮肤白，长得又好看，总有看他不顺眼的人想欺负他。张绍辉是个小霸王，属于蛮横起来不讲道理的那种，撸起袖子干架的时候从来没输过，学生时代敢欺负楼无双的人，都被他不客气地打掉了门牙。

虽然他是弟弟，但他一直保护着表哥，因为他觉得哥哥很优秀，成绩好，长得也好看，生来就是个金贵的人，将来肯定能有出息。不像他，从小在泥巴里滚到大，除了会点拳脚功夫之外，学习成绩总是排在倒数，数学公式完全搞不懂，或许连大学都考不上。

高中毕业那年，张绍辉果然没考上好大学，他觉得自己这么混下去也不是办法，总要为将来找一条出路。刚好他打游戏非常厉害，位于深圳的鬼灵战队又在广招人才，他就大着胆子去面试。

楼无双陪着张绍辉一起去面试，试着测了一下手速，却没想到他的手速比张绍辉还要高！

他当时其实已经拿到了大学的录取通知书，却因为手速天分被发现，他选择成为一名电竞选手，为此还跟家里大吵了一架。张绍辉劝他也没用，他脾气向来固执，很坚定地背着行李跟弟弟一起来到鬼灵战队。张绍辉没办法，只好由着他，心里却也高兴，因为他们又能在一块儿了。

两个不满十八岁的少年得到了当年五神之一的鬼灵战队队长莫权的赏识，莫权那时候正打算退役，就将这对兄弟组合当成鬼灵战队的接班人来培养。

楼无双以前一直专心念书，从来没玩过游戏，但他很聪明，进了训练营后所表现出来的游戏天分非常惊人，很快就追上了弟弟张绍辉的脚步。

兄弟两人从小一起长大，默契十足，训练了一段时间后在第三赛季正式出道，虽然撞上程唯、谢树荣等天才选手，没能拿到当年的新秀大奖，可这两人后劲十足，第四赛季开始猛然发力，迅速成为神迹联盟让人闻风丧胆的楼张杀手组合，也带领着鬼灵战队拿下了第五赛季的冠军。

张绍辉性格爽朗，还会些拳脚功夫，从小跟人打架打习惯了的缘故，身材十分高大健硕，在神迹联盟的人气也非常高。就是这人有点儿“脱线”，很多时候不明情况就瞎凑热闹，缺根筋似的。

——智力值超高的楼队，加上武力值爆表的张副队，这对兄弟杀手组合，也是神迹联盟一道独特的风景线。

谭时天的这条段子，张绍辉一头雾水，但楼无双一眼就看懂了内涵。看着一脸茫然的表弟，楼无双忍不住走到他面前解释道：“谭时天的意思是猫神回来了。”

“猫神？”张绍辉惊讶地站了起来，“你是说早就离开神迹的李沧雨吗？”

“嗯。”楼无双点了点头，平静地说，“谭时天所说的大猫指的就是猫神，小猫指的是程唯，狗狗指的是他自己。这个段子的意思是，猫神当年培养了程唯，他走后谭时天一直带着程唯，如今猫神回来了，程唯就凑到猫神的面前不理谭队，谭队有些伤心。”

张绍辉：“……”

大猫、小猫和狗狗还能延伸出这么一段来？谭时天你也是绝了！

楼无双扶了扶眼镜，继续面无表情地解释道：“苏广漠转发了微博，凌雪枫也跟着转发，说明他们两人都已经知道了猫神回来的事。”

张绍辉愣了愣，总算回过神来，走到楼无双的面前，笑嘻嘻地搂住他的肩膀，赞道：“原来是这么回事，哥你真聪明！”

身旁的弟弟比自己高出了半个头，笑起来的时候露出一口白牙，看上去特别有男子气概，加上他刚洗完澡，只穿着黑色背心和短裤，露出来的手臂上肌肉分明，这身材一看就是练家子。被他半搂在怀里，楼无双的脸不由微红了一下，却很快调整好表情，说道：“我只是推测。”

“聪明就是聪明，有什么不好承认的，你从小就比我聪明。”张绍辉发现他脸红了，忍不住玩笑道，“我夸你两句你脸红什么呀？还挺好看的。不如我给你拍个照发微博，说不定人气能盖过谭时天的小段子。”

楼无双气得转身走了。

张绍辉看着他离开的背影，无辜地摸了摸鼻子，难道夸他聪明还夸错了吗？

愣了一会儿，张绍辉才回过神来，给鬼灵公会的会长发去一条短信：“会长，最近网游里有什么动静没，尤其是风色、飞羽和时光那边？”

在楼张组合的带领下，鬼灵战队在第五赛季拿过一次冠军。鬼灵的综合实力虽然没有时光、风色和飞羽那么强，但没有任何战队敢小看鬼灵，这就像江湖高手不敢小瞧埋伏在暗中的杀手一样，楼张组合默契十足，只要给他们机会，他们就能把凌雪枫、苏广漠这样的王牌选手不动声色地暗杀掉！

鬼灵公会在网游里的势力也不像时光、飞羽和风色这三家公会那样强势，鬼灵的会长“鬼泣”为人比较低调，不管外界有什么风吹草动，他只带着公会成员默默地升级。

新区的纷争他并不参与，但爱吃红烧鱼的情况他却一直在派人跟进，收到副队的这条短信后他立刻回复道：“新区出了一个精灵族召唤师高手，ID 爱吃红烧鱼，之前赏金任务连灭了风色和飞羽的精英队，之后又创建公会吃货小分队，跟时光联盟拿下了公会挑战副本的第一名。”

张绍辉看到这里也明白过来。按照表哥的说法，如果真是猫神回来了，那么，这个爱吃红烧鱼就是猫神无疑。

风色和飞羽在他手里栽了大跟头，意外惊动了战队那边的大神，凌雪枫和苏广漠显然早已认出了他，时光那边估计是今天才知道的，谭时天发这条段子的内涵很明显——猫神回来了，程唯跟猫神相认后就不理谭队，谭队伤心了。

楼无双果然好聪明，一眼就能看懂。张绍辉经常觉得自己的智商不太够用，不过还好，鬼灵有楼队坐镇，他只要听表哥的吩咐就行。

“明天的军团保卫战怎么安排？”张绍辉接着问道，“我想去游戏里看看爱吃红烧鱼。”

“鬼灵一向进暗夜军团，副队你过来的话不如我去争取军团指挥权？”

“这个还是免了吧，我就是开小号去凑凑热闹。”张绍辉觉得自己去指挥阵营大战肯定会乱成一锅粥，他只想进去看看大名鼎鼎的猫神在游戏里干什么。

“楼队去吗？”会长问道。

“他不去。”张绍辉替表哥做了决定，“他讨厌人多混乱的地方，这几天身体又不太舒服，让他好好休息吧，我去看看就行。”

“那好，我给副队准备一个账号，把密码发你手机。”

“嗯，谢了！”

风色战队，公会区。

风行天下看见队长转发的微博，忍不住疑惑道：“大猫和小猫是父子关系？凌队这什么意思啊？”

副会长风雨同舟猜道：“或许是影射猫神和程唯的师徒关系？”

风行天下恍然大悟：“没错，一定是这样！看来时光那边也知道爱吃红烧鱼的真实身份了啊！”

两人正说着，身后突然传来一阵脚步声，回头一看，就见凌雪枫表情严肃地走了过来，紧随其后的是小徒弟秦陌。

风行天下立刻站起来道：“凌队，这么晚过来有事吗？”

“明天的军团保卫战，暗夜女神这边你能不能争取到指挥权？”凌雪枫问道。

风行天下心底一惊：“凌队这是要亲自指挥的意思？”

“嗯。”凌雪枫表情平静地点了点头，“光明军团那边应该是猫神指挥，谭时天、程唯这些人肯定也会去网游里凑热闹，如果暗夜这边不出一个指挥跟他们打擂台，新区的暗夜阵营就会被全线打崩，这对公会的发展很不利。”

说了这么多，其实就是想跟猫神打擂台的意思吧？

风行天下心中大喜，光明军团有老猫李沧雨坐镇总指挥，那他们暗夜女神这边的阵营岂不是要被完虐？比分差太大的话多没面子啊！正愁呢，凌队就说要亲自出马，风行天下激动之下只觉得全身的血液都要燃起来了！

——凌雪枫和李沧雨，直接打全服阵营大战！

——明天晚上的活动绝对是神迹历史上绝无前例的精彩对局！

“凌队放心，这次指挥权我一定想办法争取到！”

说罢他就立刻坐到电脑前，把鬼灵、清沐这两家常驻公会的会长拉进了讨论组，迅速打字道：“鬼泣兄弟，晚清妹子，明天的军团保卫战指挥权归我们风色行吗？下星期再轮给你们！”

鬼泣刚刚从副队张绍辉那里知道了一些情况，爱吃红烧鱼既然是大名鼎鼎的猫神，那这次暗夜军团的指挥肯定是吃力不讨好的活，这样的烫手山芋风色敢主动接过去他还巴不得呢，立刻回道：“好的！”

清沐的会长是个性格温婉的女生，不爱争斗，对指挥权也没什么兴趣，回道：“随便你们。”

“谢了！既然定了我这边指挥，明天咱们就齐心协力，一切听从总指挥的安排？”

“没问题。”

“可以。”

说服两家最大的公会，风行天下高兴地回头说：“凌队，搞定了。”

凌雪枫点了点头，问道：“两边阵营目前的公会情况如何？”

“风色、鬼灵和清沐每个区都进暗夜军团，时光、红狐、终结者，这三家公会一直是光明女神的守护者。飞羽和猎豹目前还没表态，不太清楚他们的选择。”

“飞羽应该进光明军团，你去拉拢一下猎豹公会的人。”凌雪枫果断地说。

风行天下虽然不知道队长为何这么确定，但他还是听话地道：“好的。”

凌雪枫道：“你们先忙吧，明晚七点我再过来，到时候叫暗夜阵营所有公会的管理一起开会。”

风行天下激动地道：“没问题，我来安排！”

然后凌雪枫就转身走了。小跟班秦陌自始至终一直没有说话，跟着师父来了，又跟着师父走了……风行天下真想吐槽，小少年你是干吗来的？是为了获得“跟屁虫”的称号吗？

同一时间，时光机器建立的语音房间内。

程唯和李沧雨聊了很久，聊到口干舌燥声音哑得不成样子，他才舍得停下来，跑去旁边倒水喝。李沧雨笑着说道：“会长，我们继续商量明天的军团保卫战。”

每周日的军团保卫战参与人数破万，如果没有出色的指挥，游戏里的活动就会变成一团乱麻。李沧雨并不是为了出风头才担下指挥的重任，他只是为了奖励。如果光明女神这边能赢，那么总指挥所在公会将得到丰厚的奖励，或许能一口气升到六十五级。他没有太多时间可以浪费在网游里，迅速升级打响公会名气才是目前最重要的。

“猫神你愿意指挥吗？”时光机器忐忑地问道。

“可以，但我跟其他公会不太熟，你得帮忙说服一下他们。”

“没问题，这件事交给我来办！”时光机器说道。

就在这时，李沧雨的私聊频道又收到一条消息。

“大神，明天的军团保卫战你选哪个阵营啊？不如带上我们吧。”飞羽凉山说道。

坐在旁边的飞羽战神一脸震惊：“老大，这有点儿不要脸了吧？之前我们还开小号暗杀他呢！”

飞羽凉山一本正经地说：“玩个游戏，要脸干吗？”

众人：“……”

飞羽凉山接着说：“猫神肯定不会跟我们计较，暗杀这事已经翻篇儿了，明天又是新的一天嘛。”

众人：“……”

如飞羽会长所料的一样，李沧雨虽然对飞羽公会开小号的事心知肚明，但他并不是那种爱记仇的人，也没想去打击报复。毕竟在网游里打打杀杀都是很正常的事，钻牛角尖计较这些没什么必要，今天互相仇杀，明天说不定又变成队友一起打 Boss，玩游戏图个开心就好。

见到飞羽凉山的私聊，李沧雨便直率地回道：“我跟时光结盟，进光明军团，会长你想跟我们一伙？”

“当然，大神请多关照！”飞羽凉山发去一排握手的表情，“我们也进光明军团，绝对听从指挥！”

会长，你的脸皮真是刀枪不入！

飞羽凉山道："咱们也去跟猫神沾点光，干吗非要去敌对阵营跟猫神过不去？"

飞羽众人表示："还是会长有远见！"

由于飞羽确定加入光明军团，风行天下去拉拢猎豹公会的时候对方一口答应进暗夜阵营。这样一来，光明军团就有时光、飞羽、红狐、终结者四家大公会以及吃货小分队，而暗夜军团则有风色、鬼灵、清沐和猎豹四家大公会，明天肯定还有不少小公会加入，双方的实力倒是比较平衡。

谁输谁赢，就看指挥的本事了。

北京时间，周日晚上七点。

神迹的在线玩家数量达到了月光森林新区开服以来的最高峰值，运营方早就做好了准备，启动了足以容纳数十万人的大型服务器。

晚上八点的时候保卫战才会正式开始，七点钟是报名时间。

为了军团保卫战更加平衡，神迹当中有项规定，一方阵营的人数不能比另一方多出太多，七点十分会关闭自主报名入口，接下来的时间，其余的玩家则会被强制分配到人数较少的阵营。

由于这次吃货小分队进了光明女神阵营，光明军团的人数在前期占据了一定的优势，但七点十分开始，这种人数上的差距就越来越小，大量路人玩家的加入，致使双方的人数渐渐趋于平衡。

李沧雨提前跟队友们打过招呼，因此，白轩、谢树荣、章决明和顾思明都准时上线加进了李沧雨的固定队里，时光机器也早已组织好本阵营大大小小的十几家公会管理，在语音频道等候。

见猫神来到语音频道，时光机器马上开口说道："给大家介绍一下，这次活动的总指挥是我们吃货小分队的会长爱吃红烧鱼，鱼兄你要说几句吗？"

李沧雨干脆地道："我先说一句重点，大家不要擅自行动，一切都听总指挥的部署。"

众人对他的果断干脆都心生好感——确实，这么多的公会，这么多的玩家，如果不听指挥各自为政，那就会变成一团理不清的乱麻。

李沧雨接着说："各公会把组好的团职业和数量信息发给我，我这里统计编队。"

同一时间，暗夜军团阵营。

风行天下同样组织了加入暗夜方的所有大大小小公会管理和亲友团代表，在游戏里开了个讨论组频道，然后就把风行天下的账号让给了队长凌雪枫，自己则去旁边开了个小号。

凌雪枫用会长的账号在讨论组里打字："今天的活动，光明军团那边有一位非常强的总指挥，如果不想被全面打崩，大家最好听我的安排。"

开着小号的鬼灵副队张绍辉心中疑惑：风色会长说话的语气不是这样的吧？怎么觉着有点奇怪呢？

凌雪枫继续平静地打字："先统计各大公会的团队数量，风雨同舟负责把散在的路人组起来统一编号。八点活动开始后所有团长都在讨论组听我统一调度，不要擅自行动。明白打'1'。"

讨论组里瞬间刷出一大排"1"，证明大家都在听。

凌雪枫在群里发了张图片，是军团大战的副本地图，可以看到上面有很多不同颜色的标记，打过军团保卫战的人都知道那些标记的意思。

过了几分钟，凌雪枫才问道："队伍编好了吗？"

风雨同舟忙说："好了，共计一百七十五个团，会长我发你一份清单。"

以前在老区也经常打周末的军团保卫战，所以风雨同舟对编团这件事十分熟练，在凌队过来之前，他跟会长已经商量着把暗夜阵营的团全给编好了。

凌雪枫对风色副会长的行动能力十分赞赏，紧跟着就开始安排："活动时间一到，编号1–50团立刻走一点钟方向，清沐公会带头，最快时间拿下魔族矿场；编号51–100团去三点钟方向，猎豹公会带头，拿下兽族矿场；编号101–150团走五点钟方向，风色公会带头，拿下血族矿场。"

军团保卫战的地图上总共有六个种族矿场，保卫战开始的时候六个矿场都没有归属权，双方谁先杀光矿场的守卫谁就可以获得该矿场的归属权，并能采集到这里的矿石。

采集矿石可以赚钱，赚到的钱作为己方的储备资金，可从战场商店里购买增加某项属性的道具，建造进攻型的战车或者防御型的城堡。

在大型竞技类游戏当中，“经济”是非常重要的一种理念，所谓“经济基础决定上层建筑”，军团保卫战的模式就是双方争夺资源，想方设法地获取经济收益，双方的经济差距越大，玩家们身上的攻击、防御状态加成差距越大，胜负的天平便容易发生倾斜。

八点半的时候，光明女神和暗夜女神会在防御城堡内准时刷新，如果己方的经济太低，城堡防御力不足，就很容易被对方一口气攻破。

军团保卫战最有意思的地方就在这里，并不是说几千人直接打群架，谁把对方打死就算赢，要指挥好一场保卫战，需要综合考虑战场地形，双方玩家配置，拿下矿场的时机，进攻、回防的路线，等等。

这样复杂的战役，指挥难度甚至要高于神迹职业联赛。

然而，今天这位暗夜阵营的指挥显然是胸有成竹，兵分三路夺下三个矿场，安排得井井有条。

看到这里，张绍辉忍不住自言自语道：“我怎么觉得这个指挥有点像凌队？”

“就是凌雪枫。”身旁突然传来熟悉的声音。

张绍辉回头，就见楼无双走过来在自己的身旁坐下，淡淡地说道：“凌雪枫和李沧雨隔着阵营打擂台大战，这下可有意思了。”

“哥，你怎么过来了？”张绍辉有些惊讶。

“反正无聊，我也去看看老猫在干吗。”楼无双说着，便从会长那里要来一个小号登录了上去。

——光明女神军团，总指挥李沧雨。

——暗夜女神军团，凌雪枫亲自坐镇。

周日晚上，上万网游玩家齐齐在线，服务器开到最大容量，双方阵营潜伏着无数公会的卧底小号，还有不少被谭时天的“大猫小猫”段子给炸出来看热闹的职业战队选手的小号。

今晚的月光森林真可谓群星璀璨、大神云集。

这绝对是神迹国服开放六年来，最为壮观的一场世界大战！

CHAPTER 05

军团保卫战

北京时间，周日晚八点，新区月光森林。

——军团保卫战即将开始，请双方阵营做好准备！保卫阵营女神就是我们最大的使命！

服务器准时刷出了大字公告，神迹每周末晚上最热闹的军团保卫战终于正式开启，所有报名该活动的玩家都被传送到了军团保卫战的大副本当中。

保卫战的地图是一张类似于时钟的圆形地图，从十二点到六点的垂直方向有一条深不见底的万丈深渊，隔绝了双方阵营的玩家，左侧是光明军团，右侧是暗夜军团。

左侧的光明军团阵营从上到下分别是精灵族矿场、人族矿场和神族矿场，而右侧的暗夜军团阵营从上到下分别是魔族矿场、兽族矿场和血族矿场。

六大种族的矿场都有不少守卫 NPC，级别等同于大副本的精英 Boss，需要至少一个团的玩家才可以击杀，在杀死守卫、占领矿场之后，玩家们就可以将矿石搬回自己的大本营，用来赚取经济收益。

八点半的时候，双方阵营女神就会准时刷新，而隔绝双方阵营的万丈深渊之上也会出现三条互通的桥梁。这时候，双方玩家便可以通过桥梁到达对方的领地，去偷取对方的资源，甚至击杀掉对方的主神。

也就是说，活动刚开始的时候由于地图中间有一道深渊的阻隔，双方玩家没有办法互相见面，等八点半阵营主神刷新之后，左右地图才会互通。这样的设定也是为了给大家一点缓冲的时间，在八点到八点半的这半个小时内，玩家们可以先去采矿赚钱，用来积累经济收益。

可见，这样的保卫战，杀人不是首要的，如何抢夺资源、提高经济效益才是重点。

凌雪枫的指挥思路非常明确，在保卫战开始后，他立刻让暗夜阵营的一百五十个团兵分三路，以最快的速度拿下己方的三个矿场，争取获得资源和经济效益方面的优势。

剩下的二十多个团以鬼灵公会的刺客居多，凌雪枫对这些团也有特殊的安排："鬼灵公会的团分成三组，先攻下暗夜方地图的上、中、下三个复活点，然后在桥梁刷新地提前等候。等桥梁一刷出来，你们立刻潜伏进入光明军团领地，到对方矿场外围，专门暗杀采矿的人，打不过就跑，不要恋战！

"173、174、175 这三个团全地图分散，专门侦察敌情，我需要第一时间掌握对方的行动情况。"

凌雪枫冷静地在讨论组里一条条下达着指令，看见指令的团长们，很快就带着自己团的人迅速到达指定地点集合。

采矿的、抢复活点的、侦察的……虽是上万人的攻防战，但凌雪枫按照团队分组来指挥，由团长执行他的命令，这样丝毫不显得紊乱不说，大家分工合作，反而井井有条。

种族矿场里有大量的守卫 Boss，每三十个人的团击杀一个守卫，大家自觉分散，把守卫拉过来一个一个地杀掉。只用了不到十五分钟的时间，三大矿场就被先后占领。

——［暗夜军团］已占领魔族矿场！［暗夜军团］已占领兽族矿场！［暗夜军团］已占领血族矿场！

——［光明军团］已占领精灵族矿场！［光明军团］已占领人族矿场！［光明军团］已占领神族矿场！

屏幕的中央连续刷出六条系统公告。

看到这里，李沧雨不由微微皱了皱眉。对方的指挥显然也用了兵分三路最快速度拿下矿场的方式，当然在军团保卫战当中这样的开局并不少见，可李沧雨的心里却有种很奇怪的感觉。根据卧底的汇报，这次是风色公会拿下了暗夜阵营的指挥权，对面坐镇的总指挥会是风色公会的会长风行天下吗？

无论如何，李沧雨对光明方获胜还是很有信心的。想到这里，他便在指挥频道下达了一条指令:“三个矿场已经成功拿下,所有人以最快的速度采集矿石,八点半之前，我们的军团经济必须超过十万！”

采矿是获得团队经济的唯一方式。暗夜阵营同样在以最快的速度采集矿石,采集到的矿石会按照一定的比例换算为金币。

屏幕的中央,由于占领矿场并采集到了矿石,双方的经济正在飞速地增长,在八点二十五的时候，双方各自的经济总值就已经达到了十万。

还有五分钟，阵营女神就会刷新，前期准备完成，大战一触即发!

凌雪枫看了眼时间，立刻在指挥频道打字道：“刚才分的三个采矿大组，团队序号是五的倍数的团长，马上去找阵营 NPC 购买初级战车，其他团队立刻去最近的桥梁处集合！”

有人惊讶地道：“不修城堡吗？”

众所周知，军团保卫战的终极目标是保护主神不被击杀，在主神刷新的地方需要建一座防御城堡，否则很容易被对方的大部队攻进来，让阵营主神的生命受到威胁。

凌雪枫没有选择第一时间修建防御城堡，反而要买攻击战车，这让很多人无法理解。

“对方目前还没有实力直接杀掉我们的主神。”凌雪枫冷静地打字解释，“开战车过去是为了当掩护，我们真正的目标是抢夺光明军团的矿产资源。”

指挥出人意料的偷袭思路，让不少人都为之惊叹——这胆子也太大了吧？开着战车杀去对面，却让我们的暗夜女神在那里裸奔？连个防御城堡都没有!

当然，凌雪枫的想法也没错，暗夜女神怎么说也是阵营大 Boss，对面没有几千人是拿不下的。他确信李沧雨不可能贸然开着一百个团过来杀暗夜女神,所以他才会兵行险招，将好不容易赚来的钱拿去造战车，直接攻向对方阵营。

只要抢夺矿场成功，己方的经济就会飞速增长，这买卖其实非常划算。

购买一辆初级战车需要花费三千元，买三十辆战车就要九万块，暗夜方的十万经济很快就花掉一大半,凌雪枫却毫不心疼,在指挥频道打字道:“侦察组,速报对方情况。”

负责隐身侦察的鬼灵公会杀手们立刻回报了几条信息。

“对面的精灵族矿场有二十个团左右的人。”

“人族矿场只剩十个团的人在采矿，其他人在回撤。”

“神族矿场的人也在回撤，应该是去建城堡了！”

凌雪枫点了点头，手指在键盘上飞速打字：“全体集结，兵分三路从三条桥梁上杀过去，战车开路，大部队在后，直接夺下对方矿场！”

由于他将一百五十个团队分成了上、中、下三个大组，三组人员所在的位置正好跟连接双方阵营的三条桥梁临近，这么一指挥，大家就可以开着战车，直接从最近的桥梁杀到对面阵营。

光明军团的人正在李沧雨的指挥之下回城修建城堡，没料到，暗夜方居然开着整整三十辆战车搞了一次突然袭击！

“指挥，精灵族矿场发现对面大部队！还开着十辆战车！”

“中间的人族矿场也有战车！”

“神族矿场的守卫快被杀光了！”

“他们来偷矿场！三路一起杀了过来！”

暗夜军团的大规模偷袭太过出人意料，加上战车的攻击力和破坏力都极为强悍，光明方在没有任何心理准备的情况下，看见敌方大部队开着战车从天而降，大家被打得措手不及，三处矿场居然连续失守！

——［暗夜军团］已占领精灵族矿场！［暗夜军团］已占领神族矿场！［暗夜军团］已占领人族矿场！

屏幕中间刷出公告，小地图上的六处矿场全部出现暗夜军团的黑色标志，李沧雨看着地图上的一片黑不由得怔了怔，军团保卫战的常规打法，一般都是拿下自己那边的三个矿场之后先稳健发育，赚取经济，把阵营主神居住的城堡给建好，等城堡防御提高到稳定的水平，再考虑买战车、大炮等攻击型武器。

自家主神连个住的地方都没有，他却来一次突然袭击，花大钱买战车，直接把战车开到敌方的领地来抢夺资源……这样的指挥风格，绝对不会是风色公会的会长风行天下。

这个指挥很有野心，并且很有胆识。神迹联盟有一位攻击性极强的选手，习惯以猛烈的进攻作为最好的防御，开着风行天下账号的人是谁，还用多说吗？

李沧雨的嘴角忍不住微微地扬起。

——凌雪枫，你跟我玩儿真的是吧？

——看来自己也该认真起来了啊！

凌雪枫突然开着战车杀入敌方阵营，连抢光明方三处矿场，并且派了二十多个杀手团到对方阵营专杀采矿的人，耽误了光明军团的经济发展速度。短短十分钟时间，双方总经济就变成了十一万：十五万，光明军团落后整整四万。

由于三处矿场被夺走，差距只会越拉越大。

光明军团方有不少人开始质疑指挥的水平，公众频道一片骂声。

“指挥在干吗？对面来偷矿场，都不回防的吗？”

“指挥，我们也杀过去偷他们矿场啊！”

“今天是谁指挥的？能不能找个靠谱的来？”

开着小号的程唯看见那些人居然敢在阵营频道刷屏骂猫神，气得跳脚，忍不住在阵营频道打字道：“骂指挥的人都给我闭嘴！”

谭时天见他气呼呼的样子，忍不住笑道：“你急什么？猫神跟凌队打阵营擂台大战，我们跟着看看热闹就行了。凌队刚才出其不意抢了个先手，猫神肯定能想出应对的方法。”

正说着，身后突然一道寒光亮起，雪白的尖刀直刺胸口，果断干脆，攻击冷静且凌厉！

谭时天的小号被一刀命中，受到了暴击，直接被打掉三分之一的血。

谭时天立刻开启精灵族的轻功往后跳，结果躲了没几步远，身后又有人给他狠狠地补了一刀，同样的利刃直刺胸口，出手干净利落！

精灵弓箭手小号被刺得鲜血淋漓，血量直线下降，只剩 15%！

程唯虽然跟谭时天经常吵架，可毕竟当了一年半的队友，跟谭时天并肩作战已经成了习惯，看见谭队被打，他条件反射一样立刻开了个白魔法师的群攻大招“神之信念”，柔和的白色光芒从天而降，瞬间笼罩在谭时天的周围，也把两个隐身偷袭的家伙给打了出来！

一个 ID 鬼火，一个 ID 鬼镜，一看就是鬼灵公会的人。周围人来人往局面非常混乱，那两个杀手察觉到自己曝光，便强行战斗隐身，趁着混乱瞬间失去了踪迹。

——来无影去无踪，果断凌厉的暗杀手法，让人脊背发毛！

程唯追了两步发现对方没影了，气得拍了一下键盘：“跑得比兔子还快，有本事别跑！”

谭时天笑着说：“你不觉得这两个杀手有点像两个人吗？”

理解能力比较差的程唯回过头来，疑惑地问：“两个杀手肯定像两个人啊，难道还能像三个人？”

谭时天无语，伸出手用力揉了揉他的脑袋：“你怎么这么笨？我的意思是说，这两个杀手很像是鬼灵战队的楼张兄弟组合。”

被后半句话给吸引住的程唯，自觉地忽略了谭时天说他笨的那半句，惊讶地睁大眼睛道：“你是说楼无双和张绍辉啊？那对表兄弟也来了吗？”

谭时天点头：“嗯，大概是来看猫神的吧。”

一提到这个话题，程唯就忍不住怒火攻心，瞪着他道：“楼无双能推测出猫神回来，肯定是你那条微博段子惹的祸！都怪你多嘴，你这人怎么就那么闲，乱发什么小段子？还把我比喻成小猫，我全身上下哪里像猫了？”

谭时天看着他爹毛的样子，心想这不就像一只小猫吗？头发都要爹起来，越看越像！

听他机关枪扫射一样口齿伶俐地骂人，谭时天忍着笑，揉了揉被吵疼的耳朵，说：“好好好，都是我的错。那条段子我已经删了，楼队他们进网游里也就是看看热闹，对猫神又没什么恶意，你不用太担心。”

这句倒是实话。楼张组合跟程唯一起在第三赛季出道，当年在赛场上也曾跟猫神交过手，他们进网游，估计是好奇居多，来看热闹的。想到这里，程唯的心情才好转了些。

“不行，楼无双和张绍辉联手的话猫神肯定有危险！我得去保护他。”程唯一边说着，一边迅速跑到爱吃红烧鱼的旁边，拿起手中法杖，摆出要当保镖的架势。

神迹联盟头号“脑残粉”真是敬业无比，开着个小号也要给猫神当保镖。谭时天无奈地看了他一眼，只好跟着程唯一起去保护猫神。

鬼灵战队宿舍。

张绍辉跟着表哥隐身躲到一处树后，看着在那跳脚的白魔法师，疑惑地问：“这是不是程唯啊？”

表弟的智商终于上线了一次，楼无双感到十分欣慰，点了点头说：“谭时天和程唯都在。”

张绍辉忍不住笑起来：“看来这次活动惊动的人可不少！哥，你说咱俩要不要混进去暗杀猫神？”

他刚往前走两步近距离砍了猫神一刀，结果程唯一个大范围的“神之信念”又朝这边砸了过来，张绍辉立刻隐身跑路，边跑边吐槽：“程唯简直是猫神的‘脑残粉’，居然贴身保护啊！”

楼无双冷着脸道：“你能不能别乱跑，躲起来看热闹不会吗？”

“哦，听你的。”张绍辉笑着挠了挠头，安分下来，继续跟表哥一起躲到一棵树后，擦亮眼睛看热闹。

暗夜方阵营坐拥六个矿场，经济瞬间反超，不少人在阵营频道竖起了大拇指：“指挥犀利啊！”“指挥大神太牛了！”

凌雪枫对阵营频道的刷屏视而不见，只把讨论组调了出来，打字道：“三位大组长报一下战损。”

暗夜方上、中、下路的三个大组分别由清沐、猎豹和风色公会带领，凌雪枫坐镇总指挥，不可能面面俱到照顾到每个团，因此，他委托了三家公会的管理作为大组长分别指挥这三路。

三位会长级的副指挥毕竟不是菜鸟，很快就能理解凌雪枫的意思。

风色的副会长风雨同舟立刻发来一行消息："3 组战车损坏三辆，还剩七辆，人员伤亡在十二个团左右。"

清沐会长晚清汇报道："1 组战车还剩五辆，伤亡十个团。"

猎豹会长终极猎人打字道："2 组跟 1 组差不多。"

这次突然袭击虽然抢下了三处矿场，但己方损失也十分惨重，好在这些损失都在可以接受的范围内。

凌雪枫满意地打字道："大家推着战车和矿石回去，所有圣骑士殿后。"

由于之前用掉九万块，修城堡的钱不够，他们必须尽快采矿继续赚钱。

然而凌雪枫的想法虽好，但对面的指挥李沧雨可不是任人欺负的。这条指令刚一下达，阵营频道就出现一大排刷屏："不好了！对面直接杀进了我们大本营！"

"他们把暗夜女神拉走了！那个主 T 就是吃货小分队的顾名思义！"

"暗夜女神的血被打掉了 5%！"

"对面开过来至少一百个团！密密麻麻的全是人头！"

凌雪枫看到阵营频道的这些信息，心中也颇为意外——李沧雨的反击速度不是一般的快啊！

光明军团的反击这么快，完全有赖于总指挥李沧雨的果断。

凌雪枫刚开局就偷走了光明军团的三个矿场，换成一般的指挥可能会被这次突然袭击打得非常茫然甚至思路混乱，但李沧雨却很镇定。

他一推断出对面的指挥是凌雪枫，就立刻做出了反应。

——你敢偷袭我家矿场，我就敢暗杀你家主神！

——不给暗夜女神修城堡是吧？正好方便我们畅通无阻地杀进去！

暗夜方开着攻击力极强的战车杀过来，光明军团确实死伤惨重，但军团保卫战有个特点——死亡的玩家可以自由选择己方已经占领的复活点来复活。

凌雪枫在开局的时候就派人全地图侦察，李沧雨自然也不会闲着，桥梁一出现他就派了十个团偷偷潜伏到暗夜方阵营，强行拿下了暗夜阵营下路的复活点。

凌雪枫开着战车攻向光明阵营的时候，李沧雨派去的人也正好拿下了对面的复活点！

“所有死掉的人，马上选择暗夜阵营下路的复活点复活！”李沧雨在三个矿场被偷袭之后立刻下达指令，“没死的人跳深渊自杀，再去对面的下路复活，打开小地图，在我标记的路口迅速集合！”

跳深渊自杀只需要三秒，复活等待最多十秒。

——这样的集合方式，比一群人从大路上慢慢走过去要快上无数倍。

短短半分钟时间，等暗夜阵营的人开着战车拖着矿石从桥梁上慢慢回到老家的时候，光明军团上百个团的人已经从下路复活点直接杀进了暗夜女神的老巢！

小疯子顾思明按照猫神的指示，迅速跑去拉住了暗夜女神。

阵营女神确实很美，背后的黑色翅膀看起来华丽极了。可惜，由于她刷新之后没有城堡的保护，光明方一路杀进来居然畅通无阻。

小顾拉 Boss 的技术完全不用怀疑，等他拉稳之后，李沧雨立刻下令所有人全力开火，暗夜女神的血很快就被压到 95%！

李沧雨一边爆手速输出 Boss，一边看着计时器上的时间。

这里毕竟是暗夜方的老窝，在这里打大规模群架肯定会非常吃亏，估计对面的大部队快要赶到了，看了一眼 Boss 的血量快到 80%，李沧雨毫不犹豫地下令：“Boss 大招不要躲，集体死。死了之后，复活点选择我方城堡中央！”

暗夜女神的血量很快就到了 80%，她背后的黑翼突然闪现一缕红光，紧跟着只见那双巨大的翅膀“哗”的一声展开，无数黑色的羽毛从天而降，在三百六十度广阔的范围内旋转飞舞，如同利剑一般刺向周围玩家。

铺天盖地的黑色羽毛席卷而来，大招效果确实华丽，此招一出，周围顿时尸横遍野。

凌雪枫带着大部队赶来时，看到的就是这样的一幅画面——李沧雨带的上百个团全部死在了暗夜女神的大招之下，然后，所有的尸体在十秒之内居然全部神奇地消失了……

他们选择回城复活，显然是总指挥的安排。

对面上百个团突然偷袭，一口气打掉暗夜女神 20% 的血量，然后又集体消失！

这样的偷袭比拿下三个矿场还要让人震惊！

要知道阵营 Boss 的血是非常难打的，尤其在后期防御城堡建起来之后，要想见到阵营 Boss 首先要摧毁城堡，杀掉城堡守卫，见到 Boss 后还要面临对方大部队的反击……

神迹开服这么多年以来，阵营 Boss 被击杀的次数不超过三次。

而今天，李沧雨却趁着凌雪枫带队在对面偷矿石的时机，以自杀抢复活点的方式，迅速杀进暗夜女神的老巢，打掉了阵营 Boss20% 的血！

为免让赶回来的暗夜大部队趁他们残血杀了他们捡便宜，他们上百个团的人，居然直接撞死在 Boss 的大招之下，连一个人头都舍不得留下……

这做法真是果断干脆，简直让人拍案叫绝！

凌雪枫看着面前瞬间消失干净的尸体，目光中也不由得浮起一丝赞赏。

——不愧是李沧雨的指挥风格，一点亏都不肯吃。

这次反击确实厉害，暗夜方虽然在经济上占据了优势，但 Boss 的血量却被打掉了整整 20%。保卫战的 Boss 是不会自动回血的，后期可要小心了，说不定一次失误，李沧雨就会直接带人把 Boss 给打死。

各家公会的管理们看到这一幕，所有人都是“目瞪口呆”的状态。

以往的军团保卫战，双方在前期一般都是各自占领三个矿场，然后稳稳当当地赚钱修城堡，城堡修好了再赚钱造战车，战车造得差不多再赚钱造大炮……有时候磨磨唧唧打两个小时，都见不到阵营 Boss 的面。

可是今天，两位指挥雷厉风行的速度让好多人都回不过神来！

——这才开局不到四十分钟，光明方的三个矿场就被偷，暗夜方连 Boss 都被偷！

双方的阵营频道有不少人在狂刷大拇指给两边的指挥点赞。联盟头号“脑残粉”程唯更是激动坏了，在阵营频道疯狂刷屏：“指挥威武霸气！指挥好给力！指挥太棒了！指挥加油！”

谭时天：“……”

你可悠着点夸吧！

风色战队办公室里，风行天下忐忑地回头看了自家队长一眼。

暗夜女神被打掉 20% 的血量，换成别的指挥肯定要着急了，但凌雪枫的表情依旧很冷静，目光中也满是赞赏，好像心情很愉快似的。

好吧，其实输赢并不重要，凌队亲自坐镇总指挥，只是为了跟猫神打擂台而已。

李沧雨成功反击之后，又在保卫战的世界频道发去一条消息：“对面指挥，中路开团如何？”

凌雪枫：“我先回去修城堡，九点再说吧。”

李沧雨：“十一点活动就结束了，抓紧赚钱去。”

凌雪枫：“我钱比你多。”

李沧雨：“我家 Boss 还满血。”

凌雪枫：“你厉害。”

李沧雨：“你也不差。”

喂喂！你们两位大指挥隔空互夸，这样好吗？我们全服人可都看着呢！

李沧雨在世界频道一说话，凌雪枫就知道他肯定猜到了自己的身份。不过，凌雪枫本来就没想过隐瞒，对此倒是并不介意。

时间已经到了八点四十，凌雪枫在指挥频道下令让大家抓紧时间采集矿石。

矿场占领之后会有十分钟的保护时间，等十分钟一到，李沧雨肯定会把精灵族、神族和人族这三处光明阵营的矿场给抢回去，凌雪枫也不可能兴师动众地大老远再去打一遍，占点便宜就够了。

暗夜方大部队集体采矿，经济飞速增长，双方的经济差很快就达到了六万之多。但李沧雨并不着急，时间一到，他就指挥着三路人马顺利拿下了己方的矿场。

前期的矿场争夺战暂时告一段落，暗夜方经济占优，光明方却打掉了对方阵营 Boss20% 的血量，可以说是各有千秋、不分胜负。

接下来的时间，李沧雨决定先把经济给稳住。光明方的所有人开始齐心协力采集矿石，很快就让总经济达到十五万，城堡也终于修建成功。而暗夜方，虽然总经济已经达到了二十一万，可是刚才购买战车时消耗掉九万，实际上可用的资金只剩十三万，城堡的修建进度才到 70%，还没有完成。

——这是个不错的机会。

李沧雨在指挥频道下令道："在暗夜阵营潜伏的三十个团，迅速拿下上路、中路的复活点！"

潜伏在暗夜方的团，在副指挥的带领下迅速杀光复活点的守卫。

暗夜阵营立刻有人报告道："对面来拿复活点了，管还是不管？"

凌雪枫心想，他不会又要来一次自杀式突袭吧？

在军团保卫战当中，复活点的争夺跟矿场的争夺同样重要。矿场决定经济实力，而拿下的复活点越多，该阵营的玩家们复活时可选择的位置也就越多，战术安排起来也更加多样化。

暗夜阵营下路的复活点开场就被夺走，中路和上路的复活点此时也遭到攻击，李沧雨的意图很明显，这是要三路夹击，趁着暗夜方城堡没建好，再来一次偷袭。

想到这里，凌雪枫很快就做出决定："每个大组分出三十个团的人过去复活点守着，等他们传送过来，立刻开火，能杀多少就杀多少！"

暗夜阵营的三处复活点，三十个团提前埋伏在那里，大家手里都捏好了群攻技能，就等着对面的人传送过来之后一起放群攻杀他们一个措手不及！

李沧雨问飞羽凉山："卧底怎么说？"

被猫神私聊的飞羽会长兴奋地打字道："他们去三个复活点埋伏了，调走将近三千人！"

李沧雨满意地道："很好！"

飞羽凉山果然是经常看谍战片的人，派卧底的手段相当高明，他派去的间谍直接打入了暗夜方的指挥频道——这种大型的阵营攻防战，不用卧底怎么行？

李沧雨收到卧底的回复，立刻改变策略："三个大组迅速中路集合，从桥梁压过去！"

其实他夺下复活点只是一种障眼法。因为他了解凌雪枫，他知道，只要一夺复活点，凌雪枫肯定会想到他要从复活点传送过去偷袭，但李沧雨偏偏不走寻常路，反而光明正大地从桥梁上推了过来。

于是，凌雪枫调去守复活点的人集体扑了个空。

而光明阵营上百个团的大部队，却以极快的速度从中路桥梁上杀了过来！

"不好了不好了，中路超多人！"

"上百个团压过来了！"

看着阵营频道的刷屏，凌雪枫不由微微皱了皱眉头。

——这是在调虎离山吗？

"所有人，马上回城保护暗夜女神！"凌雪枫在指挥频道下令。

这时候他们的城堡还没有完全修好，李沧雨要是带队过来强杀阵营Boss，万一暗夜女神的血量再被压下去，后面就会打得非常被动。

而让大家意外的是，李沧雨并没有带队杀进暗夜女神的老家，光明军团的大部队在中路迅速分成了三个小组，直奔矿场而去！

——［光明军团］已占领魔族矿场！［光明军团］已占领兽族矿场！［光明军团］已占领血族矿场！

当三条信息在屏幕中央刷出来的时候，暗夜军团所有人都非常无语地在阵营频道打省略号。

风行天下更是哭笑不得，猫神你真会逗我们玩啊！

凌雪枫也挺无语的，忍不住在世界频道发出条消息："声东击西呢？"

李沧雨："嗯。没想到吧？"

凌雪枫："……"

这招调虎离山、声东击西确实高明！

故意夺下三处复活点，让凌雪枫调动上千人过去埋伏，结果他偏偏不去复活点传送，而是从大路杀过来。凌雪枫以为他要偷袭女神，派大部队回头防守，结果他又偏偏不杀女神，反而兵分三路，夺下了三处矿场……

真是只聪明的猫！

经历过那么多大赛的凌雪枫，居然也上了李沧雨的当！

李沧雨出人意料地率队夺下对面三处矿场，加上己方的三处，一口气坐拥六大矿场，原本差距在六万的经济也迅速追了上来。

这次以牙还牙确实打得过瘾，光明阵营频道到处都是鲜花和掌声。

没想到，在开场劣势的情况下，李沧雨居然连扳两局，不仅打掉对面阵营Boss一大截血量，还用调虎离山、声东击西的计策偷了对面的三处矿场！

"我们的指挥好帅啊！"

"我要嫁指挥！"

"爱吃红烧鱼，你缺腿部挂件吗？我给你当腿部挂件吧！"

看着阵营频道的一片刷屏，程唯忍不住兴奋地道："猫神就是这么帅啊！"

谭时天微笑："你不觉得我也挺帅的吗？"

程唯回过头，对上谭队长故意挤出来的温柔微笑，仔细看了看，才说："不觉得。"

谭时天顿时觉得胸口中了一箭！

暗夜阵营被对方偷走三处矿场，凌雪枫依旧很冷静，翻开了军团保卫战的统计列表查看双方战况。

目前，光明阵营的防御城堡已经修建完毕，但他们还没有买战车。而暗夜阵营之前积累的经济优势虽然被追平，但关键在于，暗夜阵营还有十七辆初级战车，只要懂得保卫战指挥的高手就知道，这些战车的存在，对于光明军团来说，将是个极大的威胁。

目前的阵营经费还剩下几万块，凌雪枫仔细算了算，便果断地打字道："城堡修到一级先暂停，有战车的团长去把战车直接升到最高级，每人再买两枚重火力大炮。”

这样做的意图很明显——既然我们有战车的优势，那就把这种优势全面扩大，以进攻作为防守。

拥有战车的团长立刻按照指令把战车升级为最高级，而此时，光明军团那边的城堡也升到了二级。

二级城堡的防御力非常高，要想攻破可不是那么容易的事，但李沧雨知道，凌雪枫从来不是畏首畏尾的人，只要这个男人下定了决心，哪怕头破血流，他也绝对会一往无前。

猜到他会用战车优势打一拨强攻，李沧雨才迅速把城堡的级别给升了上去。

果然，凌雪枫非常果断，等战车升到最高级，他就立刻兵分三路直接从桥梁上杀了过来！

进攻的途中并没有受到太大阻碍，显然，李沧雨已经把所有人都调回城堡防守。凌雪枫看了一眼小地图，打字说道：“清沐、风色和猎豹公会各派出一个团，迅速拿下光明阵营三路的复活点。”

如果不拿复活点，死了之后只能回己方老巢复活，很难及时赶来前线支援，凌雪枫这次倾巢出动，就做好了要跟光明阵营全面开火的准备！

此时，时钟已经指向九点，正好是刚才他俩在世界频道约好的开团时间。

李沧雨在世界频道打字道：“真够准时啊！刚九点就带大部队杀了过来？”

凌雪枫道：“当然，什么时候骗过你？”

等三处复活点成功拿下之后，凌雪枫便召集人马在中路集合，顺着通往光明女神居住的城堡大道果断地杀了过去。

“圣骑士、狂战士、剑客全部冲到前排开战车，法师状态叠起来，通灵师幻阵准备！”凌雪枫飞快地打着字，接着又给鬼灵公会的会长发了一条私聊，“交给你们一个任务，带着三十个杀手团从两侧绕路，顺着城堡后方的阶梯爬上去，切入对方阵营后排，迅速解决掉时光公会的远程弓箭手。”

鬼灵的会长鬼泣看到这条私聊，愣了愣，马上明白过来——指挥是察觉到卧底的存在，才以私聊的方式下达指令的吧？

从张副队的口中得知跟自己私聊的人正是凌雪枫，鬼泣激动无比，能跟神迹联盟的王牌大神说上话，真是太令人骄傲了啊！

激动完之后，鬼泣立刻给自家公会的几个团长下达指令，同时私聊了楼无双和张绍辉的小号。

楼无双看到这条信息，忍不住道："派三十个杀手团去后路包抄，光明军团被前后夹击，这一波强攻说不定能赢。"

张绍辉感叹道："看来凌队今天是认真的啊！打个阵营攻防战火药味这么浓，他跟猫神这是有多大仇？"

楼无双："……"

果然这傻子的智商在线了一会儿又下线了，这明显不是火药味好吧？

人家这叫棋逢对手、惺惺相惜！

谁来拯救一下蠢弟弟的智商？

凌雪枫敢强行进攻，心里自然有五成以上的把握。

李沧雨所带领的光明军团以远程弓箭手、白魔法师和剑客作为主力军，而暗夜方却是黑魔法师、刺客、通灵师这些暗黑系的职业居多。

刺客偷袭暗杀的本领是所有职业中最强的，凌雪枫带着暗夜军团的大部队从城堡正面杀过去，同时派了三十多个团的刺客偷偷绕去后路。

这次为了防卧底，他特意私聊鬼灵的会长下达指令，因此，李沧雨那边的卧底回报的消息是："暗夜军团大部队直接从正面杀了过来。"

虽然这里是光明军团的老巢，可对面开着无数战车和大炮气势汹汹地杀过来，李沧雨也不敢小瞧他们。站在城堡上往下一看，密密麻麻的人头如同洪水猛兽一般从中间涌来，前排的战车上，黑色的标记和旗帜让人触目惊心。

"1 到 50 团去城门口拦截！剩下的团分散开来守住城墙！"李沧雨迅速打字说道。

被他调动的团长立刻带着自己的团队到达指定地点集合。

凌雪枫道:“战车和大炮准备，扇形散开，全面进攻！”

暗夜军团的人一来到城堡门口,十七辆高级战车立刻呈扇形展开,随着“轰”的一声巨响，铺天盖地的大炮炮弹从远处投射过来，直接把城堡砸出了一个大窟窿!

屏幕右上方的城堡防御值从 100% 下降到 95%。

无数大炮接二连三地轰炸过来，城堡外围顿时硝烟四起!

城堡门口，李沧雨派去守门的五十个团如猛兽出笼一般扑了出来，双方展开激战，一时间死伤无数!

凌雪枫道:“死的人立刻选最近的复活点复活，复活后不走正面，迅速绕去城堡后方！”

很多人不明白指挥为什么让复活的人绕路去后面，直到他们来到城堡的后方，看见了无数光明守卫的尸体……这是怎么回事？大家抬头一看，就见不少杀手已经隐身爬到了城堡上面，所有人这才反应过来，立刻激动地顺着杀手们打出来的暗道偷偷爬上城堡。

“后门有人！”

第一个被暗杀的玩家在阵营频道说出这句话时，已经来不及了。

鬼灵公会最擅长培养杀手。在混乱的局面下潜伏偷袭，对他们来说简直如鱼得水!

转瞬间，鬼灵公会的三十个团、将近九百名杀手从背后突然袭击，如同利刃切入软肋一般，将光明军团防御脆弱的精灵弓箭手和白魔法师杀了一整片!

一个又一个远程倒下，城堡上顿时尸横遍野!

精灵弓箭手和白魔法师之前依靠远程手长的优势一直往城堡下面丢群攻，干扰了暗夜军团大部队的推进速度，此时，远程死了将近一半，前方的压力瞬间减轻，凌雪枫立刻打字道:“全力推进！”

这次前后夹击的猛攻，确实让光明军团措手不及。对方带来的高级战车和大量火炮，终于将光明城堡的防御值彻底清空。

城堡防御值一旦被清空，敌对阵营的玩家就可以自由出入城堡。但李沧雨可不是白白挨打的人，在城堡上方远程被暗杀的那一刻，他就立刻调动了飞羽公会的大部队在城堡入口处埋伏。

暗夜军团刚杀进去，就被一片华丽的剑光闪花了眼睛。

——光影回转！

几百个剑客同时开群攻是什么状况大家今天也算是见识到了。

银白色的剑光挥舞起来，一片连着一片，连天空都被照成了亮眼的白色！

谢树荣提起手中利剑杀进暗夜军团的阵营中间，擒贼先擒王，直冲凌雪枫而来。

小疯子顾思明紧随其后，两人一起冲过来，居然将对面的阵营一时给冲散了。

凌雪枫作为阵营指挥可不能随随便便就死掉，他的身边也有个默不作声的小跟班——秦陌。

秦陌一直安静地充当着“跟屁虫”的角色，如同程唯贴身保护猫神一样，秦陌也在贴身保护师父，见“会开花的树”气势汹汹地杀过来，秦陌立刻眼疾手快地扬起手中咒仗，一招“死亡禁锢”直接将谢树荣定在原地！

被定住的谢树荣遭遇了周围回过神的风色公会黑魔法师们的群攻，瞬间被黑魔法轰成了渣渣。顾思明也受他连累，一起被轰死了。

当然，李沧雨派他俩过去，只是为了搅乱对面阵形拖延进度，也没想他们真能杀了凌雪枫。

躺平的谢树荣私聊白轩开玩笑道：“奶爸你不管我了吗？拉我起来吧！”

白轩道：“跑太远够不着。”

谢树荣发了一个哭泣的表情。

他刚要复活回城，李沧雨却私聊他道：“你跟小顾去暗夜下路复活点看看对面的情况。”

“好！”接到指令的两人立刻潜伏去了暗夜阵营的领地。

城堡门口，双方正展开千人大战！

由于暗夜方的九百多名杀手在城墙上面迅速清理掉了对面的远程，渐渐地，暗夜军团占据了人数上的优势，他们一路推进，直逼光明女神而来。

光明女神一身雪白长裙，背后的巨大白色羽翼轻轻垂落到地面上，柔软的白色羽毛铺了满地。她的金色头发一直垂到脚踝，头顶戴着银白色的皇冠，圣洁得如同天使。

很多人激动地在阵营频道刷屏："啊啊啊，我在老区都没见过光明女神！每次连城堡都打不破！"

"拜一下女神！女神好美！"

附近频道弹出一堆玩家们朝 NPC 做搞怪动作的消息，凌雪枫也在指挥频道下达了命令："2 团和 3 团的治疗盯住主 T 团的血，主 T 上去拉住她，拉稳之后集火开杀！"

在攻向光明阵营之前，凌雪枫就让三个大组的副指挥重新调整了一下团队配置，专门选出一个圣骑士团、两个治疗团来打 Boss。阵营 Boss 攻击力极强，骑士们很容易扛不住被秒杀，两个治疗团专门给他们加血，也是为了保证圣骑士们的安全。其他团队的近战远程也分开来，方便治疗队友。

主 T 一拉稳，黑魔法师就迅速给 Boss 身上叠了上百个死亡咒术的负面状态，通灵师辅助也将降防御、降攻击、降移动速度等负面状态全部叠到了 Boss 身上。

光明女神的血量迅速被压到了 95%，然而光明军团的大部队却没有动静。

凌雪枫的心里不禁有些疑惑，怎么对方没有回防？如果这时候带人进来全面开团的话，暗夜阵营不一定能捡到便宜。

正想着，阵营频道就出现一条消息："他们死了之后全体传送去暗夜阵营的下路复活点了！"

"这是要偷袭 Boss 的意思吗！"

"指挥，我们要不要回防？"

暗夜阵营的很多人都心慌了。

是的，李沧雨完全不理你打不打光明女神，人家直接带着上百个团，全体传送到对面杀暗夜女神去了！

前期的一次偷袭打下了 20% 的血量优势，所以李沧雨很有底气，他有信心能在凌雪枫击杀光明女神之前率先击杀掉暗夜女神。

——进攻就是最好的防御。

——不要以为只有你才会这一招啊，凌雪枫！

李沧雨在派了阿树和小顾去侦察之后，果断丢下老巢不管，全体扑去对面攻击暗夜城堡，显然是想一口气带走阵营 Boss。既然对面的指挥是凌雪枫，李沧雨也就不想跟他磨蹭，速战速决才是最好的，不然他俩要是一直较真下去，这场攻防一整夜都打不完。

暗夜方这时候就为难了，自家女神之前就被打掉 20% 血量，到底是该回防呢，还是在这里继续打？

凌雪枫很快就做出决定："继续打 Boss！ 全力开火！"

——老猫要跟他打一个时间差，凌雪枫并不认为自己就一定会输。

暗夜女神被打掉了 20% 的血没错，但是光明军团从复活点赶到城堡门口需要时间，攻破一级防御城堡也需要时间，只要这段时间内自己这边能追上血量差距，最后谁输谁赢还说不定！

"会长，你带刺客团迅速回城，不用干别的，专门捣乱杀他们主 T！"凌雪枫私聊鬼灵公会的会长。

"知道了，凌队！"鬼泣一个不小心说漏了嘴，尴尬地摸摸鼻子，紧跟着就给自家公会的三十个杀手团下达指令，"回城回城！去捣乱杀他们主 T！"

杀手在混乱局面下非常好用，杀手团的回城确实给李沧雨这边的推进造成了很大的麻烦。

但李沧雨也留有后手，在光明军团这边，他留了飞羽公会的十五个剑客团和十五个狂战士团，专门在外围杀对方远程——要知道，远程可是输出 Boss 的主力军，暗夜军团方的远程被他们干扰得不胜其烦。

好在李沧雨留下的人数量有限，被凌雪枫回头一次反击给杀团灭。

当然，飞羽公会的厚脸皮们有着死皮赖脸的精神，被团灭后复活重来，又到后排干扰远程的输出。

凌雪枫也不耐烦了，道："不管他们！专心输出 Boss！"

暗夜军团领地。

一级城堡很快就被李沧雨率领的大部队攻破，光明军团一路杀入暗夜女神的老巢，开始全速攻击 Boss。

"对面开始打 Boss 了！"鬼灵的会长汇报道。

"Boss 还剩多少血？"

"75%。"

凌雪枫点了点头，看了一眼光明女神 78% 的血量。

血量差距 3%，并不算太多，必须要加快输出的速度。

凌雪枫想了想，说："清沐公会三个团的通灵师回城开幻阵，干扰他们！"

通灵师拥有一种法术叫作幻术，幻术形成的阵法可以制造短时间的幻觉，这也是神迹职业联赛的赛场上很多战队选用通灵师做辅助的原因。

三个团的通灵师回城在 Boss 附近开幻阵，效果出乎意料得好，让光明军团的治疗团直接乱套！

还好有白轩专门盯着主 T 小顾的血，脚下灵活地躲开幻阵的同时，一个大招强行把小顾从濒死状态救了回来，李沧雨目光一扫，立刻说道："后排弓箭手开群攻，强杀通灵师！"

大批弓箭手的死亡箭雨落下，通灵师瞬间被灭。

当然，清沐公会的通灵师也发挥了死缠烂打精神，被杀之后又复活爬回来，继续摆开幻阵干扰对方。

双方就在这样互相干扰、全力进攻的状态下连续打了半个小时，光明女神和暗夜女神的血量都被渐渐地压了下去。

"光明女神只剩 40% 血了，光明军团的你们不回防吗？"

"你们暗夜女神都快挂了哦！你们才应该回防吧？"

"别逗了，我家女神一个大招下去，你们都得躺！"

"彼此彼此！"

虽然两边玩家们开始新一轮口水大战，但双方指挥却非常镇定。

此时回防只会前功尽弃，还不如拼一把输出，干脆点杀掉女神算了。

晚上十点钟，双方阵营女神的血量只剩8%，血条开始闪现红光。

很多玩家激动得连手指都在发抖，疯狂地敲击键盘把技能丢向Boss，尤其是不少从别的大区过来的玩家，他们在老区可从来没打过这么激烈的攻防战！

眼看阵营Boss的血量降低到5%，凌雪枫立刻打字道："近战后退散开，远程准备后跳！"

同一时间，李沧雨也在阵营频道打字："近战全部上屋顶，远程马上后跳！"

——天使之守护！

——恶魔之诅咒！

双方阵营女神像是心有灵犀一样，同时开启超豪华大招。

光明女神纯白色的羽翼如同龙卷风一样朝着周围席卷而来，所有接触到白色羽毛的玩家瞬间被杀。暗夜女神同样不跟人客气，黑色翅膀幻化出无数利剑，360度大范围横扫，直接把附近的人给扫倒了一片！

还好大部分机智的老玩家听从指挥的号令提前躲避，成功地在大招下生还。

屋内尸横遍野，两边的指挥不约而同地道："死了的迅速复活赶过来，所有职业开爆发输出！"

在成功熬过阵营Boss的终极大招之后，双方玩家爆手速输出，以恐怖的速度将阵营Boss的血量给强压了下去！

——恭喜［光明军团］成功击杀了［暗夜女神］！

——恭喜［暗夜军团］成功击杀了［光明女神］！

——恭喜［风行天下］完成了［击杀·光明女神］成就！

——恭喜［爱吃红烧鱼］完成了［击杀·暗夜女神］成就！

……

可以想象一下，成千上万条"恭喜××完成××成就"的信息刷出来，那场面该有多壮观。

因为系统频道成就信息太多，很多人的电脑甚至被卡死机！

而没有死机的人，都在激动地看着这幅壮观的画面——暗夜女神倒下了，身上巨大的黑色羽翼化成一缕黑烟飘向空中；光明女神也倒下了，身后纯白色的翅膀渐渐收拢起来，变成了一团银白色的光芒。

这样的画面，很多人玩了整整六年的神迹都没有见到过。

然而，这次的月光森林新区，在两位神秘指挥的率领之下，两边的阵营Boss居然一起倒下了！

不少人都没回过神来，呆呆地看着面前倒下的阵营Boss。

神迹开服六年以来，大部分服务器的阵营女神都没有被击杀过，偶尔被击杀的两三次也是因为双方阵营实力悬殊、差距过大所导致。像今天这样，两边阵营Boss一起被杀的局面真可谓是千载难逢，哪怕在外国的服务器，这也绝对是首例！

由于终极Boss阵营女神被杀，所有参与这场活动的人身上都冒出了惊人的经验和金币奖励，有些人甚至连续升了六级！

看到身上冒起的经验，玩家们总算是回过神来，开始疯狂地在世界频道刷屏。

“两边的指挥，你们要不要考虑在一起啊！”

“就是就是！你俩是不是商量着来的？脑电波都这么同步！”

“不在一起的话大家都看不过去！”

“新区直接创下世界纪录，阵营女神一起殉情，两位指挥顺便办一场世纪婚礼得了！”

李沧雨淡定地无视网游玩家们开玩笑的刷屏，他对这个结果非常满意。今天他一口气升了六级，还拿到大量的金币和材料，两个小时的攻防战所拿到的奖励都比得上刷一个星期的副本了。

而凌雪枫在看到大家的玩笑话之后，却在世界频道淡淡地回了消息：“谢谢，我们会在一起的。”

这条消息很快就被无数人的刷屏给淹没，李沧雨并没有看见。

眼尖的程唯却看见了，疑惑地问：“凌雪枫不是一直很严肃吗？居然在世界频道回应大家的玩笑？”

——这真的只是玩笑吗？

谭时天突然觉得自己好像明白了什么。

凌雪枫是风色队长，李沧雨会带新队重回神迹，两人哪怕在赛场相遇也只会是对手。

但是，将来的世界大赛呢？

默契的他们，或许真有“在一起”并肩而战的一天。

CHAPTER 06

见面

两个小时的军团保卫战，结果却是双方阵营 Boss 先后倒下，这让所有参加保卫战的人都非常激动，月光森林大区的玩家们甚至在攻防地图上放起了烟花，一簇簇烟花在夜空中绽放开来，将黑色的天幕装点得格外绚丽。还有不少人在倒下的阵营 Boss 旁边拍照留念，网游里顿时变得热闹无比。

新区驻守的官方记者迅速将周末保卫战的情况截图发到了论坛，标题为：“光明女神和暗夜女神先后倒下，月光森林新区这是要逆天啊！”

记者添油加醋地报道了这一盛况，论坛的帖子很快就被顶成了当日热门。

而神迹论坛的八卦专区却出现了这样一个帖子：“扒一扒新区月光森林攻防战的那两位奇葩指挥。”

下面配的全是两人聊天的截图。

“中路开团如何？”

“我先回去修城堡，九点再说。”

“真准时，刚九点就带队杀了过来？”

“当然，我什么时候骗过你？”

最后一张图更是秒杀全服“单身狗”，是凌雪枫回应大家的那行小字：“谢谢，我们会在一起的。”

看着这些对话截图，说他俩没什么所有人都不会信。但说他俩真有什么，看上去又像是开玩笑的样子。

案情变得扑朔迷离起来，不少八卦党擦亮眼睛在新区侦查这两人相识以来的点点滴滴，力求寻找到一些蛛丝马迹。据说爱吃红烧鱼当初连灭风色公会精英队两次，后来风色会长带人上门挑衅，又被爱吃红烧鱼打退，看起来像是仇家，怎么说话却如此暧昧？

众人立刻开始脑补爱吃红烧鱼和风行天下因恨生爱、相爱相杀的剧情。

风行天下看见这些帖子都想哭——凌队！你开着我的账号搞出这么多事情，以后我可怎么活！他回头看了队长一眼，发现凌雪枫自始至终一直面无表情。

哪怕在打下“我们会在一起的”这句话的时候，这个男人脸上的神色也没有丝毫变化，仿佛这句话真的是一句无关紧要的玩笑。

凌雪枫从来都不是擅长开玩笑的人，今天这是怎么了？

风行天下犹豫片刻，忍不住偷偷给风色副队长颜瑞文发了一条短信过去：“颜副队，咱们凌队跟猫神，到底是什么关系？我怎么觉得他们俩不简单呢？”

颜瑞文很快回复：“你知道得太多了。”

风行天下脖子一凉，立刻收回手机，在电脑前端正坐好，假装什么都没发生。

李沧雨整理好奖励物品，便从军团保卫战的地图退了出来，打开好友列表，发现清蒸鲈鱼依旧不在线。

这是临时有事没上线？还是说不方便上线？

今天保卫战开始的时候，李沧雨本想把他组进来，结果发现他不在线，当时李沧雨也没有多想，可到现在保卫战都结束了，那家伙还不上线，这就让人不得不怀疑。

李沧雨摸了摸下巴，想起清蒸鲈鱼平时说话时的语气，以及言语之间对他明显的关心，脑子里突然闪过一种奇怪的念头——清蒸鲈鱼会不会是自己的熟人？比如某个姓凌的家伙？

正想着，私聊频道突然弹出一条消息：“猫猫，你是打算在网游里一边升级一边找队友吗？”

是凌雪枫用风色会长的小号发过来的。

李沧雨收回思绪，打字道：“我在网游里升级，顺便了解下游戏的改动。两年没玩，很多职业的新增技能我还不太熟。”

“这样也好。”凌雪枫很快回复道，“春节过后第七赛季就要开始，时间还长，年底之前你能组好队就可以。”

“嗯。”李沧雨顿了顿，问道，“你今天怎么有空跑来指挥军团保卫战？”

“放假了闲着。”凌雪枫说，“无聊来看看你。”

“哦。”李沧雨笑了笑，突然说道，“其实我挺喜欢吃清蒸鲈鱼的。”

糟了，今天只顾着指挥阵营战，卧底小号清蒸鲈鱼居然忘记登录！他是不是发现了什么？凌雪枫脑海里闪过这样的念头，但很快就平静下来，故作淡定地说：“知道，各种鱼你不都爱吃吗？”

李沧雨也就没有多问。毕竟他现在只是猜测，还没有任何证据，等清蒸鲈鱼上线之后再看吧，如果那个家伙真是凌雪枫，总有一天，他会把清蒸鲈鱼的马甲扒掉，再好好收拾一下凌某人！

凌雪枫猜到猫猫已经开始怀疑他了，好在他开小号的时候没有留下把柄，就继续装不知道吧。想到这里，凌雪枫便故作淡定地转移了话题，问道：“你目前还在纽约？”

“我在长沙。”

“长沙？是在龙吟俱乐部？”

“嗯。”李沧雨说，“有点事情跟经理商量。”

“什么时候走？”

“明天晚上的飞机。”

李沧雨这次回国只待三天，时间安排得确实有些仓促，主要原因是他想办完事就尽快回纽约，他不在家的话白轩不方便住在姐姐家，这几天白轩都是出去旅行住酒店里。而且，某树几天没过来蹭饭，都要有意见了，刚刚还私聊他说：“猫神什么时候回来啊？我都好几天没吃饱了！”

被白大厨放养之后饿肚子的阿树，看起来似乎挺可怜的。李沧雨决定快点回去，把白轩继续接到姐姐家住，顺便带些中药给他调理身体。

“看来这次没机会见面了。”凌雪枫道。

李沧雨说：“你明天有空的话可以出来见见。”

凌雪枫快速打字："你不是在长沙吗？"

李沧雨说："我明天飞上海，再从上海飞纽约，正好路过你那。"

凌雪枫的心中顿时涌起一阵狂喜，立刻回道："我去机场接你，几点到？"

"中午十二点，虹桥机场 T2 航站楼。"

"好。"

"你顺便查一查上海哪里有好吃的酸菜鱼店，我们去吃午饭。"

凌雪枫沉默了两秒，忍不住道："你来找我，不会是为了我欠你的酸菜鱼吧？"

"嗯，我觉得你专门把酸菜带到美国去给我做鱼不太方便，干脆过来找你吃。"李沧雨认真地回复说，"不然，你一直欠我一条酸菜鱼，多难受啊，是不是？"

虽然猫猫这么说，但凌雪枫心里知道，他肯定是惦记自己才顺路到上海一趟的。长沙难道就没有好吃的酸菜鱼店吗？非要跑大老远去上海吃？他这么说只是找借口而已。

想到这里，凌雪枫的心情瞬间变好，眼中也忍不住浮起了一丝温柔的神色，快速打字说道："我知道一家店的酸菜鱼特别好吃，明天请你去吃个过瘾。"

次日，凌雪枫大清早起来，从衣柜里找出一套崭新的西装，还对着镜子刮了刮胡子。出门的时候正好碰到秦陌，少年看了师父一眼，问道："师父要出去？"

凌雪枫一边打领带一边淡淡地道："去见一个朋友。"

秦陌一脸好奇，却不敢多问。等凌雪枫走后，秦陌来到公会区，跟会长说起这件事，知道好多的风行天下忍不住神秘兮兮地凑了过来，说："队长可能去约会了，嘿嘿。"

秦陌震惊地问："约会？"

风行天下一本正经："你没见他出门的时候还特意打扮了吗？穿了新皮鞋。"

秦陌认真地说："师父打不打扮都很帅的。"

风行天下无奈地揉了揉小太子的脑袋，说："等你长大就懂了，去见想见的人，感觉是不一样的。”

秦陌疑惑地想，师父想见的人到底是谁呢？

而此时，凌雪枫正在机场高速上加大马力飙车。

终于能见到想念了很久的人，一向冷静严肃的男人也不由弯起了嘴角。

凌雪枫在十一点半的时候准时赶到机场，虽然表面上故作平静，可凌雪枫的心脏却控制不住地快速跳动起来。自从李沧雨带队离开后，为了不打扰他在武林那边的发展，也为了不让他想起以前的事而难过，凌雪枫很少提出见面的要求，只是偶尔通过电话、微信等方式来问候几句。

这几年他们一直没有断掉联系，逢年过节也经常互发短信。他们都有自己的事业需要经营，身上也都肩负着一支战队的责任，整天忙得焦头烂额。何况凌雪枫也不是那种腻歪的人，他跟李沧雨之间最好的相处模式就是如此——平时各忙各的，关键时刻一句简单的问候，就足以让整颗心都温暖起来。

他们毕竟是最了解彼此的人，也知道对方最需要的是什么。

当年的初次见面，那个目光坚定的十七岁少年微笑着朝自己伸出手说“我会成为你最强的对手”的那一刻，凌雪枫就知道，李沧雨在自己的心里，占据了一个任何人都无法替代的位置。

后来看他带领着一支弱队在神迹联盟举步艰辛，却丝毫没有流露出沮丧的心情；看他百折不挠、越挫越勇，每次倒下后都会原地爬起来，继续自信地走下去；看他从一个新秀迅速变成第一赛季光芒四射的精灵族王牌选手，成为能跟自己并肩而立的出色的召唤师……

对他的赞赏、佩服还有心疼，渐渐地，就像是藤蔓一样缠绕住了凌雪枫的心脏。

每次提到“老猫”这个名字，凌雪枫的心都会不由自主地微微颤动。没有任何人会比他更了解李沧雨，也没有任何人能像李沧雨一样，在他面前毫无弱势地并肩而立。

人生难得一知己。

如今他要带队回来了，凌雪枫是真的为他高兴。

时针快要指向十二点，李沧雨的航班马上就要到了。凌雪枫整理好凌乱的思绪，低头看了看表，再用修长的手指轻轻整理了一下西装的衣领。

他平时在战队训练很少会穿这样的正装，但今天来见李沧雨他确实打扮了一下自己，毕竟好几年没见了，总不能让李沧雨觉得他混得很差。

男人的容貌本来就英俊得无可挑剔，又因为神色比较冷漠的缘故，透着一丝让人不敢接近的气质，站在那里帅得就像一尊雕像，完全不输于电影明星。周围不少人朝他投来好奇或者惊艳的目光，凌雪枫一概不理，一双深邃的眼睛只专注地盯着航班到达处的出口。

——李沧雨终于出现！

凌雪枫的双眼猛然一亮。

为了方便坐飞机，李沧雨今天穿着很舒适的 T 恤和修身牛仔裤，穿着虽然较为随意，却难掩他身上独特的气质。二十三岁的李沧雨放在电竞圈算是快退役的老选手，但在人群里却显得非常年轻，他的个子很高，身材匀称，尤其是一双笔直的大长腿，走起路来格外引人瞩目。

他的鼻子、嘴唇和眼睛都不算特别出色，但五官组合在一起却格外好看，尤其是笑起来的时候，有种像太阳一样耀眼的帅气。

李沧雨的目光在人群里扫了一圈，很快就锁定目标，朝这边快步走了过来。他走得很快，转眼间就来到凌雪枫面前，上下打量了对方一眼，笑着说道："你穿着西装，我差点没认出你来。"

凌雪枫用一个紧紧的拥抱回答了他。

突然被抱进怀里，李沧雨倒也不觉得惊讶，反正以前见面的时候这家伙也会时不时来个拥抱，李沧雨配合地回抱了他一下，拍拍他的肩说："真是麻烦你了，还让你特意到机场接我一趟。"

这句话明显口是心非——真要嫌麻烦，你干吗跑一趟上海？

"别这么客气。"凌雪枫的嘴角忍不住微微扬起，放开他，低声说道，"饿了吧？带你去吃鱼。"

"好！"李沧雨立刻积极地跟了上来。

这态度，还真像是给他鱼就能跟着走的大猫。

两人一起来到停车场，李沧雨看到面前的黑色奥迪，赞道："这车不错。"

"你喜欢的话给你开？"凌雪枫道。

"算了吧，我没驾照。"李沧雨很自觉地坐到了副驾。

"以后有空的话，我陪你去报个驾校？"

"再说吧。"虽然李沧雨很喜欢看各种车，但对开车却兴趣不大："据说考驾照越来越难了，买了车还要买车位，车子还要按时保养，真麻烦，我宁愿出门直接打车。"

凌雪枫道："你就是懒吧。"

李沧雨很直率地说："没错。"

凌雪枫轻轻笑了一下，坐回驾驶座，开着车进入机场高速。

两人虽然很久没见，但有的朋友对彼此的了解已经深入心底，并不会因为长时间没见面而变得生分。

见车子开稳了，李沧雨便随口问道："你今天不用回战队训练吗？"

"有颜副队在，"凌雪枫说道，"队内的训练现在是他管。"

"哦，颜瑞文确实比你细心。"李沧雨感叹道，"记得当年袁副队退役的时候他才十八岁吧？如今已经是风色的副队长了。有他帮着你，你倒是能轻松不少。"

"你不是一样？身边有白轩一直在帮忙，去纽约都要带着他。"凌雪枫说道。

"不是我带他去的，小白的胃病比较严重……"李沧雨解释道。

车内突然安静了下来，凌雪枫疑惑地回过头，发现李沧雨居然睡着了。

他可真会秒睡！

"懒猫，快醒醒，下车去吃饭。"耳边突然传来一个低沉的声音，似乎含着一丝温柔的情绪。

李沧雨睁开眼，对上凌雪枫深邃的眼眸，刚刚在车上睡得很熟，甚至没有做梦，也不知为什么，大概是凌雪枫身上的气息让他觉得很安全。

当初一起在神迹联盟打比赛，那时联盟很多选手都是十七八岁的同龄人，特别爱玩，经常在比赛结束后出去聚餐，每次凌雪枫都坐在他的身边，帮他把爱吃的鱼端过来，那种不动声色的关照，让李沧雨觉得心里特别暖和。

两人这么多年的交情，虽然在赛场上是最强对手，可李沧雨的心底深处，对凌雪枫其实并没有任何的防备。对他而言，凌雪枫是为数不多的值得信任的人，所以他才能在凌雪枫的身边安心地睡觉。

对上凌雪枫专注的目光，李沧雨不由笑道："咳，这几天时差没倒过来，居然睡着了。"

凌雪枫低声道："吃完饭后你要是觉得累，干脆到我那儿睡一下午？"

"再说吧。"李沧雨说着便解开了安全带，想要开门出去，结果因为睡得太沉还没彻底清醒的缘故，一起身，脑袋"砰"的一声撞到了车顶的天花板。

凌雪枫立即俯身，伸出手帮他揉了揉额头："撞疼没？"

李沧雨无奈地道："疼倒是不疼，撞醒了倒是真的。"

凌雪枫仔细看着他，刚才撞的那一下听起来声音特别响，好在不算严重，他的额头并没有撞出大包，仅仅有点发红，过一会儿应该就没事了。

凌雪枫移开了距离，说道："去吃饭吧。"

"嗯。"李沧雨也没纠结，很干脆地下了车。

两人一起走进餐厅，这家专卖酸菜鱼的店确实很出名，门口还有人在排队，凌雪枫提前订了座，进去报了名字之后，服务员就将他们带到楼上的包间。

服务员问道："我们这里全是活鱼，两位要多少斤的呢？"

凌雪枫看向李沧雨，询问道："四斤的够吗？"

李沧雨说："六斤吧。"

凌雪枫点了点头，对服务员说："听他的，要一条六斤的。"

服务员惊呆了，你们两个人吃得完那么大的鱼吗？

点了鱼后李沧雨的脸上露出满足的表情，凌雪枫问道："还要别的吗？"

李沧雨说："不用，我吃鱼就行了。"

凌雪枫又点了两份素菜，这才把菜单递回给服务员。

很快一大盆酸菜鱼就端了上来，六斤的鱼，看上去确实相当壮观。李沧雨立刻不客气地开动，凌雪枫选的这家店很不错，鱼又鲜又嫩，酸菜的味道也好，吃得李沧雨一脸满足。

凌雪枫看着他忙着埋头吃鱼，都顾不上说话的样子，眼底忍不住浮起一丝淡淡的笑意。

——真是只大猫，看见鱼就走不动了。

李沧雨在吃饭期间不喜欢说话，只管专心吃鱼，埋头吃了半个小时，总算把大半盆的酸菜鱼给解决掉了，凌雪枫陪着他吃了一会儿鱼，又吃了些素菜，两人填饱了肚子。

李沧雨满足地擦擦嘴巴，笑道："你欠我的酸菜鱼还清了，下次请吃'清蒸鲈鱼'吧。"

"清蒸鲈鱼"这四个字故意加重了语气，明显是在试探。

凌雪枫故作平静地道："没问题，下次我可以在家给你做。"

两人离开餐厅的时候时间还早，李沧雨说要去找一位他父亲介绍的中医，凌雪枫便任劳任怨地开车带李沧雨过去。

头发花白的老中医听完李沧雨的描述，给他抓了一些调理肠胃的药，并嘱咐李沧雨每天都按时熬着喝，一个月就能见效。李沧雨道过谢，拿着几包药走了出来。

回到车上之后凌雪枫才问道："这是给白轩买的药吗？"

李沧雨道："嗯，我爸说小白的胃病，吃中药比西药管用，这次回国顺便帮他带一些。"

白轩陪在他身边多年，他们的感情更像是亲人。凌雪枫也知道，如果不是白轩一直陪伴，光凭李沧雨一人或许也坚持不到今天。

"时间还早，要不要去我那里坐一会儿？"凌雪枫问道。

"去风色战队不太方便吧？"

"不去战队，去我家，"凌雪枫说，"我在这边买了一套小居室。"

"好啊，"李沧雨不由好奇起来，"你的新家我还没去过。"

凌雪枫买的是一套两室两厅的小居室，他不喜欢空间太大的房子，那样会显得很空落，这套房子是位于景观区的高层，物业很好，南北通透的户型设计得也非常合理。

两个房间其中一个是带洗手间的主卧，面积非常大，凌雪枫在里面摆了一张 King-Size 的大床。另一个稍小的房间被装修成书房，一面墙的书柜里摆了不少书，中间的大桌上还有一台崭新的台式电脑。客厅和餐厅的装修风格简洁时尚，墙纸却用了暖黄的色调，整个家显得干净又温馨。

李沧雨穿着拖鞋在屋子里转了一圈，对凌雪枫的品位他还是很赞赏的。这男人别看外表十分冷漠严肃，其实很细心，也很懂得照顾人，而且他照顾人的时候总能不动声色地让人感觉到温暖，不显得刻意，更不会让人尴尬，这一点其实非常难得。

正想着，凌雪枫突然问道："这里的装修风格，你觉得怎么样？"

"挺好的，"李沧雨说，"我对这些不太在行，居家生活方面你可比我细心得多。"

被表扬的凌雪枫心情很好，带着李沧雨来到了自己的卧室，说道："你困的话就睡一会儿，晚上我再送你去机场。"

李沧雨爽快地脱了外套钻进被窝，笑道："确实有些困，我先睡个午觉，晚上七点再起来。"

确实很困的李沧雨，没过多久就睡着了。

凌雪枫走到床边，看着他闭上眼睛安静睡觉的模样，心底也忍不住浮起了一丝温情——是因为很信任自己，所以他才能在这张床上安心地睡着吧？

——李沧雨，你所给予的信任，我绝不会辜负。

对你而言，目前最重要的一定是神迹职业联赛。对神迹联赛的奖杯你已经渴望了太久，那是你心中的执念，是你最大的梦想。我一定会支持你的决定。

回来吧，猫神。

我在这里，静候着你王者归来。

李沧雨这一觉睡得非常安稳，一直睡到下午五点半才睁开眼睛。不得不说，凌雪枫的床还是非常舒服的，面积大，床垫也厚，躺在上面怎么滚都不用担心掉下来。李沧雨睡觉一向不太老实，醒来之后坐起身一看，发现凌雪枫的被子和床单都被他卷成一团，乱得惨不忍睹……

毕竟这里是凌雪枫的家，把他的屋子弄乱可不太好，李沧雨很自觉地下床把床单和被子都整理好，这才打着呵欠走出了卧室。

让他意外的是，凌雪枫正在厨房做菜。这个男人平时看上去表情严肃，在很多粉丝的眼里有些不食人间烟火的高冷气质，很难想象也会围着围裙做饭。

今天李沧雨就有幸目睹了凌雪枫做饭的画面，男人的表情依旧是严肃的，但在厨房里暖色灯光的照射之下，他那张英俊的侧脸上，似乎增添了一丝居家的温情。

察觉到身后的视线，凌雪枫回过头来，见李沧雨正站在厨房门口打呵欠，目光中便不由自主地浮起一丝温柔，低沉的声音里也染上了浓浓的暖意："睡醒了？"

李沧雨"嗯"了一声，揉着眼睛说："倒时差真累，一觉睡到了现在。"

"饭很快做好，你先去餐厅等一会儿吧。"凌雪枫把锅盖揭开，低头看了看锅里的食材。

李沧雨顿时闻到一股浓郁的香气，他并没有回餐厅，而是嘴馋地凑了过来，瞄了一眼锅里，发现是一锅红烧肉，忍着口水说道："颜色好看。"

"味道也好。"凌雪枫说。

李沧雨笑道："你这人是不是从来不知道谦虚啊？"

"我说的是事实。"凌雪枫拿起筷子从锅里夹出来一块肉，递到李沧雨的唇边，"不信尝尝？"

李沧雨立刻张开嘴把肉吃了下去，睡了一觉他有些饿，红烧肉嚼起来又嫩又软，香浓的味道充满了口腔。李沧雨一脸满足地把肉嚼细了咽下去，似乎没有察觉到凌雪枫刚才是在喂他。

凌雪枫的眼底不由浮起一丝笑意——大猫果然看见吃的就走不动了，喂他吃肉的感觉真好，就像是喂一只大型宠物！

凌雪枫把盛出来的红烧肉递给李沧雨，说道："你先把菜端去餐厅，我再做个汤。"

"哦。"李沧雨接受任务，把三盘菜端到餐厅摆好，又回头帮着拿了碗筷过去。

凌雪枫很快就做好紫菜蛋花汤端了出来，三菜一汤往桌上一摆，看得李沧雨口水直流。

"中午刚吃过鱼，晚上我就没做鱼，下次有机会再给你做。"凌雪枫一边把米饭盛好递给他，一边说道。

"嗯，中午吃了太多鱼，晚上我正想换换口味。"李沧雨再爱吃鱼，一天连着吃两顿也会吃腻味，凌雪枫做的这几个菜也是他平时比较喜欢的，李沧雨接过筷子，埋头不客气地吃了起来，一边吃一边赞道，"荷兰豆好吃……菜心也好吃……红烧肉最好吃！"

被表扬的凌雪枫心情不错，看着李沧雨埋头吃菜的模样，心里觉得特别满足。

他们身为队长，肩上的压力都很大，平时总有忙不完的事情，这次李沧雨回国来找凌雪枫，虽然只有短暂的一天见面时间，可凌雪枫却非常知足。

亲自下厨给他炒几个小菜，跟他面对面吃一顿晚饭，便是凌雪枫这段时间以来最轻松、最惬意的事了。

吃完饭后，李沧雨帮着凌雪枫把碗筷收拾了，看了看手表，便说："第二轮常规赛就要开始，风色那边肯定很忙，要不你先回战队吧，我自己打车去机场。"

"没事，我送你去。"凌雪枫说。

颜瑞文的副队长当得非常尽责，战队其他老选手也不用他操心，最让他担心的秦陌被猫神虐过一次后心境改变了不少，凌雪枫很放心风色战队。倒是难得见到李沧雨，他想多点时间跟李沧雨独处。

见对方执意要送，李沧雨也不好拒绝，干脆地说："那我去收拾行李，我们得尽快出发。”

“嗯，记得别落东西。”

李沧雨带的行李不多，很快就收拾好了，两人到达机场的时候时间还早，凌雪枫又陪李沧雨坐了一会儿，直到晚上九点钟，李沧雨才起身去安检。

“再见！”李沧雨这次主动伸手抱了凌雪枫一下。

凌雪枫立刻回抱住他，低声说道：“十月份在纽约见吧。”

李沧雨点头：“嗯，我等你过来。”

说罢，他就转过身去，朝凌雪枫挥了挥手：“我走了啊！”

凌雪枫扬起唇角，也朝他挥了挥手：“去吧。”

目送李沧雨快步远去，直到他修长挺拔的背影消失在人群中，凌雪枫才收回目光，转身离开了机场。虽然心里很舍不得，但凌雪枫知道，这不过是短暂的离别，他们很快就会有再见的一天。

周二早晨八点，北京，神迹职业联盟中国区总部。

联盟主席南建刚和游戏开发方、运营方的高层代表正在小办公室里召开紧急会议。

坐在首位的南建刚说道：“神迹世界联盟发来的通知文件相信大家都看过了，关于赛制的更改，大家还有什么建议？”

技术研发部门的总监说道：“这次赛制比较复杂，研发部门至少需要一个星期的时间来重建比赛服的数据。第六赛季的第二轮循环赛马上就要开始了，赛制要不要干脆改掉？”

“这倒不急。”南建刚说，“第六赛季已经打了一半，还是维持原样。下个赛季从乙级联赛开始全面更换赛制，我们要把第七赛季作为一个全新的起点，正好跟明年十二月份的世界大赛接轨。”

中途改赛制确实不太合适，众人对主席的决定都点头表示同意。

宣传部的部长忍不住道：“主席，关于世界嘉年华六位选手的选拔，是按照这个赛季的数据排行来选，还是按选手的人气来选？这件事我们讨论了好几天一直没个定论。”

南建刚想了想，说：“嘉年华是娱乐性质的聚会，邀请的都是各国的明星选手，还是按照人气来选吧。今天下午第二轮常规赛就要开始了，顺便开放投票通道，选出人气最高的六名选手去纽约参加世界嘉年华，大家觉得如何？”

“主席说得有道理。”有人点头表示赞同。

“嘉年华不需要打比赛，也没必要考虑阵容配置的问题，选人气最高的六个人也很合理。”

“你们觉得会有哪六个人？”

“如果按照投票的方式，凌雪枫、苏广漠、谭时天这三位队长的人气肯定不用怀疑，其他的就不一定了，依我看，鬼灵的楼队应该也能入选。”

“清沐的队长小朱人气非常高，‘联盟第一辅助’，粉丝可不少。”

“时光的程唯人气也不低吧？”

“飞羽副队俞平生虽然性格孤僻，但在粉丝群里其实很受欢迎……”

南主席听着大家热烈的讨论，忍不住感叹道：“现在的神迹联盟优秀的选手真是太多了。选个嘉年华的六人，就够我们头疼的！”

“这是好事啊！”宣传部长笑着说道，“中国区的神迹联赛这几年发展得非常快，完全不输日韩欧美，我们选出来的国手走到世界的赛场上肯定也不会差。”

“那倒是。”南主席不由笑了起来，“更让我欣慰的是，我们的一位天才选手也要回来了。”

“天才选手？”有人疑惑地道，“是谁啊？”

“谭时天那条大猫小猫的微博段子，你们可以好好地研究一下。”南主席卖了个关子，微笑着说道，“还有新区月光森林的军团保卫战，光明女神和暗夜女神全都被推，两边的指挥你们再猜猜看。”

有人立刻拿出手机点开谭时天的主页，却发现谭队已经把段子给删了，很多人都是一头雾水。

终于，在神迹联盟待了六年的运营部元老说道：“大猫小猫？我们神迹联盟跟猫有关的选手好像只有一个……是不是第一赛季的老猫李沧雨啊？”

南建刚赞赏地点了点头。

“猫神回来了吗？”有人惊讶地道，“这个消息确定吗？”

南建刚笑着说：“当然确定，龙吟俱乐部的经理刘川已经联系过我，今年年底之前要完成神迹分队的注册，李沧雨的个人资料也转到了神迹联盟。”

“太好了！”有人兴奋地道，“猫神的手速跟凌雪枫有得一拼，放在世界上也是排在前列，如果他回来的话，我们国家的召唤师简直要逆天吧！”

南建刚对此也觉得非常欣慰。作为神迹联盟的主席，李沧雨当年带队离开的时候他还苦口婆心地跑去挽留过，嘴皮子都快说破了，结果李沧雨的态度无比坚定，走得也非常果断。南建刚还记得当年那个年轻人离开时挺拔的背影和面带微笑的自信样子。

如今他重回神迹，免不了会受人非议。但南建刚相信，这个男人从来都不会在意外人对他的评价，他的每一次选择都遵从自己的内心，只管做到问心无愧。

他这次回归，绝对是冲着冠军奖杯来的！

老猫回来的话，明年的第七赛季，肯定会变得相当热闹！

CHAPTER 07

超大牌卧底

随着第六赛季第二轮常规赛的启动，神迹职业联盟也发布了一条官方公告——今年十月份世界嘉年华的六位代表选手，联盟将采用网络投票的方式进行选拔。

为了避免刷票导致不公平的结果，联盟也对投票的次数和条件进行了限制。所有在神迹论坛注册并且 ID 等级在三级以上的人员，每人每天自动获得一张选票，可自由地把选票投给任何一位选手。

大家对于这个规则都没什么意见。只要平时看职业联赛的粉丝 99% 都会注册神迹官方论坛，因为神迹官方论坛在直播比赛期间经常会有抽奖活动，而且直播间也是注册后才能评论，免得像某些可匿名论坛一样，总有披着马甲胡乱骂人的人。要求论坛等级在三级以上，这就过滤了一大票看热闹的路人以及恶意捣乱的黑粉。

每人每天获得一张选票，但没说选票有时限，距离世界嘉年华还有一个多月的时间，从今天开始算每人最多可获得五十张选票。也就是说，有的粉丝可能会一天投一票，但也有粉丝会积累五十张票一次性投出去。不到最后关头，谁也不知道结果会如何。

投票通道刚一开放，有三个选手的票数就开始一路飙升，正是神迹联盟目前人气最高的三大战队的队长——风色队长凌雪枫、飞羽队长苏广漠，以及时光队长谭时天。

这三位的人气一直很高，在网络投票时占据优势很正常，大部分玩家也比较认同他们三个加入世界嘉年华的中国区代表团，剩下的三个名额才是竞争的焦点。

李沧雨回到纽约之后就把白轩给叫了回来，还给他熬了一副调理肠胃的中药，那药味儿光是闻着都受不了，李沧雨拍拍他的肩说："你忍着喝吧，医生说一个月就能见效。"

白轩说："没事，我不怕苦味。"

就在这时，白轩的电话突然响了起来："白副队你回去住了吗？我可以来蹭饭吗？"

这声音正是来自之前跟他说"饿了好几天"的谢树荣。

白轩忍着笑道："来吧，记得带饭钱。"

谢树荣很快就带着一大盒周边来敲门，见到白轩，一双眼睛亮得就像饿了很久的狼见到了一块新鲜的肉，白轩被他看得脊背发毛，忍不住道："不至于吧？你们战队的饭菜那么难吃？"

谢树荣一脸委屈："跟你做的比起来真是难吃得要命，你没发现我这几天都饿瘦了吗？"

白轩认真地说："没发现，我倒觉得你胖了。"

谢树荣："……"

李沧雨看着他一脸郁闷的样子，笑道："好了，你别欺负阿树，进来吃饭吧。"

谢树荣立刻积极地走进屋里，结果却闻到一股浓烈的中药味儿，忍不住道："是谁在熬药吗？"

"是白副队的胃病需要好好调养，我这次回国，找老中医给他抓了几服中药。"李沧雨说着，就把熬好的药端出来递给了白轩，白轩捏着鼻子一口气喝光。

谢树荣见他皱眉喝下那么苦的药，忍不住有些心疼——肯定是以前比赛压力太大，作息和饮食都不规律才得的胃病，白副队脾气那么好，整天都带着温柔的笑，其实也受了不少苦吧？

白轩发现阿树一直盯着自己看，便把药碗递给他："你也想喝吗？"

谢树荣尴尬地摸了摸鼻子，问道："苦吗？"

白轩说："很苦。"

谢树荣想，下次过来的时候给他买点甜的话梅，等喝完药再给他吃。

几天没见的三人聚在一起吃饭，李沧雨跟两人简单说了一下这次回国的情况，章决明已经正式跟龙吟俱乐部签约并且搬去龙吟俱乐部住了，李沧雨的意思是等年底阿树的合约到期，他们三个再一起回国，谢、白两人对此都没有意见。

吃完饭后，谢树荣自觉地跑去洗碗，李沧雨则打开了电脑，点进神迹职业联盟的官方网站。网站首页除了战队排行和比赛直播公告之外，还开辟出一块地方，很明显的写着“第一届世界嘉年华投票通道”。

李沧雨好奇地点了进去。

前三名毫无疑问被凌、苏、谭三人占据，第四名的选手却让李沧雨有些意外。

——柳湘。

这是联盟为数不多的女选手之一，红狐战队第二任队长。

李沧雨虽然没见过她，但在回国前他专门查了查神迹甲级联赛八支战队的详细资料，对这位选手也有一定的了解。柳湘是目前神迹联盟人气最高的治疗，被粉丝称为神级奶妈，玩的是神族牧师，游戏ID飞絮。她留着一头黑色长直发，背影看上去尤为美丽，是不少宅男心目中的女神。

据说柳队为人谦虚低调，性格温婉，脾气也很好。跟她性格相反的是红狐副队长杨木紫，杨副队为人比较泼辣，能扛起一桶水直接爬上七楼，简直就是个超级女汉子，让不少男选手都自愧不如。

红狐作为纯女子战队，在神迹联盟经历过不少挫折。尤其是第二赛季于冰刚带领红狐战队加入职业联赛的时候曾遭到过很多外界的质疑，甚至有不少人说，女生负责在家貌美如花就够了，跑出来打什么电竞比赛，男选手们都不好意思虐你们。

结果说这些话的人被反复打脸，脸都被打肿了。

红狐战队就如同赛场上身手敏捷的灵狐，在第一任队长于冰的带领下，红狐甚至有能力把三剑客联手时期势头最强的飞羽战队给逼回泉水，可见妹子们的战斗力也不可小觑。

于冰在接受采访时曾经说过一段话：“在电子竞技领域，女生确实不如男生有天赋，而且女选手的电竞生涯比男选手还要短。但我们一直在努力，我们不是花瓶，我们只是同样为了梦想来到这里的年轻人，请给予我们应有的尊重。”

她的表情很冷淡，目光却无比坚定。

李沧雨第一个点赞了于冰的采访微博，还配一条评论：“加油。”

他一直很欣赏这个敢打敢拼的女队长。

可惜于冰在第四赛季就退役改行当了解说，她将队长的位子转交给柳湘，柳湘不像于冰那样冷漠高傲，但她温婉谦逊的带队手段，也让红狐内部变得更加团结一心。

等以后回到神迹联盟，这群妹子也是超级强劲的对手啊！李沧雨摸了摸鼻子，鼠标下移，发现排在第五位的是鬼灵的现任队长楼无双。

楼无双和张绍辉他都认识，是第三赛季出道的组合，只不过这对杀手兄弟在第三赛季并没有表现出太过耀眼的天赋，反而是第四赛季后期开始发力，第五赛季一举拿下了冠军。

作为鬼灵队长，楼队的选票排在前六也可以理解。

第六名是清沐的队长朱清越。

看见这个名字，李沧雨不由笑了起来，小朱跟小程唯同岁，也是第三赛季出道的，只不过，通灵师在那个时候还不像现在这样强势，那时候通灵师是半辅助半输出的职业，跟白魔法师一样可以上擂台。小少年在擂台正好遭遇猫神，被猫神虐过之后，他居然……哭了。

没错，朱清越是个爱哭鬼，尤其是十八岁的朱清越，跟猫神对局的那一次他哭得稀里哗啦，惊动了不少记者，红着一双眼睛就像被欺负的小兔子，让李沧雨觉得特别内疚，赛后还跑去哄他。

清沐当初的队长楚彦每次比赛都要在口袋里装一包纸巾，留着给爱哭鬼徒弟擦眼泪。当队长就跟当妈一样，也是无奈得很。

李沧雨离开神迹之后，楚彦突然做出了一个让全联盟震惊的决定——让徒弟朱清越当队长，自己退居副队的位置，这也是神迹联盟唯一的一家正副队长互换的战队。

楚彦很明显是想让朱清越尽快成长起来，被强行拉到队长位置的小朱也渐渐地长大了，虽然如今面对记者的镜头时还有些腼腆，但至少不会哭了！

不知道小朱得知猫神回来的消息，会有什么反应呢？

被猫神虐哭过，这绝对是他最不好意思提及的黑历史吧！

李沧雨瞄了眼选票排行，接着就顺手登录了自己的 QQ。这是当初他在神迹联盟时期用的，沧澜解散后很久没有登录过。

一登录就发现右下角的头像弹个不停，显然有不少留言

李沧雨点开对话窗口，就见程唯发来的一大堆关心的话：“猫神，沧澜怎么解散了啊？”“猫神别难过，解散了还可以去别的战队！”“猫神你想过去哪吗？要不要来我们时光？”“猫神怎么不理我？”

还有一条简短的消息：“回神迹吧，我等着你。”来自凌雪枫。

这两人是神迹联盟最关心他的人，一个是师徒之情，另一个说不太清楚，反正是认识多年感情深厚对彼此来说都很特别的存在。

看着这些关切的话语，李沧雨的心头顿时变得格外温暖。

而此时，神迹职业联盟所有在第四赛季之前出道的老选手，QQ 上同时出现了一条提示消息。

——你的好友 Old-Cat 上线了。

老猫？！这号很久没在线过，怎么今天突然冒了出来？不少人的脸上都露出了惊讶的表情。

凌雪枫马上发来消息：“到家了？”

“嗯。”

“你要回神迹的消息很多人都知道了，都是谭时天的段子惹的祸。”

李沧雨说：“没事，我的队友是哪些人他们还不知道，到时候再给大家一个惊喜。”

右下角又弹出条消息，来自“神迹吹水群”的提示。

“@Old-Cat 猫神，这是要重出江湖的意思？”

李沧雨打开 QQ 群，发现 @ 他的正是鬼灵的副队张绍辉。

Old-Cat 是他当年在神迹比赛期间用的 ID，直接翻译为“老猫”。

“神迹吹水群”是第一赛季就建起来的私群，这里不讨论与比赛、战术相关的话题，纯粹聊天八卦，因此非常热闹，李沧雨还是这个群的管理员之一，只是离开神迹之后他就很少在群里说话。

发现两年多没有上线的管理员突然在线，群里的好多人都被炸了出来。

李沧雨在群里回复道：“嗯，有这个打算。”

凌雪枫紧跟着道：“欢迎回来。”

——极少在群里露面的凌队居然也说话了！这简直要截图留念！

苏广漠紧跟着发来一排鼓掌的表情：“欢迎欢迎。”

程唯也跳了出来：“猫神啊！你终于上线了，我还以为你这个 QQ 号不用了，发你消息你也不回！”后面跟着一个泪流满面的表情。

谭时天发去个揉他脑袋的表情：“猫神没看见吧？”

清沐的副队楚彦也跟着说道：“猫神签了哪家战队？怎么联盟这边没什么消息？”

朱清越弱弱地说：“是要重新组队吗？”

李沧雨逮住哭包少年，笑道：“小朱好久不见啊。”

朱清越发来一排脸红的表情，想起当年跟这男人打完擂台之后哭鼻子的场景，他就觉得特别不好意思。

张绍辉幸灾乐祸：“猫神你别这样，小朱又要被你吓哭了。”

熟悉的 ID，熟悉的群，虽然有很多新选手加入，但神迹联盟依然有不少人记得老猫这个名字，记得他曾经在赛场上带给大家的震撼。

李沧雨微微笑了笑，说道：“我目前正在纽约，十月来参加嘉年华的欢迎找我，我做东请你们吃鱼。”

果然是熟悉的味道、熟悉的配方！猫神表达热情的方式还是请大家吃鱼！

不过，这个人重回神迹，肯定会让神迹联盟发生一次大洗牌。众人嘴上嘻嘻哈哈地欢迎他回归，心里却紧张起来——猫神要带一支新的队伍回来，咱们可得提前做准备了！

次日晚，谢树荣继续带着周边来找两人蹭饭，而且他这次还很贴心地带了一盒话梅糖，让白轩喝完中药之后吃下去，这样嘴里就不会太苦。

白轩吃着糖，直赞他懂事。

饭后谢树荣就自觉地跑去洗碗，白轩闲着无聊去厨房里看他，阿树现在已经非常熟练地掌握了洗碗这项技能，洗起来又快又干净。

看他低着头认真地洗碗，白轩忍不住柔声问道："阿树，飞羽当年是不是发生了什么，你怎么会突然离开飞羽跑来美国打比赛？不方便告诉的话就当我没问。"

这个问题白轩憋了很久，终于忍不住问了出来。倒不是他八卦，只是觉得既然大家要当队友，彼此之间有些了解还是必需的，如果弄不清楚谢树荣和飞羽战队的关系，以后在赛场上遇到飞羽可怎么处理？

听到这个问题，谢树荣的脸上明显闪过一丝尴尬。

拿起旁边干净的抹布擦了擦手，谢树荣这才回过头来，看着白轩道："咳，也没什么大事……我十八岁的时候脾气很冲，我师兄也是个火爆性子，我们经常在战队吵架，很多时候吵起就来会口不择言……有一次我们吵得太凶了，吵完之后我就跑了出来。"

白轩完全没料到居然是这样的原因。谢树荣现在看上去成熟了不少，没想到当初的小树同学居然是个天天跟师兄吵架的冲动少年。

"原来是这样。"白轩笑着说，"我问你这个只是想弄清楚你跟苏广漠的关系，以后打比赛也好安排你要不要出场。之前还担心你跟飞羽之间有什么解不开的心结呢，没有的话就再好不过了。"

"心结倒是没有，我跟师兄他们感情还不错。"谢树荣摸了摸鼻子，说，"以后对上飞羽战队，派我上场也没必要有压力，这点你可以放心。"

"那就好。"白轩走过来轻轻拍了拍他的肩膀，柔声说道，"年轻的时候，谁都干过一些蠢事，你别往心里去啊。"

"嗯。"谢树荣看了他一眼，发现白副队安慰人的模样好看极了，而且，他的目光特别温柔，就像大哥哥在安慰邻家小弟弟似的，并没有露出丝毫嘲笑的神色。

谢树荣忍不住走上前去轻轻抱住了白轩，把下巴搁在他的肩上，低声说道：“白副队，这件事别告诉其他人行吗？拜托了。”

“你怕丢人吗？”白轩笑着问道。

谢树荣用下巴蹭了蹭白轩的肩窝，像是在撒娇似的：“帮我保密嘛，毕竟不是什么光彩的事情，猫神知道了肯定会笑话我的。”

这家伙的脸皮真是厚如城墙，明明个子那么高，抱着自己撒娇的时候却像个没长大的小男孩儿似的，下巴在肩窝处蹭啊蹭的，让白轩忍不住有些心软。

其实谢树荣嘴上不说，但这些年孤身一人在国外打比赛肯定也不容易。他能坚持到现在，也是因为心底的信念在支撑着吧？这家伙也是个很坚强的人呢。

白轩轻轻揉了揉在撒娇的阿树的脑袋，说：“我不会告诉别人的，帮你保守秘密。”

谢树荣双眼一亮，抱紧白轩说：“白副队你真好。”

白轩被他抱得翻了个白眼，无奈地道：“行了，快放手，都多少岁的人了，还跟人撒娇，你好意思吗？”

谢树荣厚着脸皮说：“好意思，谁让你是战队的奶爸。”

白轩伸出手轻轻推开了他，转身道：“别闹，快把碗筷收拾好，来客厅吃水果。”

超级奶爸白轩已经切好了一大盘水果，白副队真是特别细心，苹果和西瓜都削成一块一块的，用牙签插着，一口吞下去刚刚好。

谢树荣过去在沙发上坐下，李沧雨也被吸引了过来。

三人一起吃了会儿水果，李沧雨便问道：“阿树，美国这边的常规赛第二轮什么时候开始啊？”

“明天就开始了。”

“那你是不是很忙？要是忙的话就少上网游，还是比赛要紧。”

谢树荣笑了笑说：“不忙，第二阶段的常规赛我不是首发阵容，也不用跟着他们到处打比赛。”

白轩听到这里不禁有些惊讶：“怎么？你们队长不让你上场？”

“战队高手比较多，阵容轮换。”谢树荣的表情很平静，“ICE 战队上个赛季出道的天才新人安格斯，玩的正好也是人族剑客，他年纪还小，但天分很高，队长比较重视他，想多给他一些出场的机会。”

白轩和李沧雨对视了一眼，一时沉默下来。

队长让新人出场是很正常的战术调整，比如凌雪枫让秦陌上场打擂台就是为了磨炼他。但是，让新人打整个循环赛而把老选手彻底换下来，这可不是“战术调整”那么简单，这明显是让阿树去坐冷板凳。

李沧雨微微皱了皱眉，他大概能猜到谢树荣在 ICE 战队待得并不如想象中那么愉快，说不定曾经还遭遇过队友们的排挤。

外来选手很难真正融入一支战队当中，语言、文化、生活习惯的差异本就是个极大的难题，更何况阿树放在高手如云的 ICE 战队并不是特别拔尖、无可取代的那种王牌选手。ICE 队长的选择也没错，阿树的合约即将到期，很快就要离开战队，所以他把更多的机会留给了战队正在培养的新人。

这在道理上虽然没什么错，可在感情上却挺让人心寒。

怎么说谢树荣也是在 ICE 战队最艰难的时期加入的。当初他们急缺一位剑客打前排，谢树荣不远万里跑到美国，跟着陌生的队友们一路征战，将 ICE 战队带入一流豪门之列，如今他的合约即将到期，却遭到这样的冷遇，只能说 ICE 的队长理智到近似残酷，也少了几分人情味。

这跟李沧雨截然相反。李沧雨宁愿为了自己的几个好兄弟带队转移，宁愿选择最艰难的一条路，也不想辜负那几个朋友对他的信任，也不能说谁对谁错，只能说每个人重视的东西不一样。

见谢树荣脸上带着笑，白轩忍不住有些心疼，轻轻拍了拍他的手说：“别太介意，反正你的合约也要到期，回国跟我们重新开始。这几年你跟着 ICE 战队打比赛，你尽了自己应尽的努力，并没有对不起他们。”

白轩的声音很温柔，让谢树荣心头一暖，忍不住紧紧地回握住他的手。

如今的谢树荣，其实早已把这一切都看得十分透彻。

当年初到美国的时候他还是个不太成熟的少年，在战队遭遇排挤，被队友们孤立的那段时间，确实非常难熬。很多时候，队友们嘻嘻哈哈地用英文开着玩笑，可由于文化差异，他根本搞不懂笑点在哪里，坐在旁边只觉得异常尴尬。

后来抱着英汉词典把单词认真地背了一遍，英文水平突飞猛进，语言方面的障碍被谢树荣渐渐地克服，同时他也凭借自己出色的个人能力得到了队长的认可。

那个时候，ICE 在美国神迹联盟还是一支不太出名的队伍，没拿到过奖杯，每次进季后赛都是一天就惨遭淘汰。谢树荣加入之后发挥了以快打快的剑客特色，把战队的前排带了起来，再加上天才血族召唤师杰克·乔希的出道，ICE 战队的成绩才有了起色，当年就拿下总冠军。

之后，ICE 战队发展得越来越快，从各家战队挖来不少高手，也有不少天才选手慕名而来。如今，ICE 战队已经能稳定地跻身于美国神迹联盟一线强队的行列，是本赛季的夺冠热门。

如白轩所说，谢树荣虽是外来的选手，但他从来没有对不起 ICE 战队——他拿着俱乐部的薪水，做着自己该做的事，每一场比赛都拼尽全力，这就是一名职业选手应有的素养。

可从感情上来说，这种跨国籍的外援型选手，对战队确实没有多少归属感。

说实话，谢树荣在 ICE 俱乐部打比赛只是因为放不下他的人族剑客，顺便赚钱养活自己，这就跟并不喜欢某家公司却要在公司里上班的那些员工一样，拿钱干活而已。所以，队长让他坐冷板凳，谢树荣也并不太在意，ICE 战队的成绩是好是坏，说实话，跟他关系不大。

但白轩的安慰还是让谢树荣觉得非常温暖，这种感觉就像是在外面受了委屈之后被家人握着手安慰一样，全身都暖洋洋的。

白副队跟很多战队的副队长不一样，作为李沧雨最信任的左膀右臂，他总是能细心地发现队友们心理上的问题，温柔地安慰、开解，让每个队员都能调整好情绪，以最稳定的心态站到赛场上，他就像整个战队的超级保姆一样，让人觉得特别舒心。

对上白轩担心的眼神，谢树荣微微笑了笑，低声说道：“不用担心，我已经不是小孩子了，精神没那么脆弱。我的合同快要到期，也明确表示不会续约，队长不想让我占用战队的资源也没什么大错，只是，既然他这么做，到时候我离开 ICE 战队也不会有任何的留恋。”

见他神色平静，不像是难过的样子，李沧雨这才放下心来。

孤身在外这么多年，谢树荣的心志已经变得无比坚韧，这一点小小的冷遇，对他来说根本不算事儿。要是换成当年还在飞羽的那个少年，说不定会一时愤懑直接跟队长吵起来，但现在的他，只会平静地接受这一切，他已经是个有担当的男人了。

想到这里，李沧雨不由轻轻拍了拍谢树荣的肩膀，说：“阿树，你先在 ICE 战队偷懒两个月，等年底回国之后，我们战队正式组建，以后你就是首发主力。”

猫神的这句话显然是要重用他的意思，谢树荣认真地点了点头，说：“放心吧，队长，等回国以后我一天都不会偷懒。”

三个人相视一笑。

其实对一支队伍产生好感很简单——关键看带头的人。

李沧雨是个很讲义气的男人，果断干脆，又有魄力。加上白轩温柔亲切的心理攻势，谢树荣相信，以后的沧澜战队，一定会是一个温馨和睦的大家庭。

谢树荣当晚回去之后直接往宿舍走去，反正战队最近的比赛他不参与，也不用操心阵容和战术。训练室里还有人在加班训练，见谢树荣路过，被队长放到首发阵容的少年安格斯笑着说道：“树，我还以为你不回来了呢！你真幸福啊，可以放假，我们就惨了，还要准备明天的比赛。”

这句话里讽刺的味道很明显，谢树荣笑了笑说：“你们加油啊！”

毛孩子太嚣张肯定会栽跟头，这样沉不住气的选手在赛场上自然有人教训他，没必要跟他浪费口舌。谢树荣回到宿舍后登录网游，他们几人的账号在经历过那次军团保卫战之后已经一口气升到了六十五级。

李沧雨见阿树上线，就把他组进了队伍里。这时候正好章决明和顾思明也上线了，五人的副本固定队又一次组了起来。

李沧雨先在队伍频道发去个欢迎的表情，说："正式欢迎老章加入我们战队。"

白轩戴起耳麦，开口问道："老章，你还记得我吗？"

章决明哈哈笑着说："忘了谁都不能忘了你啊，超级奶爸白副队！"

白轩微笑道："真的啊？"

谢树荣咳嗽一声打断了两人的叙旧："咳咳，老章，其实我也听说过你。"

"我跟你师父是一辈人，你从哪儿听说过我的？"章决明好奇地问。

谢树荣厚着脸皮说："当然是从我师父那里听说的。"

"宋队？他是不是没说我好话？"

"哪有，师父夸你很爷们来着。"宋阳当初提起章决明的时候，只说他是个性格豪爽的北方爷们，曾经非常豪气地包了一层楼宴请全体职业选手，别的就没多提，谢树荣对这人的印象也不深。显然，章决明在第一赛季确实表现得不太出色。不过猫神既然拉他入伙，那他的身上肯定有吸引猫神的亮点。对猫神的眼光，谢树荣还是非常信任的。

有这位豪放派大叔在场，大家在语音频道聊起来倒是一点都不显生疏。插不上话的顾小少年突然意识到一件事，问道："固定队还差一个人啊？那个清蒸鲈鱼呢？"

白轩也忍不住疑惑起来："说起清蒸鲈鱼，这几天他在线的时间很不规律，周日的军团保卫战也没来，级别比我们差了整整五级。"

章决明道："是不是家里临时有事？"

听大家在那里讨论，李沧雨不由微微笑了笑，说："这个清蒸鲈鱼，很可能是一位重量级的卧底。"

众人都很惊讶，章决明直接问了出来："老猫你是有怀疑对象了？"

李沧雨卖了个关子："目前还没证据，等我扒掉他的马甲再告诉你们。"

小顾虽然十分好奇，但也没好意思追问。

“那就等你公布真相。”章决明干脆地绕过这个话题，说道，“对了，上次你说让我带小朋友去竞技场，我这几天整理了一下我工作室那里没用过的满级空白账号，挑出来十个不同种族的账号，想让小顾先去熟悉一下每种职业的打法。”

李沧雨赞道：“不错，我也是这么想的，小顾对神迹各大职业的了解还不够透彻，先把每种职业都玩一遍再说。”

顾思明兴奋地说：“知道了队长！我会跟着大叔好好练的！”

章决明接着说：“我手里账号还有很多，你们需要的话也尽管找我要。”

李沧雨道：“我这边暂时不用，你先留着，等以后队员齐了，大家尝试阵容搭配的时候再找你。”

“没问题！”能为战队帮上一点小忙，章决明觉得特别高兴。

由于清蒸鲈鱼没在线，李沧雨就在公会列表里找队友。小小精灵、小小弓手和小小猎人这三个李沧雨之前任命的副会长目前级别最高，李沧雨便开团邀请这三人加入。

“会长来啦！”三人一加进来就兴奋地打招呼。

“嗯，这段时间我不在，辛苦你们了。”李沧雨说道。

“会长不客气！公会建设度已经满了，要去升级吗？”小小精灵问道。

这三个学生党可算是李沧雨意外收获的贴心小管家，这段时间李沧雨在外忙着，白轩也跑去旅行，公会的事全部丢给了他们，这三位大学生都很认真，利用课余时间管理着公会，没有出任何乱子。

今天登录一看，就见吃货小分队在短短几天之内建设度又满了。

只有会长才有权限升级公会，李沧雨去找 NPC 把吃货小分队升为四级，并且给三人交代了一个任务：“升到四级公会后人数会越来越多，你们平时也留心一下，看看公会里有没有会带副本的人才，多组一些副本队，方便满级以后分团。”

“知道了！”三人积极地应道。

“今天先跟我去打六十五级的副本，我教你们一种最快捷的办法。”李沧雨一边在团队频道打字，一边在语音频道说，“阿树、老章你俩先退一下，我带他们打过一次之后你们再来。”

两人果断地退出队伍，老章带着阿树去逛了逛黑市交易行。

李沧雨组满六人队，进入六十五级的“血族城堡”副本。

这个副本的小怪全都是可以隐身的吸血鬼，对付起来十分烦人，但这副本有个窍门，就是可以绕路走捷径，躲掉小怪直接打 Boss。

这条路线知道的人并不少，但如何以最快速度绕路，敏捷属性最高的李沧雨亲自给这三人做了示范。

Boss 的打法也有一些技巧，李沧雨一边打一边耐心地给他们解释，三人认真地记着，李沧雨让他们回头再把这打法教给公会里的其他人，这样一传十、十传百，吃货小分队的成员们升级就不用发愁了。

教会这三人打副本之后，李沧雨让老章和阿树回到队伍里。

打开好友列表一看，清蒸鲈鱼依旧不在线。

国内的时间现在应该是周三上午八点半，李沧雨点开神迹官方网站，一眼就看见今天上午有一场风色和清沐的比赛。

李沧雨对着耳麦说道：“大家可以看看官网的比赛，今天风色正好对上了清沐。”

脑残粉顾思明立刻激动地说：“没错没错，今天有凌队！”

“副本不打了吗？”白轩问道。

“边看边打，这种小 Boss 对你们来说就是小菜一碟，我相信你们一心二用不成问题。”李沧雨说道。

五个职业选手组成的队伍打一个小副本的 Boss 确实没必要那么专心，大家都打开网页看比赛直播，同时把游戏窗口缩小，一边操作着游戏里的账号杀 Boss，一边看比赛讨论战况。

清沐这支战队，是中国区神迹联盟非常有特色的队伍，他们的战术叫作幻术流。其他战队要么以近战输出为核心，要么把远程输出当作重点，只有清沐战队的正副队长都是辅助，战术上也把辅助通灵师作为核心。

双辅助的打法，输出偏弱，却非常难缠——这是联盟不少队长对清沐战队的评价。今天风色和清沐的比赛就一度陷入僵局，哪怕凌雪枫这样攻击性极强的选手，面对朱清越和楚彦的双辅助组合，也不胜其烦。曾经的哭包小少年朱清越在第三赛季转型之后，已经成了一位打法非常冷静的辅助选手。

不得不说，清沐的第一任队长，也就是现任副队长楚彦还是相当有魄力的，当年的小朱虽然有些天赋，但心理承受能力特别弱，比赛打输了动不动就掉眼泪，被记者们骂得狗血淋头。

经常有男玩家在评论里骂他："没长大的奶娃回家断奶了再来打比赛！"女生倒是截然相反的态度："小朋友哭得真可怜啊，给姐姐抱抱。"

朱清越是个争议极大的选手，由于那次被李沧雨虐过之后连哭了半个小时震惊了全联盟，讨厌他的人比喜欢他的人要多，他也是神迹联盟里最典型的"黑"比"粉"多的选手。

楚彦在第三赛季结束后强行把哭包小少年推到队长的位置上，强迫他以最快的速度成长起来。朱清越被推到媒体面前接受"摧残"，果然不负众望地快速长大了，现在的小朱输掉比赛之后已经非常淡定，心态稳定下来之后，他也渐渐变成了神迹联盟非常可怕的辅助选手。

不过，清沐的整体实力比风色还是要差一些，虽然朱清越和楚彦的双辅助组合将战局拖到了四十分钟，可凌雪枫最擅长抓住机会一击毙命，在小朱一次偶然的走位失误之下，凌雪枫非常凶悍地冲进后排直接将清沐的阵容打散，颜瑞文紧随其后控住小朱，风色后续输出跟上，先把朱清越给灭了。

这一拨团战开始得很突然，结束得也极快，转眼间清沐就被团灭。

网上直播间里不少人在吐槽："纠结了整整四十分钟，最后结束却不到十秒。""每次跟清沐的比赛都是这样的，清沐就像是软绵绵的一团棉花，剪不断理不清，要么拖到赢，要么拖到输，心累！""朱队会不会又哭了啊？""别黑我们小朱，他已经很久没哭过了！""给小朱递纸巾。"

导播故意把镜头对准了朱清越，小少年没哭，反而腼腆地冲镜头笑了笑，挠挠头，似乎不太好意思。他知道网上肯定有很多人在取笑他了，真是发愁，每次发微博，下面的评论里都有无数人给他递纸巾……

凌雪枫很快就带队过来握手，朱清越也礼貌地站了起来，脸上的表情挺平静的。

李沧雨看着这一幕也不禁心生感慨，当年那场比赛之后自己过去握手，结果小家伙哭得眼睛都红了，害李沧雨在清沐那边安慰他好久，比赛结束后还请他吃了顿烤鱼。

如今，那个小哭包长大了，已经是肩负重任的一队之长。

清沐这几年虽然不如风色、飞羽和时光那样耀眼，但这支队伍在神迹联盟也是很特殊的存在，风格非常鲜明，还拿过几次亚军和季军，也算是不错的成绩。

关掉比赛界面，李沧雨把窗口切回了网游月光森林大区，开始专心地跟队友们打副本。

过了大概半个小时，左下角突然弹出提示——你的好友“清蒸鲈鱼”上线了。

李沧雨不动声色地发去条消息：“来了？进组打副本吧。”

“嗯。”清蒸鲈鱼很快就加进队伍里。

众人虽然从猫神口中听说这个人是卧底，但猫神正在找证据扒他马甲，大家自然不好表露出什么来，都一本正经地继续组着他打副本，假装什么都不知道。

小顾非常激动地在语音频道说：“感觉好别扭啊，我们在跟卧底一起打副本！”

章决明笑道：“小朋友淡定。”

白轩也说：“这卧底是认识的人吗？”

李沧雨道：“别急，我很快就能试出他来。”

等副本打完之后，李沧雨突然给清蒸鲈鱼发去一条切磋邀请。

凌雪枫想了想，不接的话容易引起聪明的猫怀疑，还是接下来吧。

为免暴露自己，凌雪枫故意隐藏部分实力，打得中规中矩，挺像一位普通的网游老手。结果，就在两人对局的关键时刻，李沧雨突然发来一条私聊消息：

“今天跟清沐的比赛，战术安排得很好。”

电脑那边的人手指一滑，清蒸鲈鱼的招式立刻出现漏洞，被李沧雨逮住机会一口气秒杀。

凌雪枫：“……”

猫猫，你在 PK 的关键时刻发骚扰消息是不是不太好啊？

李沧雨却满意地笑了：他发这条消息确实是试探，如今他也试出来了。

之所以怀疑清蒸鲈鱼是凌雪枫，关键还是那天的军团保卫战凌雪枫来当阵营指挥，清蒸鲈鱼凑巧没有上线。要知道，玩神迹的老手最重视的活动就是阵营攻防了，周日可是上线率最高的时候，清蒸鲈鱼偏偏没来，这就引起了李沧雨的怀疑，再联想到当初清蒸鲈鱼加入吃货小分队的时机，也正好是凌雪枫在网游里认出自己的那一天，而且清蒸鲈鱼这个名字，也太投其所好了，加上今天风色有比赛的两个小时清蒸鲈鱼又一次没有上线……

这四点可不能全都用巧合来解释吧？

凌雪枫毕竟不是专业卧底，打入吃货小分队内部也没什么恶意。他并没有那些大公会培养的专业卧底该有的心机，加上李沧雨对他十分了解，简单地试了试，就把他的马甲给扒掉了。

李沧雨忍着笑发去一条私聊消息：“雪枫，你开小号到我公会里当卧底，好玩吗？”

凌雪枫完全没想到自己的马甲就这样被李沧雨当面给扒了下来。他本来还想装作不知道蒙混过关的，结果李沧雨又紧接着发来一条私聊消息：“比赛期间还跑来玩网游，不会影响到你的状态吗？”

聪明的猫心里就跟明镜似的，再装下去也没什么意思，凌雪枫只好无奈地承认下来：“风色的下一场比赛安排在三天后，不会有影响。”

披着马甲当卧底却被当面认出来，男人一向冷淡的脸上也不由浮起一丝尴尬的表情。

李沧雨笑道：“那你来陪我刷副本吧，我们固定队正好缺人。”

游戏里，见爱吃红烧鱼一套连招带走了清蒸鲈鱼，顾思明好奇地对着耳麦说道："猫神，你试出来清蒸鲈鱼到底是谁了没啊？"

李沧雨道："是凌雪枫。"

语音频道静默下来，显然大家都很惊讶。

片刻后，回过神来的顾思明才大声说道："凌队？这个人居然是凌队啊？"

白轩无奈地道："小顾你要不要这么激动？这是要跟程唯竞争联盟头号'脑残粉'了吗？"

"嘿嘿嘿。"顾思明傻笑着挠了挠头，游戏里的顾名思义立刻跑到清蒸鲈鱼的面前。

——[顾名思义]给[清蒸鲈鱼]送上一朵鲜花。

——[顾名思义]给[清蒸鲈鱼]送上一朵鲜花。

……

系统频道被鲜花连续刷屏，这是神迹游戏当中的一种道具，送好友鲜花就可以增加友好度。

凌雪枫疑惑地打来一排问号："干什么？"

顾思明说："偶像你好，嘿嘿嘿，我是你的粉丝！"

凌雪枫突然想起来，之前猫猫曾跟他提过队伍里的这个圣骑士是他的粉丝，他不太明白一个玩圣骑士的小少年为什么会喜欢他的魔族召唤师？不过小少年当面对他表示好感，加上这家伙是猫猫的队友，凌雪枫也就卖了他一个面子，配合地说："谢谢。"

顾思明激动坏了："凌队跟我说谢谢了，我要截图留念！你们先让开一下，让我跟凌队单独来一张合影。"

然后他就跑到清蒸鲈鱼的旁边，用游戏自带的截图程序从不同角度连拍了好几张合影。

章决明无奈地伸手拍了拍旁边小家伙的脑袋，说："你可以先下楼绕着龙吟俱乐部跑一圈，来释放一下你激动的心情。"

顾思明回头道："那怎么行，别人会以为我疯了。"

章决明心说，你也知道啊！

白轩则笑着说：“有小顾这样强的竞争对手，看来程唯头号‘脑残粉’的地位快要保不住了吧？”

正说着，李沧雨突然收到一条私聊消息。

“会长你好，你们固定队还缺人吗？”来自神之封印。

神之封印这个 ID 李沧雨记得很清楚，是周末那天军团保卫战的时候刚刚加的好友，时光公会的人，一直跟在自己的旁边当保镖，每次鬼灵公会的杀手想靠近自己的时候，这个神之封印都会用群攻技能把对面的人给打出来，保护总指挥的安全。

起初李沧雨还以为这是时光的会长专门安排的负责保护指挥的人，可整整两个小时的阵营攻防战下来，这家伙居然寸步不离地跟在自己的身边，李沧雨便怀疑起了这个人的真实身份。

每次阵营频道有人骂指挥的时候，他就发消息说：“骂指挥的都闭嘴！”每当光明军团获得一些优势的时候，他又在阵营频道刷屏：“指挥威武霸气！指挥好帅！指挥太给力了！”

打字速度极快，堪比机关枪扫射，简直就像指挥的“脑残粉”。

李沧雨忍不住笑了起来——程唯啊，你这毛躁的性子能不能改改，这也太明显了吧？

那天保卫战之后李沧雨很快下线，并没有当面戳穿程唯的马甲，还以为小程唯只是周末无聊去参加保卫战活动的，毕竟他以前也经常去保卫战打酱油，没想到，今天他居然又开着小号跑来网游里……这是开小号开上瘾了吗？

李沧雨实在无奈，忍不住道：“我队伍满了，你乖乖训练去。”

程唯假装听不懂：“什么训练啊？大神，我就是想跟你组队打个副本，队伍里给我留个位置好不好？”

李沧雨道：“谭时天不管你啊？”

程唯下意识地回答道：“他出去买午饭了。”

回答完之后，才发现自己中了猫神的语言圈套，程唯发来一排泪流满面的表情。

李沧雨笑着说："就你这点儿智商还学人当卧底呢。"

凌雪枫那么大牌的卧底刚刚都被李沧雨给扒掉了马甲，程唯披的马甲完全就是透明的，根本没办法掩盖他"单蠢"的本质，一说话就暴露了。

不出十秒就被猫神认出来，程唯只好发来个憨笑的表情："猫神猫神，我陪你打副本吧！"

李沧雨问："你不用训练？"

程唯解释道："现在是午休，下午两点半才正式训练。"

李沧雨看了眼电脑右下角的时间，纽约已经是晚上十一点半了，国内却正好是中午，李沧雨想了想，便回头朝白轩说："要不你先睡吧，我另外组个人来打副本。"

白轩正在调养肠胃，必须保证规律的作息时间和充足的睡眠，往常他也是晚上十一点半就下线睡觉的，听李沧雨这么说，他便笑了笑道："好吧。各位我先睡了，没奶爸罩着，你们打副本可要悠着点儿。"

谢树荣忙说："你快去休息，身体要紧，别熬夜了。"

白轩"嗯"了一声，干脆地下了线，洗澡去睡觉。

李沧雨又把程唯的小号组了进来，在队伍频道说道："欢迎两位大牌卧底加入我们副本队。"

凌雪枫："……"

程唯："……"

语音频道，章决明好奇道："怎么又来一个卧底？这次是谁？"

李沧雨说："时光的副队长程唯。"

顾思明兴奋地说："程唯也来了啊？是这个叫神之封印的白魔法师？"

谢树荣道："有大神加盟，我可以划水吗？"

章决明感叹道："我们这个副本队是不是太豪华了？"

这确实是超豪华阵容，风色的队长凌雪枫，时光的副队长程唯，居然心甘情愿地跑来给猫神打杂。

李沧雨心情愉快地带着两个超大牌卧底进了副本。

血族城堡这个副本可以绕过小怪直接打 Boss，要是换成以前，绕路的任务都是李沧雨在干，不过今天他忍不住想偷个懒，进了副本之后就在队伍频道打字道："雪枫你去绕路吧。"

"好。"被使唤的凌雪枫完全没有意见，猫神说什么就是什么，立刻转身去旁边找近路。结果，多年没打过这个副本，凌雪枫早已不记得正确的路线，在岔路口走反了方向，不小心引到一批小怪，瞬间惨死在小怪的围殴之下。

躺尸的凌雪枫无奈打字："我走错了。"

李沧雨："……"

程唯积极地冲到前面说："我去我去！"

于是，程唯操作着白魔法师的小号，积极地跑去找近路，结果他也在岔路口走错了方向，引来一批小怪的围攻，挣扎了两下，就跟凌雪枫一样躺尸了。

程唯发来一排流泪的表情："我也走错了！"

李沧雨："你们俩当卧底的能不能靠谱一点？"

被嫌弃的两人一句话都没说，躺在怪堆里，大眼瞪小眼。

李沧雨无奈之下只好自己亲身上阵，身法敏捷的精灵族召唤师只用了不到一分钟的时间，就迅速穿过血族城堡内复杂的地道，绕开小怪群，成功到达了 Boss 的面前。

"行了，复活吧。"李沧雨打下一行字，凌雪枫和程唯乖乖地选择了复活，然后就直接来到他的身边。其他几个队友也自杀复活集体在 Boss 的面前集合。

李沧雨问道："这个 Boss 怎么打你们俩会不会？"

凌雪枫说："忘了。"

程唯："我没打过！"

李沧雨："卧底当得真不专业！"

这俩其实是来给他添乱的吧？

无奈之下，李沧雨只好说道："你们来语音频道，我只说一遍。"

凌雪枫和程唯迅速登录了语音房间，李沧雨开始解释起来："血族 Boss 的打法都差不多，这个 Boss 也会隐身技能，待会儿他隐身的时候，小唯你就朝着正前方我标记的蓝色位置丢群攻，雪枫朝着另一个方向红色的位置丢群攻，把他打出来。

“在他点名追人的时候，被点名的人快速绕圈跑，别被他追上。群攻技能有两秒的反应时间，大家自己后跳躲好。需要注意的就是这些。”

李沧雨顿了顿，又说：“对了，我们的神奶下线睡觉，队里现在没治疗，你们可别乱来。”

结果，队伍里偏偏有人乱来。

——没错，正是这两位超大牌卧底。

凌雪枫输出太高开场直接OT，程唯一个群攻放错地方又被隐身的Boss秒杀。

看着再次躺平的两人，李沧雨十分无奈：“我说你俩真不是来捣乱的吗？”

凌雪枫严肃地说：“我不小心。”

程唯说：“我是太激动了，嘿嘿，好久没跟猫神一起打Boss了，脑子有些跟不上手指的速度！”

——所以你的手指就瞎按是吧？

——让你往前面丢群攻，你怎么丢到后面去了？这都激动到前后不分了吗？

李沧雨叹了口气，说：“你们稍微认真点，这要是在赛场上，我都虐翻你们十回了。再说一遍，小唯往前丢群攻，别搞错方向，还有雪枫，你的输出不要那么拼，老是OT，小顾都拉不住Boss。”

被教训的凌雪枫乖乖打字道：“嗯，知道了。”

程唯也乖乖打字：“我会认真的，往前往前，我记住了，再来！”

章决明看到这里不由笑了起来，摘下耳麦，回头朝小顾轻声说道：“看猫神教训他俩，突然觉得很爽。”

顾思明兴奋地说：“对啊对啊，像凌队那么严肃的人，从来都只有他教训别人的份儿，今天被猫神教育，他都老老实实的不敢还口。哈哈哈，看凌队吃瘪我好开心，我果然是黑粉！”

章决明："……"

蠢货，你对着耳麦说话，所有人都听到了！

章决明指了指他的耳麦，小顾立刻捂住嘴，在嘴巴上做了一个拉拉链的手势。

凌雪枫自然听到了顾思明在语音频道说的这段话，但他依旧十分淡定地操作着清蒸鲈鱼的小号，继续打 Boss，没有做出任何的回应。

如小少年所说，整个神迹联盟确实没有人敢当面教训他，只有猫神敢这么说他。可那又如何？李沧雨在他的心里是不一样的，听猫神的教训，凌雪枫心甘情愿。

复活的凌雪枫和程唯这次都拿出了职业选手该有的专注，听李沧雨再次交代一遍打 Boss 的重点之后，两人按照李沧雨的指挥认真放技能，这回总算是把 Boss 给过了。

李沧雨松了口气，说："你俩继续保持这种状态啊，接着打下一个。"

血族城堡总共有三个 Boss，后面的两个其实更难，不过凌雪枫和程唯毕竟是悟性超高的职业选手，很快就适应了打 Boss 的节奏，六个人用短短十分钟时间就把两个 Boss 全部干掉。

李沧雨上前去捡起了 Boss 掉落的装备，分给队友们。

其中有一个白魔法师的法杖，见猫神把它分给了队里的另一个白魔法师，程唯忍不住道："我呢我呢！这个是白魔法师的装备，我也可以用！"

李沧雨道："瞧你这点出息，还跟人抢一个六十五级的法杖，你好歹是个副队长。"

程唯："哦，差点忘了。"

李沧雨也是无语，这家伙还挺入戏的，跟着打了一趟副本，居然也跟着抢装备，他还真当自己是在玩网游呢？

凌雪枫很淡定，对装备什么的一点兴趣都没有，倒是关心起猫神的作息来："你那边应该晚上十二点了吧？还不睡吗？"

李沧雨说："正准备睡。"

把副本奖励整理好之后,李沧雨才说道:“小唯,你以后还是少来网游里吧。”

程唯委屈道:“猫神,你嫌弃我吗?”

李沧雨严肃起来,说道:“你还是加油训练,好好准备比赛吧。时光现在是谭时天一个人在管,你好歹也是个副队长,应该担起副队长的责任来,别胡闹了。”

程唯开着音响,谭时天刚才出去买午饭,回来的时候正好听到猫神的这句话,心里忍不住有些感动。

李沧雨对程唯就像是一个温和的长辈,引导着他渐渐成熟和强大,小猫对大猫有强烈的崇拜和依赖感这也是很正常的事,凌队说的“父子之情”才是对的,自己之前显然想多了。

想到这里,谭时天不由微微一笑,转身把买来的饭放到餐厅里,回头揉了揉程唯的脑袋,说道:“小唯,去吃饭了,我买了你最爱吃的蛋挞。”

“哦,就来!”程唯随口回了一句,然后就认真地朝李沧雨说道,“猫神放心吧,我今天下午就好好训练去,以后在QQ上联系,你那个老猫的账号可要经常登录啊!”

李沧雨道:“嗯,去吧。”

把小程唯赶去训练,而对凌雪枫,李沧雨却是截然不同的态度。

凌雪枫并不需要他担心,这个男人已经是非常成熟的队长,时间该怎么安排,李沧雨相信他能自己把握好,他来网游里随便玩玩放松一下心情,也绝对不会影响到自己的状态和风色战队的成绩。

李沧雨私聊他道:“我先睡了。”

凌雪枫道:“嗯,以后吃过晚饭我再上线来陪你,你那边的时间应该是上午八点到十二点。”

“随你吧。我这边其实也没什么大事,目前就是平稳升级的状态。”

“章决明已经入队了吗?”反正马甲被扒,凌雪枫也就不再隐瞒,之前跟这位白魔法辅助打了很久的副本,他早已推断出对方的真实身份。

“嗯,我这次回国就是为了他的合同问题。”李沧雨直说道,“目前队伍只有五个人，还远远不够。”

“找队友还要看机缘，慢慢来吧。”凌雪枫说道，“我相信你这次的运气不会差的。”

CHAPTER 08

暗杀者

接下来的时间过得非常快，第六赛季常规赛的第二轮循环赛一场接着一场，李沧雨跟几个队友一起升级的同时，也会关注国内神迹联盟的赛事，顺便了解一下各大战队的风格和战术。

凌雪枫每天晚上训练结束之后就会上线来找李沧雨，跟他们几个一起组队聊聊天、打打副本，而章决明和顾思明被李沧雨派去竞技场，小少年也在大叔的指导之下迅速地成长起来。

一个月的时间，李沧雨等人渐渐升到九十多级，吃货小分队公会也在三位学生党的打理之下成功升为最高级的五级公会。

大概是刚开始的好运气已经用完了，下一位队友迟迟没有出现。在新区能连续遇到谢树荣和章决明，李沧雨已经十分满足，大概是月光森林大区出色的新人并不多。

时间很快就到了九月中旬，李沧雨的小号也终于满级了。

这天晚上，几个人在游戏里放烟花庆祝了一番，李沧雨便一个人来到了黑市交易行的门口，打算去交易行淘一些实用的装备。结果刚走到交易行附近，屏幕上突然闪现一丝红光，一把尖锐的匕首准确无误地插进了精灵族召唤师的胸口，一招出现暴击，直接将脆皮召唤师的血打下去 30%！

——这是遇到暗杀者了？

李沧雨眉头一皱，回头一看，却发现对方很机灵地隐身了。

神迹当中的生活玩法非常丰富，“暗杀者”就是其中的一种，游戏里有专门发布暗杀任务的 NPC，接到任务之后，地图上会标注需要暗杀的对象，暗杀者同时获得“隐身”技能和“追踪”技能，只要暗杀成功，就能拿到非常丰富的奖励，并且增加功勋值，暗杀失败则会扣除功勋值。

暗杀者有一半机会遇到野外小 Boss，还有一半机会直接遇到游戏里的玩家，要是遇到菜鸟还好说，万一遇到高手，失败的可能性就极大。

吃货小分队是新区第一批升到五级的公会，加上当初爱吃红烧鱼指挥了一次经典的军团保卫战，新区的大部分玩家都知道“爱吃红烧鱼”是个高手。

这位暗杀者敢来偷袭吃货小分队的会长，胆子倒是不小。

李沧雨目光锐利地扫视了一下四周，对方在出手攻击之后就隐身藏了起来，显然是深谙暗杀之道。

不过，李沧雨可不会由着他偷袭，他微微笑了一下，便操作着爱吃红烧鱼往前走了几步，故意走到一处地形比较复杂的树林里，一边走一边等着暗杀者上钩。

对方果然上钩了，从树后绕出来又是一刀背刺！

李沧雨突然一个飞羽步闪身到大树的另一侧，同时召唤出自己的雷精灵，一招“雷霆之怒”的群攻将他打了出来，然后又唤出水精灵，以极快的速度将他冻在原地。

仔细一看，这人正好是个血族刺客，ID 叫“霜降”，头顶写着“暗杀者联盟金牌杀手”的称号，穿着一身黑衣，看起来很是干脆利落。

他头顶的称号，正是暗杀者联盟根据暗杀者完成任务的次数所评定的等级，金牌杀手，说明这个人实力不弱，至少完成过上百次的暗杀任务。

李沧雨冻住他之后并没有客气，唤出火精灵一套连招将他的血线迅速压低！

对方显然也意识到自己遇到了高手，等冰冻状态一解除，立刻战斗隐身躲了起来。

杀手隐身在树林里确实比较难找，不过没关系，他既然有暗杀任务在身，总会再找上门来的。

李沧雨没理他，转身继续往交易行前进。

结果，他走到半路，身后突然闪现一片血色的冷光，暗杀者利用短暂的隐身时机，手中锋利的匕首又一次刺穿了爱吃红烧鱼的胸口。

李沧雨反应极快，回头召出水、火精灵，一个控制一个输出，爆手速迅速将他给秒杀了！

见那个叫“霜降”的暗杀者躺平在地，李沧雨不由笑了笑，在附近频道打字道：“暗杀我的任务肯定没法成功，你还是放弃吧。”

霜降：“……”

李沧雨又道：“或者我们可以商量一下，我原地不动让你杀，你把奖励全部给我？”

霜降直接回城复活了。

虽然暗杀者很容易得罪人，但奖励给得多，比起那些猎户、铁匠、服装师、修理师之类的生活玩家，暗杀者是赚钱最快的一种，游戏里玩暗杀者的人并不少见。

不过，遇到难啃的硬骨头，很多暗杀者也会聪明地放弃任务，大不了扣掉一些功勋值。

本以为这人也会识相地放弃任务，可让李沧雨没想到的是，他从交易行回来之后，在副本门口等队友，只不过是落单了一会儿，居然又一次遇到了霜降。

这人显然是一直在寻找机会，见爱吃红烧鱼落了单便趁机扑过来暗杀，可猫神哪是那么容易杀的？哪怕鬼灵公会的楼张组合，想暗杀掉猫神也要费一番心思，这霜降一个人跑来杀猫神，结果又一次被猫神完虐。

李沧雨看着躺平在自己面前的家伙，忍不住打字道：“你还没放弃吗？”

霜降：“……”

见他死后掉落了一双鞋子，李沧雨又问道：“掉的装备还要不要？我帮你捡起来？”

霜降又回城复活了，尸体瞬间消失在面前。

这家伙倒是挺倔，死了之后掉装备，李沧雨好心捡起来想还给他，他居然不要……估计在他看来，李沧雨这是在羞辱他呢！

接下来的几天，李沧雨不管走到哪里，都会有个隐身的暗杀者跟在后面，

只要李沧雨落单，他就偷偷潜伏过来捅上一刀。还别说，这家伙寻找机会的能力非常强，有时候趁着李沧雨血量很低的时候隐身过来偷袭，好几次李沧雨差点就挂了。

可惜最终，每次都是暗杀者被反杀，躺平在地，并且掉落一两件装备，

连杀他十次，他的装备掉了一堆，被李沧雨捡起来，包裹都快塞不下了。

李沧雨很无奈地说："你别来了，你是来给我送装备的吧？"

霜降："……"

面前的暗杀者被反杀得只剩下一条裤衩。

看着躺在地上只穿着一条裤衩的霜降，白轩忍不住同情地道："这家伙真可怜，暗杀任务怎么就偏偏遇到了你？要不你死一次让他完成任务算了，这孩子在你后面追了好几天，我看着都心累。"

李沧雨却笑道："我不习惯被人杀死。再说，我正好可以多观察一下他。"

发现这个杀手的特殊，是在第三次被他暗杀的时候。

当时李沧雨正在副本门口等队友，那里人非常多，他在人群里准确地定位了李沧雨的位置，并且非常犀利地打出一套暴击。要不是李沧雨眼疾手快，用轻功躲避并且用水精灵封住他的退路，那次还真就差点被他干掉。这个人极其擅长寻找机会，并且能冷静、耐心地等到最佳时机再动手。

杀手必须沉得住气，这个人明显拥有成为一名优秀杀手的潜力，手速快，反应也快，打得过就打，打不过就转身跑，做出决定非常果断。如果不是遇到李沧雨这块难啃的硬骨头，他的暗杀任务早就完成了。

李沧雨被他追杀了好几天，但心里其实对这个家伙颇为赞赏。

白轩反应过来，忍不住道："你这是故意不让他杀掉，卡住他的任务？"

李沧雨严肃地说："我只是为了加深一下对他的了解。"

见霜降装备掉光，只剩一条可怜巴巴的裤衩，李沧雨直接把他掉的装备发邮件给他邮了过去。霜降复活回到主城后，系统提示有新邮件，打开一看，顿时呆住了。

"你掉的装备我全都邮给你了，穿上之后再来杀我吧，加油。"来自爱吃

红烧鱼。

抽搐着嘴角把装备全部穿上，少年没有再回头去杀爱吃红烧鱼，而是到NPC的面前放弃了暗杀任务，这也是他玩游戏以来第一次放弃暗杀任务，爱吃红烧鱼的强大不是他能对付的，这几天他绞尽脑汁，什么手段都用上了，还是杀不掉，只能自认倒霉。

李沧雨等了一会儿，一直不见霜降出现，不由私聊他道："不来杀我了吗？"

"嗯。"

"那一起打副本吧。"说着就发来一条组队邀请。

这人好奇怪啊！追杀他好几天，难道他一点都不生气？还主动把装备给邮过来，有他这样的吗？霜降只好回道："我不打副本，谢谢。"

李沧雨道："来来，带你去拿点儿好装备，你那个匕首耐久度只剩10%，都快不能用了，鞋子的属性也很差，要是换一套好装备，说不定就能成功杀掉我。"

少年突然觉得自己遇到了传说中的"圣母病"！哪有对暗杀者这么好的？

殊不知，李沧雨早已把他当成了可发展的队友，正在那两眼放光呢。

神迹当中的生活技能在七十级正式开放，少年之所以选择暗杀者是因为这种玩法最为刺激。

暗杀者不同于采集材料、制作成品的生活玩家，他们每天的任务就是"杀人拿奖励"。除了发布任务的NPC会随机选择游戏玩家让暗杀者击杀之外，游戏里也会有人发布高薪暗杀任务雇杀手去弄死自己的仇人——可以说暗杀者风险虽大，但来钱也最快。

少年从七十级开始做暗杀任务，到现在已经击杀了九十九个人，被暗杀者联盟评定为"金牌杀手"，仓库里也积累了一笔不小的财富。

如今的他早已没有了刚进新区时那种拼命刷副本升级的热情，每天最高兴的事情就是成功完成暗杀任务，那样会显得他很厉害。

神迹中有个设定，如果暗杀者的任务能够连续完成，奖励和功勋就会有所加成，他已经成功了九十九次，只差最后一次就能获得"百人斩"的高难度成就，直接升级为“钻石杀手”！

结果，偏偏就在这最关键的时刻，他遇到了卡住他连环任务的爱吃红烧鱼。

暗杀者如果任务失败还被反杀，系统会给予一定的惩罚，连续十次暗杀爱吃红烧鱼都失败，还被对方反杀，别说获得“百人斩”成就，他自己的钱都快要掉没了……最后只能忍耐着吐血的冲动放弃了暗杀任务，再死下去说不定他会变成穷光蛋。

少年咬牙想了想，反正爱吃红烧鱼主动邀请组队，那就组进去看看吧，当一段时间的卧底，等摸清他的底细再想办法杀了他。想明白这一点，他便干脆地接受了李沧雨发来的组队邀请。

李沧雨在队伍频道说：“大家在野兽丛林副本门口集合。”

少年很快就跑到了副本门口。

野兽丛林是一百级的副本，游戏里目前满级的人并不少，副本门口人山人海，但少年还是一眼就锁定了爱吃红烧鱼的位置。连续追杀他好几天，都快形成条件反射了。

忍耐着潜伏过去捅他一刀的冲动，少年故作平静地走到了爱吃红烧鱼的面前，锐利的目光扫过周围，发现旁边还有几个 ID 为蓝色的队友，神族牧师、人族剑客、兽族骑士，还有一个白魔法师，都是吃货小分队的，显然是一群亲友团。

爱吃红烧鱼打字道：“人齐了，进副本吧。”

大家一起进了副本，少年还没来得及说话，屏幕就突然闪现刺眼的红色。

——［会开花的树］向你开启了屠杀!

少年愣了一下，他向来是个喜欢 PK 的好战分子，有人主动送上门来，他自然不会客气，立刻拿起手中的匕首跟对方缠斗在一起。

李沧雨想试试这个人的真实水平，让阿树进副本之后开屠杀，看看他的应变能力。

少年的反应确实很快，出手也非常果断，手中的匕首带着血色的寒光——突进、绕后、背刺、隐身，打得相当冷静。

可谢树荣是什么人？豪门战队的主力职业选手，虐死这家伙就是分分钟的事情。

少年没熬过三十秒，就被谢树荣一套华丽的光影回转给带走，“嗷”的一声惨叫，倒在了地上。

李沧雨接着说：“等他复活后小顾再上，正好看看这段时间你跟着章叔学得如何。”

章决明笑道：“小朋友可别给我丢脸啊。”

顾思明兴奋地道：“放心吧大叔，看我怎么虐死他！”

可怜的少年刚爬起来，系统频道又是一条提示。

——［顾名思义］向你开启了屠杀！

那个圣骑士如同疯了一样冲过来，左手护盾高高扬起，右手的金色大刀左右一通乱砍，看似毫无章法，却招招见血，气势逼人！防御原本就很弱的血族杀手，很快就倒在了圣骑士的脚下。

李沧雨赞道：“小顾进步挺快的。”

顾思明嘿嘿笑着挠头：“谢谢猫神夸奖！”

然后李沧雨又亲自上了。

——［爱吃红烧鱼］向你开启了屠杀！

再次被杀的少年几乎要崩溃！看来他之前想错了，这个爱吃红烧鱼根本不是“圣母病”发作请他来打副本的，而是把他拉进副本里报仇的！

这算什么？剑客杀一次，狂战士杀一次，召唤师再杀一次，一群人联手欺负他，以多欺少合适吗？

少年愤怒之下刚要退队，李沧雨却眼疾手快地发来一条消息：“不会要退队吧？”

霜降：“……”

李沧雨道：“这就认输了？我还以为你是个很有傲气的人呢，被杀之后应该想办法杀回来不是吗？”

霜降：“……”

李沧雨接着打字：“你看看，你别说暗杀我，连我身边的几个队友你都打不过，我劝你还是别当暗杀者了，去换个裁缝或者铁匠玩玩。”

霜降：“……”

李沧雨发去个摸头的表情：“看你这身垃圾装备，敏捷属性太低，攻击却严重溢出。其实你把攻击堆到 200% 就差不多，敏捷上去一点，行动起来会更灵活。杀手的攻击很重要，但如果不能一击毙命，你就要依靠敏捷属性来寻找更多的机会。”

虽然被杀得非常郁闷，但少年看见他说的这段话，还是不由自主地打开装备面板看了一下。好像……有点儿道理？

“走吧，先打副本拿点装备，你这身装备也该换换了。”李沧雨说道。

——难道他真的要带自己刷副本拿装备吗？

——这是不是给两个巴掌之后再喂一颗甜枣的意思？

少年郁闷地挠了挠头，默默跟在这几人的身后。一路往前推进，他突然发现，这几个人打副本的效率简直可以用“推土机式碾压”来形容，很快就推进到 Boss 面前。李沧雨在队伍频道简单说一下打法，大家默契开工。

少年平时以杀人为乐，很少打副本，尤其是满级以后他天天都在接暗杀任务，副本完全没去过。这个 Boss 有个点名追人的技能，霜降被点名，一时没反应过来，Boss 追上他之后放了一个大招，导致队伍瞬间团灭。

本以为队长会骂他，结果李沧雨很淡定地说：“没关系，再来。”

众人爬起来继续打副本，这次运气比较好，霜降没有被点名，其他人躲技能躲得非常熟练，很快就将一号 Boss 给干掉。

巧的是，这 Boss 正好掉了一双紫色的鞋子，属性很不错，加防御的同时还加不少移动速度。

李沧雨把鞋子分给了霜降，说道：“给你吧。”

少年心情复杂地收下装备。

打二号 Boss 的时候少年很聪明地跟在谢树荣后面，他是近战职业，跟着剑客总没有错。果然，这次很顺利地杀死 Boss，Boss 居然掉了一对匕首！

100 级的小副本里掉落武器的概率是最低的，尤其是紫色品质的武器，在交易行都能卖到好几万金币。这对匕首的属性极好，不仅增加攻击还加暴击率，血族杀手用起来再合适不过。

霜降眼巴巴地看着这对匕首，都快流口水了。

李沧雨捡起匕首，在队伍频道说："加入我的固定队，我就把匕首给你。"

霜降："……"

他才不是那种会被装备诱惑的人，他可是很有原则的。

李沧雨继续说："我这里血族杀手的衣服、项链、手环、戒指全都有，可惜我们队里就是没杀手，你来的话全部给你如何？"

装备再多也要坚持住原则！

少年没搭理猫神抛出来的诱饵，平静地说道："我不加固定队。"

——还挺有骨气啊！

李沧雨不由笑了一下，说："别急着下结论，你会加的。"

霜降毫不犹豫："我不加。"

李沧雨摸了摸下巴，心想着怎么对付这种倔强的家伙才更有用呢？温情攻势他似乎完全不领情的样子，看来是要狠一点了。想到这里，李沧雨便说："你不加，我就继续杀你杀到只剩一条裤衩。"

霜降："……"

利诱不成，居然变成了威胁？你在游戏里这么横，真以为自己是一方霸主，谁都要听你的？我还怕你不成？少年翻了个白眼，说道："来杀，我等着！"

事实证明李沧雨并没有说笑。

少年次日又接了暗杀任务，暗杀的对象正好是清蒸鲈鱼，他查了一下目标的资料，是个还没满级的黑魔法师，九十八级……自己高他2级，应该很有优势。

本以为这次能成功杀掉目标，结果，潜伏到对方身后的时候，发现爱吃红烧鱼居然也在附近，他的心里莫名升起一丝不太好的预感。

不管了，反正在爱吃红烧鱼赶来救援之前迅速解决掉清蒸鲈鱼就行。

想到这里，少年目光一冷，立刻潜伏到清蒸鲈鱼身后，手中匕首直刺过去，打出一套暴击，直接把对方的血砍掉了一半。

可没想到这个清蒸鲈鱼反应极快，回头就是一招死亡禁锢，准确无误地把他封住了！

李沧雨发现暗杀者出现，立刻私聊凌雪枫道："杀掉，别客气。"

对他的话凌雪枫向来不会拒绝，问都没问缘由，就用一套暴力的黑魔法连招，迅速带走了这位暗杀者。

李沧雨这才走到对方面前，私聊霜降发去个微笑的表情："你看看，你连我朋友中最菜的一个都打不过，你还当什么暗杀者啊？"

被反杀的小少年："……"

他并不知道对方所说的"最菜的一个"是多么可怕的大神。那一刻，少年只觉得特别沮丧，最近咋这么倒霉呢？暗杀任务一次都不成功！

这次死亡惩罚掉落了帽子，李沧雨眼疾手快地捡了起来。

少年郁闷地直接复活回城，又接了一次暗杀任务，这回的击杀对象不是吃货小分队的人，而是风色公会的副会长。少年信心满满地开着暗杀者特有的长期隐身技能追在目标身后，那锐利的眼神就像追击猎物的小野狼，他耐心地等了很久，终于等到风色公会的副会长风雨同舟在野外落单。

——机会到了！

少年目光一冷，立刻闪身到对方背后，双手扬起就是一招杀手最常用的技能——背刺！

风雨同舟被偷袭，心下一惊，赶忙回头还击。

然而让他意外的是，这人的招式极为凌厉狠辣，攻击也非常高，几乎招招暴击，他的召唤师毕竟是脆皮的远程，被刺客近身会打得相当难受，眼看就要挂了……

就在这时，突然有一道柔和的白色光芒从天而降——神之祝福！

有人给自己加血？

风雨同舟回头一看，就见白轩大神站在不远处，给自己刷了一大口血。

而同时，爱吃红烧鱼突然出动，用水精灵强行定住霜降，紧跟着迅速召唤出火精灵，连串的火球把他打残，再用一招雷霆之怒直接把他带走。

霜降："……"

风雨同舟没搞懂这是什么情况，但猫神救了他却是真的，立刻受宠若惊地私聊道："谢谢猫神帮忙。"

李沧雨回道："不客气。"

他当然不是为了救风雨同舟，而是为了阻挠霜降的暗杀任务。

死亡的霜降小少年又被系统惩罚，这次掉了衣服和鞋子，包里的金币不够扣，系统发出一条提示——**对不起，你的金币不足以扣除本次死亡惩罚，你已欠费一千金币。**

少年简直要疯了！

前几天他的小金库还有不少存款，结果从遇到爱吃红烧鱼的那一刻开始，他的暗杀任务就连续失败，死亡被扣金币，已经被扣得只剩下一百金币了，刚才再死一次直接被扣成负值，倒欠系统一千金币！

而且，身上的装备也掉光了，又剩一条可怜的裤衩……

李沧雨不忘火上浇油，给他发来条私聊："看吧，我一向说话算数，你又只剩一条裤衩了。"

霜降："……"

白轩跟着发消息道："乖，入队吧，奶爸给你做好吃的，还有全身极品装备等着你拿。"

这两人一个唱红脸、一个唱白脸，真是一对"不要脸"！

被完虐的小少年穿着一条裤衩回城，郁闷地坐在城中央的喷泉旁边，心里一团怒火几乎要烧焦他的理智，可深吸口气之后，他很快就平静下来，去接了下一个暗杀任务。

——只要成功一次，系统奖励五千金币，就可以把欠系统的钱给还了。

可问题是，他现在全身装备掉光，连武器都没有，技能根本放不出来！去商店买点装备吧，全身上下一分钱都没有，还倒欠着系统一千金币！

少年彻底愣住了，没钱买不到武器，没武器放不出技能，放不住技能就做不了任务、打不了副本，更没法赚到钱……

怎一个“惨”字了得!

少年低声咒骂了几句，恨不得把那个爱吃红烧鱼大卸八块。

正骂着，面前又出现了那两个“不要脸”的人，爱吃红烧鱼说：“能屈能伸才是大丈夫懂不懂？你应该马上加入我的队伍，摸清我们的底细，掌握我们的弱点，君子报仇，十年不晚。”

——说得简直太有道理了。

可少年总有种自己答应他就会上当的直觉。

白轩则开启柔情攻势：“来吧，我们队伍正好缺杀手，以后打副本你可以一路划水不动手，所有杀手的装备都是你的，奶爸全程罩着你，保证你不死，给你贵宾级的待遇，好不好？乖，右键我加入公会，然后加入我们固定队，你的成神副本就能开启。”

遇到这俩奇葩也是够了！为免继续被骚扰，少年只好咬牙道：“我加入，加入行了吧？”

李沧雨满意地发来一排摸摸头的表情。

白轩回头看向李沧雨，无奈地道：“为了这个倔强的家伙，你是连脸都不要了。”

李沧雨笑道：“不要就不要吧，反正我以前为了吃鱼，原则什么的都能丢掉，脸算什么？”

白轩：“……”

猫神厚着脸皮把小少年杀到只剩一条裤衩，还令其倒欠系统一千金币。完全混不下去的小少年迫于压力，只好含泪加入了猫神的固定队。

少年崩溃地想:加一个固定队，至于吗?

新队友入队之后，众人立刻发来一排鼓掌的表情。

李沧雨很果断地把包裹里的所有杀手装备都交易给了霜降，并且教他怎么搭配效果最好。少年按照队长的指示重新组合出一套装备来，便跟着几人打起了副本。

凌雪枫见李沧雨的队伍六人齐全，新加进去的人正是自己之前杀掉的那位暗杀者，想了想，很快就明白过来李沧雨应该是发现了新队友，凌雪枫也不由为他高兴，私聊问道：“发现新人了？”

李沧雨没瞒他，回复道：“是个反应极快的天才型杀手，但不稳定，需要好好培养一下。”

“这人的底细你摸清楚了？”

“正在慢慢了解。我怕太快告诉他职业战队的事情会把他吓跑，等过段时间再说。”

“嗯，你加油。”凌雪枫来到游戏里，只是想看看李沧雨，知道他进展顺利也就放下心来。

“这几天比赛很密集，你快回去准备吧，我这边也没什么需要你操心的。”李沧雨说道，“别把正事儿给耽误了。”

“好。”凌雪枫很干脆地下了线。

如李沧雨所说，神迹第六赛季的循环赛已经打到白热化的阶段，这段时间凌雪枫上线的频率明显不如以前，李沧雨知道他是在忙着准备比赛，今天见他上线，聊了几句就很体贴地把他赶了回去。

凌雪枫下线后回卧室睡了个午觉，养足精神，下午便召集全员开会。

目前的战队积分榜又有了一些变化，风色第一，时光第二，鬼灵后期发力升到第三，飞羽暂时落到第四，然后是清沐、红狐、猎豹及终结者，战队之间的积分差距不大，很可能一场比赛就造成排名的变动。

前四名才有资格进入季后赛去争夺奖杯，第二轮常规赛很快就要结束，每一场比赛的积分都显得至关重要，因此，所有战队的职业选手们最近都在加紧训练，以求最后关头能够保住季后赛的席位。

这几天，李沧雨先带着霜降打完了满级的所有小副本，把一身装备全部凑齐。

霜降的优点在于反应极快并且很会抓准机会偷袭，目光也非常敏锐。但缺点是他没经过系统的训练，攻击招式的连贯性比较差，而且经常会有出招失误或者走位漏洞。

李沧雨有心培养这个人，不过，这个家伙特别倔强，让他往左，他偏偏往右。李沧雨不得不用激将法想方设法地打击他，让阿树、小顾配合着车轮战，把霜降杀得都快没脾气了。

几天之后，霜降终于学乖，默默地跟在李沧雨的后面不说话。

这天晚上七点，李沧雨吃完饭后登录游戏，让他意外的是霜降居然也在线。

李沧雨疑惑地道："起这么早啊？"国内时间此时应该是早上七点，小顾和老章都没上线，今天又是周末，很多年轻人周末七点应该还在被窝里呢。

然而对方却说："我在国外，现在是晚上。"怪不得他的在线时间比较奇怪，之前还以为这是个夜猫子，没想到居然这么巧也是个时差党。

李沧雨好奇道："哪国？"

"美国。"

"哪个市？住在哪里？"

少年郁闷道："你查户口啊？"

李沧雨笑着说："我目前正好在纽约，要是离得近可以出来见个面。"

少年惊讶道："你也在美国啊？我在波士顿。"

李沧雨道："那也不远，电话告诉我，改天去找你玩。"

少年犹豫了一下，经过这几天的接触，他发现这位爱吃红烧鱼人还不错，知道他不爱打副本，每次打副本的时候就让他全程划水白拿装备，连续几次下来，他反倒被照顾得不好意思起来。

爱吃红烧鱼每天都要找他 PK，用各种办法把他虐死，但少年也能察觉到，对方其实有手下留情，这是在教他一些 PK 的技巧。

爱吃红烧鱼经常说："快点学怎么跟人 PK，我还等着你杀我呢。"

少年觉得这种做法有些奇怪——哪有把仇人教成高手来杀自己的啊？

李沧雨见对方很久没回复，便打字说："我爸和我姐一直在纽约生活，我每年都会抽时间来美国，波士顿我倒是没去过，你要是不方便出来就算了。"

游戏里骗子应该不多吧？再说他骗自己见面也没必要，他还能杀人劫财不成？反正都是中国人，在国外认识也算有缘。少年想了想，便把自己的大概地址和电话号码告诉了他，说："有机会过来波士顿玩啊。"

小少年完全没想到李沧雨是个行动派，刚说完号码，就接到了对方的电话。

"你好，我是爱吃红烧鱼，明天周末正好闲着，我跟奶爸想一起去波士顿玩一天，你方便出来见个面吗？"李沧雨微笑着说，声音尽量温和。

少年被吓到，沉默了片刻，才说："那你们过来吧，我请你们吃饭。"

网友见个面应该没什么，这人怎么说也是吃货小分队的会长，不像是骗子。这么想着，少年便把见面的地方也定了下来，给李沧雨发去一条短信。

次日，李沧雨跟白轩一起坐车到波士顿，玩了太久的游戏，正好出去散散心，谢树荣由于在战队的缘故不方便同行，李沧雨就没叫他。

这次见面李沧雨并不想直接跟霜降说战队的事情，他想先接触一下霜降，看他是个什么样的人，如果他在美国有固定的工作，那也不好强迫对方放弃自己的事业回国去打比赛。

结果，李沧雨和白轩来到约定地点时，却意外地见到了一个很特别的少年。

少年看上去年纪不大，却有着高挑的身材，关键是，他明明长着一双乌黑清澈的眼睛，头发却是亮闪闪的金色。他的脸也跟普通的东方人有着明显的差别，鼻梁高挺，皮肤非常白，嘴唇也特别红润。

这头发不像染的啊？难道是个漂亮的混血小朋友？

李沧雨不由笑了，问道："霜降吗？你好，我是爱吃红烧鱼，真名李沧雨。"

少年走过来，淡淡地说道："你好，我叫肖寒。"

表面看上去挺高冷，但联系到这家伙在游戏里的作风，李沧雨立刻判断出这小少年是处于青春叛逆期，所以脾气才会那么倔，估计是"中二病"还没好，天天在游戏里到处杀人找存在感，被反杀之后倔强地追了李沧雨整整三天，也是够有毅力！

白轩觉得这个混血小少年挺有趣的，想起他在游戏里被杀到只剩一条裤衩还不肯服输的画面，白轩忍耐着想去揉揉他金色脑袋的冲动，微笑着说："你好，我是牧师奶爸，真名叫白轩。"

肖寒看了他一眼，发现他真人比游戏里更加温柔，不由心生好感，说道：

“你们坐，先点菜吧。”

饭菜很快就端了上来，三个人边吃边聊。

这少年毕竟不像章决明那样对李沧雨知根知底，因此，李沧雨并没有一见面就提到战队的事情，免得让叛逆期的小家伙心生反感。

三人随便聊了聊游戏里的事，李沧雨说了些对杀手的看法，还有一些 PK 和偷袭时的技巧，肖寒的一双眼睛明显睁大了，显然听得非常认真，就像摇着尾巴等投喂的小狼狗一样。

一双清澈的黑色眼睛，一头漂亮的金色短发，混血小朋友的一张脸其实长得十分可爱，却偏偏装出一副高冷的表情……叛逆期的少年也挺有意思！如果他能加入战队，正好给小疯子顾思明做个伴。

李沧雨挺喜欢这个小家伙，聊到网游里的事，便不客气地开玩笑说：“当时我故意阻挠你做暗杀任务，小寒，你是不是很想咬死我？”

肖寒被说得耳朵一红，咳嗽了一声，淡淡地道：“没有。”

其实当时真的恨不得咬死他一百遍，加入固定队也是为了“君子报仇，十年不晚”。但加入固定队之后，他发现队长对他很好，所有杀手装备都给他不说，还教了他很多不同的装备搭配方案和 PK 技巧。这个奶爸对他也特别好，经常送一些食物、药品之类的。

肖寒毕竟年少单纯，每天划水都能拿到那么多的装备，他突然觉得加入固定队也不错，把“君子报仇，十年不晚”这件事渐渐抛去了九霄云外。

这次见面的时候发现自己的年龄跟他们有些差距,刚开始还以为会有代沟，结果一聊起来，这两个人知识渊博、见多识广，对神迹游戏更是无比精通，小少年立刻折服，心里对这两个人满是崇拜。

完全忘了，不久之前被逼着加入固定队的时候，他还骂过这两个人不要脸呢！

这次跟肖寒见面，李沧雨和白轩都没有说到自己的真实身份，关于战队的事情更是只字未提，他们就像是游戏里认识的普通网友一样随便聊了聊。

从简单的交流当中李沧雨发现，这个混血少年表面上故作冷淡，实际却是个心思很敏锐的家伙，新区很多公会的事情他都知道，对美国神迹联赛也有所关注，最喜欢的选手居然是……Tree。

白轩听到这个 ID，差点把嘴里的茶给喷出来。

Tree，直译过来就是树，正是 ICE 战队的外援选手谢树荣。

肖寒喜欢谢树荣，这也很好理解，毕竟他身上有华人血统，看那位黄皮肤黑眼睛的选手大概会觉得更加亲切。白轩忍不住想，要是某树知道小寒还是他的粉，肯定会把尾巴翘到天上去的。

李沧雨回头看着少年说：“下个月二号第一届世界嘉年华会在纽约举办，你去不去看？”

肖寒说：“当然去，票我都买好了。”

李沧雨本想帮他买票，没想到他已经提前买好了嘉年华的入场券，李沧雨琢磨了一下，便说：“那你到纽约之后直接来找我，到我那儿住吧。别浪费住酒店的钱了，到时候我们一起去看嘉年华。”

肖寒有些高兴，他的零花钱很有限，省下来就可以拿去多买点周边，能跟这两个人一起住正好有个照应，想到这里，肖寒很快就答应下来：“好的！”

两人临走之前还给少年送了份见面礼，这是他们路过周边店的时候特意去买的神迹今年新出的血族刺客的手办，虽然价格贵了些，但可以拆卸和清洗，质量非常好。

小少年收到这份见面礼，显然很是激动，抱着刺客模型有些不好意思，挠挠头说：“那个……我没给你们准备礼物，下次去纽约给你们带吧。”

白轩微笑着揉了揉他的金色脑袋，柔声说道：“没关系，你年纪还小，花的都是父母的钱，就别给我们买什么礼物了。下个月来纽约玩，直接过来找我们就行，我给你做好吃的。”

肖寒用力地点了点头：“嗯！”

回纽约的路上，白轩仔细想了想，才认真地说：“这孩子确实值得培养，不过他应该在美国生活了很久，名字叫肖寒，可能父亲是中国人，母亲是美国人。要带他回国去打比赛，我担心他的家人不会同意。”

李沧雨也有这个担忧，所以他根本没提比赛的事情，回头看着白轩道："不着急，慢慢接触看看吧，必要的时候你再出面哄哄他。"

倔强的小少年自然要慢慢哄，操之过急很可能会适得其反。

李沧雨对此很有耐心，因为他知道，如果肖寒真的经过职业战队系统的训练和培养，在他现有的敏锐的洞察力和极快的反应能力的基础上，再加一些专业的装备搭配、走位的技巧和出招方面的细节把握，他绝对能成为让人胆寒的、真正的"暗杀者"。

——为了一位优秀的队友，耐心一点当然值得。

CHAPTER 09

大聚会

李沧雨和白轩当晚就回了纽约，谢树荣很积极地跑来蹭饭，顺便问了问他们此行的收获。

白轩说道："这家伙的真名叫肖寒，是个金发黑眼的混血小少年，长得挺好看的，巧的是他最喜欢的选手正好是 ICE 战队的人族剑客树神。"

谢树荣听到这里，立刻高兴地蹭了过来："树神？是说我吗？他是我的粉丝？"

白轩笑道："我逗你呢，你还当真。"

谢树荣一脸被打击到的表情，有些委屈地看着白轩。

白轩忍不住想，要是肖寒见到阿树这副模样，心里的偶像肯定会瞬间幻灭吧？

当天晚上吃过晚饭后，固定队的六个人就一起上线集合，此时，美国这边是周日晚上八点钟，国内却是周一——也就是九月二十五日的早晨八点钟。

九月二十五日，这对国内的很多电竞迷来说是个非常重要的日子，因为神迹第六赛季常规赛第二轮的最后一场比赛将在上午九点正式开启，这场比赛也将为第六赛季的常规赛画下一个圆满的句号。

最后一场比赛是时光对战终结者。

终结者在甲级联赛的八支战队当中属于水平偏弱的队伍，这支战队以黑白魔法搭配的打法作为战术核心，他们队里有一对非常出色的黑魔法师和白魔法师组合，但是，比起风色的双黑魔法或者红狐的双白魔法而言，这对组合的默契程度显然要稍逊一筹。

黑魔法偏向于暗黑系杀招，白魔法则是光明系的控制，黑白魔法相生相克，从原理上来说，二者搭配也是很厉害的一种打法，但显然，终结者战队的两位选手水平有些不够，尤其是他们的白魔法师，比起程唯差得有点远，对上时光的这场比赛就打得非常被动。

程唯上次因为失眠发烧在比赛现场神游，导致时光输给了风色，网上不少时光粉骂了他很长一段时间，好在第二轮循环赛他已经恢复了状态，加上他找到猫神后还被猫神鼓励，最近更是斗志满满。

擂台阶段，程唯和谭时天一个打头阵、一个守擂，轻松拿下 3 分。

团战阶段程唯的发挥也是可圈可点，利用自己反应快、手速快的优势，把对面的白魔法师从头控到尾，方便谭时天在后方带队输出，时光战队的风筝战术将终结者的前排迅速打散，一口气连夺 4 分。

终结者最后虽然拼尽力气拿下了 2 分，可惜大势已去，这场比赛最终以 7:2 结束。

解说间内，于冰面对着镜头冷静地总结道："终结者战队今天的比赛发挥还不错，但时光那边程唯的表现更加出色，终结者的白魔法师被控全场，核心战术没打起来，团战阶段大比分落后也在意料之中。至于擂台……谭队现在守擂越来越稳，能从他手里拿走 3 分的队伍确实不多，终结者输得也不算冤。"

搭档寇宏义点了点头，说道："第二阶段的常规赛到目前为止已经全部结束了。我想很多观众最关注的是八支战队最后的排名情况，到底哪些队伍能进季后赛呢？让我们一起来看一下官方刚刚公布的最终版本的战队积分榜。"

导播将战队积分榜调到了直播平台，排第一的是风色战队，第二时光、第三飞羽、第四鬼灵、第五清沐、第六红狐、第七猎豹、第八终结者。

"我们看到，风色、时光、飞羽和鬼灵这四支战队成功打进了季后赛，按照季后赛的淘汰制规则，半决赛阶段风色将会对阵鬼灵，而二、三名的时光和飞羽也将会有一次生死交锋，这个赛季的冠军到底花落谁家，还请大家继续关注十月底开始的季后赛。"寇宏义语速飞快地解说道。

目前的战队排行，也基本反映了国内八强战队的实力。

风色战队在凌雪枫的带领下成了甲级联赛最难啃的一块硬骨头，时光、飞羽也都是老牌强队，鬼灵的楼张组合在这个赛季表现出色，清沐和红狐也都有争夺季后赛席位的实力，猎豹的陷阱流打法虽然厉害但偶然性太大，终结者跟这些战队交锋没讨到太多便宜，排在了最后。

导播关掉战队积分榜，紧接着又调出了另一个排行榜。

于冰解释道：“大家现在看到的是世界嘉年华的网络票选情况，今晚二十四点整，网络投票通道就会全面关闭，还有不少留着选票的网友，今天可以全部投出来了，免得浪费。”

“排名前六的选手会代表中国区参加第一届世界嘉年华，希望大家能认真对待这次网络票选。”寇宏义说道，“本次直播到这里就要结束了，大家季后赛再见。”

于冰纠正道：“应该是嘉年华再见。”

寇宏义赶忙做了个自打耳光的动作，笑道：“太激动差点忘了，嘉年华项目也是我跟冰姐搭档解说，十月二日纽约时间上午十点，也就是北京时间晚上十点，是神迹第一届世界嘉年华的开幕式，各位喜欢神迹的观众朋友到时候一定要守在电脑前，关注我们六位国手的精彩表现！”

于冰表情平静地点了点头，说：“大家十月二号晚上十点再见。”

“再见！”

直播屏幕当中，镜头移出了解说间，转而来到双方战队的隔音房。

时光赢了比赛，队员们自然很开心，终结者那边的选手表情都有些沮丧。这次常规赛终结者排在了倒数第一名，按照神迹联盟的晋级制度，他们必须面临明年春天乙级联赛冠军队的挑战。如果乙级联赛的冠军队打败了他们，那么对方就会夺走甲级联赛的八个席位之一，而他们终结者将会被降级。

队长廖振东微微皱了皱眉，想到前段时间在 QQ 群里出现的老猫，他的心里总有些不安。如果猫神带着一支新的战队回来，肯定会通过从乙级联赛晋级的方式杀回神迹联盟，那么，他们终结者战队，将会是猫神晋级路上的最大障碍。

——明年春天的晋级赛，到底谁会终结谁的梦想？

廖振东心里没底，但作为队长他可不能倒下，跟时光的人握过手之后，他便深吸口气，站起来跟队友们拥抱了一下，鼓励大家道："下个赛季加油。"

李沧雨看到这一幕画面，不禁有些心酸。

曾经的他，也经常作为失败的一方，在输掉比赛之后主动站起来安慰队友们。那时候他还年轻，还可以在失败之后爬起来继续往前走，甚至鼓起勇气带队转移。可现在的他，已经没有了继续失败的资格。他的机会只有一次，他必须把握住。

——所以廖队，明年的晋级赛，我一定会将你们打败。

李沧雨深吸口气稳住情绪，顺手关掉直播窗口，在队伍频道说道："今天先不打副本，大家随意刷刷论坛看看视频，我们也休息几天，养足精神去看嘉年华。"

小顾的声音有些郁闷："你们要去现场看吗？我跟大叔不能去现场啊！"

章决明豪爽地说："没关系，大叔陪你看视频也一样。"

李沧雨笑着说："忘了告诉你们一个好消息，我跟老板的申请已经得到了批准，你们俩来一趟纽约，咱们小聚一下，一起去看嘉年华。"

小顾激动坏了："真的吗？我还没去过美国呢！我可以去吗？"

章决明也有些激动："够义气啊猫神！"

李沧雨道："老板钱多，给我拨了笔战队经费，你们这次就当是出公差，来回路费都从战队经费里扣。"

小顾发来一排亲吻的表情："猫神真棒！我决定从今天开始当你的'脑残粉'！"

章决明笑道："你这么快就叛变了啊？不当凌队的粉了？"

顾思明认真地说："我是凌队的'黑粉'，猫神的'脑残粉'，不冲突的。"

章决明给小顾竖起了大拇指，说道："我先去问问老板给咱俩订的是哪天的机票。"

肖寒默默地在语音频道听大家聊天，听了半天没听懂，终于忍不住打来一行字："猫神？俱乐部？你们到底是干吗的？"

小顾积极地回答道："我们是龙吟俱乐部的职业选手！厉害吧？"

白轩微笑着说："小寒，我们不是故意瞒你，因为不知道你有没有意向回国去打职业联赛，上次见面的时候就暂时没跟你说。其实爱吃红烧鱼是我们战队的队长，我们几个都是职业选手。"

李沧雨道："你不用有压力，到时候来纽约大家一起聚聚，小顾跟你年纪差不多，就当交个朋友。"

顾思明立刻配合地道："我圣骑士会罩着你的，裤衩暗杀者！"

这算什么鬼称号！

肖寒看着屏幕，半晌之后才敲去一行字："好吧，我一号那天过来找你们。"

表面上故作淡定，其实肖寒的心里却好奇得要命——职业选手，活的，好像还是个大神，居然被自己撞到了！

李沧雨够义气，刘川也够豪爽，上次在长沙会面的时候，他俩就合计着帮小顾和老章买票走一趟纽约，出国的手续还有机票都是刘川搞定的。

龙吟俱乐部现在财大气粗，这点花费算不上什么，刘川觉得让队员走出国门长长见识也有好处，尤其是小顾，到龙吟训练营以来他一直大门不出、二门不迈，死宅在俱乐部，应该让他去开开眼界，知道山外有山的道理，这样也好找清楚自己的定位，免得刚出道就沾沾自喜栽了跟头。

章决明和顾思明从老板那里问好了出发的时间，便急着回头收拾行李去了。

九月二十五日这天晚上，神迹中国区官网差点被粉丝们刷到瘫痪。

嘉年华的票选已经到了最后关头，不少压票的网友们都把自己的票给投了出来，网络票选榜单几乎每一分钟都在变动，鼠标一刷新排名就会不一样，看上去格外刺激。

凌雪枫的粉丝非常有组织、有纪律，在晚上十一点左右的时候开始疯狂放票，直接把凌队送上无法超越的第一名。苏广漠和谭时天的粉丝紧随其后，三大巨头的票数形成了第一梯队。

第四名到第十二名的竞争则异常激烈，神迹联盟优秀的选手太多了，大家性格各有特色，也都有一批死忠粉丝，粉丝们当然希望自己喜欢的选手能够入选，有些人甚至在票选开始的时候就注册了无数小号，只等最后关头放票反杀。

目前第四名之后的排名情况是：红狐队长柳湘、时光副队程唯、清沐副队楚彦、猎豹队长江旭、鬼灵队长楼无双、红狐副队杨木紫、风色副队颜瑞文、鬼灵副队张绍辉、飞羽副队俞平生、清沐队长朱清越……

这些人的票数前一名和后一名仅仅相差几百票，万一最后关头有粉丝大量放票，很可能会连续超越排在前面的选手，不到最后一刻，最终结果根本无法预料。

还剩下最后一个小时了！

就在这时，微博上，张绍辉突然发出一条消息："谢谢所有给我投票的人，还有余票的朋友请不要再投给我了，全部投给我哥楼无双，我希望他能代表国内的杀手出征世界嘉年华，拜谢！"

下面一群粉丝留言："知道了张副队！""真疼哥哥啊，宁愿自己放弃也要帮哥哥拉票，有你这样的弟弟，楼队肯定会很欣慰的！""听张副队的，全部投给楼哥！""大家有余票的快投起来，鬼灵必须保一个名额！"

楼无双洗完澡出来后，打开官网投票界面一看，自己的票数居然瞬间跃到了第五名！

——发生了什么？

他从小就性格高冷，在联盟的死忠粉其实并不多，跟谭时天这种能和粉丝们打成一片的选手更是没法比，这次投票早就落到了第七名以外，他本来没抱什么希望，眼看投票就要结束，怎么会突然蹿到第五名？

刷开微博一看，楼无双终于明白过来。原来是张绍辉主动放弃了入选的机会，在微博上帮他拉票。蠢弟弟虽然智商有点儿低，可正是他这样单纯地支持和维护，让楼无双觉得特别温暖。

走到客厅的时候，发现张绍辉正忙着刷微博，楼无双坐到他旁边，伸出手轻轻抱了抱他，把脸贴在他胸前，低声说道："谢谢了，阿辉。"

张绍辉傻笑道："哥，咱俩的感情比亲兄弟还亲，谢什么啊！"

楼无双轻轻扶了扶眼镜，说道："如果我能入选嘉年华，我就跟经理申请一下，我们一起去吧。”

张绍辉双眼一亮：“真的吗？太好了，哥，你去跟经理说，经理肯定会听你的！”

看着他兴奋的样子，楼无双一向冷淡的眼中不由泛起了一丝柔和的神色。

同一时间，清沐队长朱清越的微博也刷出一条消息。

“亲爱的粉和黑粉们，手里还有余票的，请把票全部投给我师父楚彦，谢谢大家，如果师父能入选，我就哭给你们看。”

粉丝们：“……”

黑们：“……”

得，哭包小少年为了拉票也是不择手段，这都开始自黑了。

于是，清沐副队楚彦又获得一大堆路人的同情票，朱清越的微博下面更是刷了一批的“哭包你还没断奶吗”“小朱别哭了我这就去投票”“小朱不哭，给你一包纸巾”“小朱你要哪个牌子的纸巾”……

机智的朱清越用自黑的手段给楚彦拉了一堆同情票。

当年那个比赛输掉之后就哭鼻子的小家伙，这几年被人各种谩骂、抹黑，成了神迹联盟最有争议的选手，但他很坚强地撑了下来，并且能将自己过去的黑点当成是玩笑一样公开在大家的面前——这个少年的心性，是真的长大成熟了。

楚彦觉得非常欣慰，回头看着小朱说：“你真是自黑得毫不犹豫啊。”

朱清越有些不好意思地红了脸，目光却格外坚定：“清沐战队应该保住一个名额，师父，你要向全世界的神迹迷证明，我们国家的辅助也非常厉害。”

楚彦微微笑了笑：“我会的。”

其实，小朱是楚彦亲自带出来的徒弟，这件事联盟的很多选手都知道，楚彦敢把当年刚出道不久的爱哭鬼徒弟强行放到队长的位置上，也是相当有胆识的做法。

李沧雨带队转移，楚彦自动退位，这两人的决定也被很多网友们评为“最有魄力的决定”。

如今，清沐战队跟记者打交道的时候都是小朱硬着头皮出面，这样更能锻炼他承受挫折的能力。而战队内部的训练、战术的安排却是楚彦在负责——清沐的粉丝们都知道，楚副队才是战队真正的指挥和顶梁柱。

由于各家王牌选手开始拉票，嘉年华的票选排行榜又有了新的变动。

柳湘作为神迹联盟为数不多的女选手，吸引到不少路人票，票数稳居第四名。

程唯刚开始依靠本身的人气排在第五名，但是鬼灵、清沐战队的粉丝们团结一心全部把票放了出来，楼无双和楚彦被推进了前六，程唯就被挤到了第七名。

时光战队已经有了谭时天入选，刚才为了跟凌队和苏队拼人气，时光粉把大部分压下来的选票都投给了谭队，现在想把程唯拉上来已经来不及了，他们剩下的余票肯定没有鬼灵、清沐粉那么多。

眼看投票马上就要结束，程唯盯着票选排行榜渐渐稳定下来的票数，心里不禁有些难过。他没有入选前六名，不能去纽约见猫神了……

程唯郁闷地垂下脑袋，心想要不要自己买票去一趟纽约。正纠结着，谭时天突然推门走了进来，见小猫一副病恹恹的样子，谭时天立刻快步走到他身边，担心地问道：“这是怎么了？”

程唯哽咽着说：“票选结果已经确定了，张绍辉和朱清越不择手段拉票，我没能入选前六名……”这可怜巴巴的样子，就像是小猫被人抢走了心爱的鱼干。

谭时天在旁边坐了下来，轻轻揉了揉他的脑袋，柔声说道：“别难过，鬼灵战队和清沐战队的粉丝们一开始就在压票，联盟那么多战队，要是时光入选两个人的话其他战队的粉丝肯定也不服气。我刚才被经理叫去商量了一些事情，正好跟他提了个要求，如果你没入选的话，我想带你一起去纽约，他同意了。”

沮丧的程唯瞬间满血复活，抬起头道：“真的？”

谭时天点了点头，微笑着凑过来说：“当然，你就当我的家属，陪我一起去好了。”

程唯被“可以去纽约见猫神”的喜悦冲昏了头脑，完全没反应过来谭时天又在嘴上占了他便宜——家属陪同，他已经被谭时天给划到“家属”里了，谭时天带他去美国，就像带了只宠物。

神迹职业联盟的官网，当天晚上就放出了本次嘉年华票选的最终结果。

——凌雪枫、苏广漠、谭时天、柳湘、楼无双、楚彦。

对这个阵容，虽然有些人不太满意，但 80% 以上的网友还是比较认可的。

凌、苏、谭是三大高人气战队的队长，入选嘉年华理所当然；柳湘是联盟目前的第一治疗，人气很稳定；楼无双是国内一流刺客的代表；楚彦是最优秀的辅助通灵师——这样的阵容搭配，可以直接来一场团战，也算是全明星级的豪华配置。

票选结果出来之后，凌雪枫便第一时间在 QQ 上告诉了李沧雨：“猫猫，我入选了。”

李沧雨发去一个大拇指，表扬道：“不错。几号到纽约？你一个人来还是跟大家一起？”

“联盟会统一订票，南主席带队，应该是三十号下午到纽约。”

“三十号下午有活动安排没？”

“应该没有，到了之后会先休息一个晚上。”

“那你跟他们说一下，我尽一下地主之谊，请大家吃饭吧。”

“好。”

打下这个字之后，凌雪枫便把李沧雨的意思发到了神迹吹水群里：“@ 飞絮 @ 苍狼 @ 十天 @ 暗影杀手 @ 楚公子，去嘉年华的各位，猫猫说三十号到纽约之后他请大家吃饭，到时候一起过去。”

群里的很多潜水党都被炸了出来。

——猫猫？猫猫是谁啊！

程唯愣了半天，才反应过来他说的应该是猫神李沧雨，忍不住吐槽道：“你怎么能把猫神叫作猫猫啊！看见猫猫，我半天没反应过来是谁！”

苏广漠跟着吐槽道：“就是啊，枫枫，你这么称呼我们犀利的猫神，会不会太肉麻了？”

“漠漠，你不懂，猫猫叫起来明显更亲切啊！”谭时天紧跟着说道。

“天天，你怎么能这样跟前辈说话？”楚彦也冒了出来。

“楚楚，你们家小朱哭完了没？还需要纸巾吗？”张绍辉也出来凑热闹。

楚彦立刻还击道：“辉辉别闹，你哥在旁边看你。”

李沧雨：“……”

这个群要被他们玩坏了吧！

要不要请这群二货吃饭？李沧雨突然犹豫了起来。

而罪魁祸首凌雪枫，此时正很淡定地潜水围观中，心里想着：我叫他猫猫怎么了？你们这群人根本不知道我们俩的交情，早在十八岁的时候我就这样叫了——专属昵称，懂吗？

九月三十日下午五点，神迹第一届世界嘉年华的中国区代表团准时到达纽约机场，南建刚主席亲自带队，将选手们带到了组委会指定的酒店里。酒店的住宿早已提前安排妥当，凌雪枫和主席住一间，苏广漠和谭时天一间，楼无双跟楚彦一间，柳湘妹子单独住一间……

结果到了酒店后发现，自带“家属”的人还真多！

苏广漠不管到哪都要带上师弟俞平生，谭时天的后面跟着一脸兴奋的小程唯，楼无双也带着弟弟张绍辉，楚彦捎上了徒弟朱清越……就连柳湘也带上了好闺密杨木紫，说是两个女生好做伴。

南建刚主席头大如牛，立刻跟组委会负责订酒店的人沟通，看看能不能多加几个房间，结果却被告知——主办方指定的酒店已经人满为患。

无奈之下，南建刚只好说道：“你们看吧，是要挤一挤，还是另外找酒店住？”

程唯立刻积极地举起手：“我可以睡地上！”

张绍辉主动站出来说：“我跟我哥睡一张床，小时候一直一起睡的。”

众人对张二傻都非常无语——你小时候多大，现在又多大？跟你哥挤一个被窝挤得下吗？

最后还是凌雪枫比较靠谱，冷静地说道：“我知道附近有一家酒店，不如再去那边订几个房间？”

众人对此都没意见，参加嘉年华的六位选手先去前台办理好入住手续，在接待处签完到，领取了嘉年华的选手入场券，把行李都安顿好。

本来按照组委会的安排，谭时天应该跟苏广漠住在一间，结果谭时天并没有把行李拿上去，而是把门卡偷偷塞进苏广漠手里，凑过来说道：“苏队，你跟俞副队住吧，我陪程唯去另一家酒店。”

苏广漠拍了拍谭时天的肩膀，笑道：“正合我意。”

张绍辉环住了哥哥肩膀，道：“哥，我跟你住，让小朱跟他师父一间。”

楼无双便把自己的房卡交给了朱清越，面无表情地说：“同队的住在一起方便交流。”

关于住宿的问题，众人很快就达成了共识。

凌雪枫安顿好行李后，又带着谭、程、楼、张四个人去附近的酒店订了两间房，大家稍作休息，接着就在酒店的门口会合。

凌雪枫说道：“吃饭的地方我跟猫猫已经定好了，大家现在过去吗？”

之前在群里闹了一阵，众人已经习惯凌雪枫把猫神叫作“猫猫”。不过，看他打字是一回事，当面听他叫出来又是另一回事了，不知为何，听凌雪枫叫“猫猫”总有种很奇怪的亲昵感。

李沧雨就算真是“猫猫”，那也是一巴掌过来拍死对手的犀利猫！

吃饭的地方并不远，凌雪枫建议大家直接走过去。

即将见到猫神的程唯兴奋极了，飞快地冲到前面，谭时天无奈地拉住他的手腕：“你别走那么快，万一走丢怎么办？你英文那么差，肯定找不到回去的路。”

程唯瞪了他一眼：“我没那么笨，怎么可能走丢？有导航呢！”

谭时天笑眯眯地把他拽过来：“好好好，你最聪明，其实是我怕走丢，我得跟着你。”

程唯扬了扬下巴，说道："那你跟紧一点！"

谭、程两个人开着导航打头阵，一群人热热闹闹地跟着他们往前走。也多亏这是在国外，要是放在国内的某个城市，这么多大神集体出动，肯定会被狗仔队或者粉丝团给围追堵截。

不用戴口罩和墨镜掩饰身份，穿着便装走在大街上，享受着傍晚时分温暖和煦的阳光，这样的体验已经很久没有过了，大家脸上的表情都非常轻松愉快。

为了方便见面，李沧雨定的餐厅跟组委会安排的酒店只隔着一条街，凌雪枫等人很快就来到了吃饭的地方，找到李沧雨短信中提到的包间号码。

白轩去机场接小顾和章叔了，并没有参与这次聚会，李沧雨便一个人在餐厅等着大家。

听到有人敲门，李沧雨起身开门一看，顿时愣了。

我去，嘉年华不是只有六位选手的吗？怎么来了十几位，队伍规模如此浩大？

某个小家伙一见到他就扑了过来，激动地抱住他道："猫神！猫神！猫神！猫神！"

差点被扑倒的李沧雨无奈地揉了揉额头。

——吼得这么大声，还重复四遍，不愧是联盟头号"脑残粉"程唯。

被"脑残粉"抢先，本来想上前拥抱的凌雪枫只好暂时忍住。

李沧雨无奈地把程唯推开，笑道："你怎么也来了啊？"

程唯高兴地说："老板批准我跟着谭队一起来，我还没来过美国呢，正好过来见你！"

李沧雨伸出手揉了揉小家伙的头发，脸上难得露出一丝宠溺的微笑，说："好久不见，怎么还是毛毛躁躁没长大的样子？"

程唯不服气道："我明明长高了两厘米，当年刚认识你的时候我一米七三，现在有一米七五。"

李沧雨上下打量了他一眼："你有一米七五吗？我怎么觉得你好像缩回去

了，比以前更矮？”

被欺负的程唯郁闷地瞪着猫神，李沧雨被他看得心软，笑了笑说：“别瞪，我承认你长高了好吧？”

程唯这才高兴起来：“我不仅高了，还比以前更结实了！”说着就跟猫神秀了秀自己手臂上的肌肉，可惜，他那细胳膊真没多少肌肉可以秀的。

大猫和小猫相处愉快，谭时天和凌雪枫则心知肚明地交换了一个眼神。

后面进来的几个人当中，楚彦和苏广漠都是第二赛季出道的选手，只比李沧雨晚了一年，当年在赛场上多次交手，跟李沧雨比较熟悉，便主动走过来跟他打招呼。

“猫神还是没怎么变啊！”楚彦笑着说道。

“你也是！”李沧雨感慨道，“好几年没见，还是老样子。”

“我们这些老选手变化都不大，就是新人们成长飞快。”说着就把徒弟拽了过来。朱清越有些尴尬，见到这个当年让他“一哭成名”的男人，不由微微涨红了脸，小声地说道：“猫神好……”

李沧雨发现哭包小少年，立刻来了兴致：“小朱也过来了？”

朱清越硬着头皮说道：“嗯，我是过来当观众的。”

楚彦解释道：“小朱还没出过国，这次顺便带他来见见世面。”

李沧雨赞同道：“不错，出来转转也好。”

“这次很多人都自带跟班啊。”苏广漠插话道，“今天来的人有点多，猫神会不会觉得压力很大？”

李沧雨爽快地说：“没关系，我带了卡过来，随便你们吃。”

俞平生不太会跟人交流，像个幽灵一样跟在他师兄后面，只冲李沧雨轻轻笑了笑，算是打过招呼。那笑容淡淡的，若有似无，走路也悄无声息——俞副队真是绝了，要是大半夜肯定能上演“午夜惊魂”。

李沧雨跟俞平生点了点头，就见他后面的张绍辉主动走过来热情地朝李沧雨伸出了手：“猫神！几年不见，你真是越变越帅了啊！”

李沧雨道：“你真是越来越会说话了。”

张绍辉笑道："那是当然，你今天做东，我得多夸一下你！"

楼无双的性格一向比较冷淡，走过来跟李沧雨点了点头，然后就自觉站到弟弟的身旁去。

剩下红狐战队的两个妹子还有谭时天都是第四赛季出道的年轻一代选手，李沧雨今天还是第一次见到这三位真人。

凌雪枫贴心地介绍道："这位是红狐战队的现任队长柳湘，这位是副队杨木紫。"

李沧雨主动伸出手跟两位女生握了握，说道："我跟于冰比较熟悉，红狐第二代的正副队还没见过。"

柳湘笑起来非常温婉，收回手后便落落大方地说道："猫神的大名我们经常听人说起，今天也是初次见面，以后还请多多关照。"

这个女生遇到大场面倒是很能沉得住气，表现得大方得体。李沧雨对她也多了分赞赏，微笑着说道："柳队客气了，回头跟于冰问个好。"

"嗯，会的。"柳湘跟杨木紫一起站到了旁边。

"猫神好。"最后跑来握手的是谭时天，他是这群人里年纪最小的队长。

李沧雨抬头看了他一眼，谭时天刚才一直跟凌雪枫站在一起，年纪轻轻，在气场上却丝毫不显弱势，不同于凌雪枫的冷漠强硬，谭时天总是笑眯眯的样子，会给人一种"如沐春风"的感觉。这位段子手大神幽默感十足，对上第一次见面的猫神一点都不怕生。

李沧雨对这个年轻选手很有好感，他打比赛的时候完全没有年轻人的心浮气躁，比程唯要稳定得多。程唯积极地介绍道："猫神，这是我们时光的新队长谭时天。"

"我知道。"李沧雨点了点头，跟谭时天握了一下手，赞赏道，"谭队确实年轻有为。"

谭时天微笑："猫神过奖了。"

被程唯抢到了先手，凌雪枫决定最后压轴出场。不像前面的选手那样客气地跟李沧雨握手，凌雪枫走上前来，很直接地把李沧雨抱进了怀里，低声在他耳边说道："好久不见。"

李沧雨被抱了个满怀，心想着也没过多久吧？之前在上海不是刚见过面吗？不过，当着这么多人的面也不好拆凌雪枫的台，李沧雨只能配合地抱了抱他，拍拍他的肩膀，道："大家先找位置坐吧，别客气。"

由于来的人太多，李沧雨订的十人桌坐不下，又让服务员临时加了两个凳子和两副碗筷，大家围着桌子坐好，虽然稍显拥挤，可这样也更加热闹。

李沧雨找位置坐了下来，说道："这家店是广东人开的，你们刚来纽约要调整时差，还是吃点家乡菜比较好，所以今晚就先请你们吃一些清淡的粤菜吧。"

程唯对猫神的决定完全是无脑支持，立刻说道："粤菜好啊！我不爱吃辣，更吃不惯半生不熟的西餐，粤菜清淡不油腻，吃起来刚刚好。"

苏广漠也道："猫神费心了，吃点清淡的更好消化。"

李沧雨考虑问题确实非常周到，有些人初到国外容易水土不服，吃点清淡的最为稳妥。

凌雪枫问道："先点菜吗？"

"嗯，大家看一下菜单，点自己喜欢的。"李沧雨把点菜用的 IPad 递给旁边的凌雪枫，后者扫了眼菜单，先给他找到鱼的那一页，说："这里只有清蒸鱼，点三份够吗？"

李沧雨道："四份吧。"

张绍辉疑惑地问道："清蒸鱼要点那么多吗？"

李沧雨抬起头来，笑了笑说："嗯，两份是我的，两份是大家的。"

众人："……"

——李沧雨 VS 嘉年华代表团全体职业选手，比赛项目：吃鱼。比赛结果：李沧雨完胜。

——猫神对鱼的执着，真是让人拜服！

十几个人点了满满一桌菜，大家一边聊天一边吃饭，包间里充满了欢乐。

神迹联盟的气氛这两年不像第一赛季时那么热闹，大家聚会的次数也没往常那么多，但新一代的选手当中最出色的谭时天从出道以来就非常谦逊有礼，其他的新人也不敢太嚣张，所以，新老选手们坐在一起倒也能聊得来。

虽然在赛场上不同战队的人每次见面都要杀得无了无休，可如今常规赛已经结束，嘉年华是娱乐性质的聚会，大家心里也没多少压力，年轻人聚在一起自然不需要剑拔弩张。

考虑到十月二号嘉年华就要开始，为避免影响到大家的状态，这回做东的李沧雨并没有买酒。

“来，以茶代酒，大家先干一杯，在纽约玩得愉快！”李沧雨主动带头站了起来。

大家配合地站起来，举杯相碰——为这难得的相遇碰杯，也为所有人共同的目标而干杯。

当晚饭局结束后，大家便各自返回酒店，也有一些对纽约夜景比较感兴趣地跑去逛街。

凌雪枫想跟李沧雨单独交流一下，却发现程唯这只大灯泡一直屁颠屁颠地跟在李沧雨后面，凌雪枫看了谭时天一眼，说道：“谭队，程唯的行李是不是还寄存在酒店？”

谭时天立刻会意，微笑着走过来把小程唯拉走：“先回酒店吧，把你的行李拿回房间，不然待会儿时间太晚，酒店前台说不定下班了。”

程唯疑惑道：“酒店前台不是二十四小时都有人值班的吗？”

谭时天的借口被戳穿，面不改色地补充道：“纽约这边说不定呢，我们还是提前去拿吧。”一边说一边拖着他往前走，程唯只好一脸不舍地回头看了李沧雨一眼，道：“猫神，那我先去拿行李，改天再见啊！”

李沧雨朝他挥了挥手：“去吧，有空再来找我，我带你在纽约市区玩一圈儿。”

程唯这才高兴起来，跟着谭时天乖乖走了。

等两人走远之后，李沧雨回头看了凌雪枫一眼，问道：“你把程唯支开，有话跟我说吗？”

被机智的猫发现了心思，凌雪枫也就不再掩饰，停下脚步看着他道：“你这边组队的情况怎么样了？”

“还行吧。”李沧雨也停了下来，回头对上他的目光，认真地说，“上次你在网游里遇到的那个暗杀者正好在波士顿，我跟白轩前几天去见了他一面，他挺有天分，我打算好好培养一下，看看有没有发展成队友的可能。”

李沧雨并不想隐瞒，毕竟凌雪枫对他的关心是出于朋友的立场，而不是对手在打探敌情，所以没必要藏着掖着，反正战队将来总会有曝光在媒体面前的时候。

他给予自己的信任让凌雪枫觉得非常欣慰，目光也不由温和了些，低声说道：“能找到一个厉害的杀手确实不容易，现在联盟玩杀手的选手很多，但像楼无双和张绍辉那样出色的却是凤毛麟角，这俩人如果能培养起来，以后或许会成为你对付很多战队的最锋利的武器，好好把握吧。”

李沧雨笑了起来：“我也是这么想的。”

两人并肩往前走着，边走边聊，除了李沧雨组队的情况外，还聊了许多比赛、嘉年华的情况，每次他们在一起，似乎总有着说不完的话题。

CHAPTER 10

收徒

神级召唤师 2

SHENJI ZHAOHUANSHI Ⅱ

和凌雪枫在酒店门口分开，李沧雨便打车回到了家中——这次不是他姐姐家了，而是他这几天自己去租下来的一栋小别墅。

总是住在姐姐家里也不太方便，加上这回小顾、老章，还有肖寒都要过来，李沧雨就干脆租了个更大的屋子，把队友们全部接到这里。

到家的时候，李沧雨刚一推开门，就听见一个小少年的声音："这里很大啊，猫神好有钱，上下两层楼！"

跟着又是个普通话非常标准的中气十足的声音："你别乱跑行不行？真是个小疯子！"

这显然是章决明了，李沧雨听到这里，不由微微笑了笑，进门道："我回来了。"

小顾立刻扑了过来："猫神回来了！"

又一次差点被扑倒的李沧雨无奈地揉着太阳穴——现在的小少年都这么热情直接的吗？

"你们到了就好，房间白轩都给你们安排好了吧？"李沧雨看向章决明问道。

"嗯，白副队把房间收拾得很干净。"章决明笑了笑，把小少年一把揪回去，道，"抱着猫神不撒手像什么样子？"脑残粉"资格证已经发给你了，你现在先去把行李抬到卧室去。"

小顾被大叔揪到旁边去整理行李，李沧雨来到客厅，见白轩正在切水果，便走到他旁边不客气地拿了一块苹果塞进嘴里，问道："你们吃过晚饭了吗？"

"来不及回家做，我带他两个在外面吃的。"白轩看了眼旁边忙着吃水果的馋猫，微微笑了笑，问道，“你跟他们的聚会怎么样？今天来了几个人啊？”

“有点夸张。”李沧雨耸耸肩说，“我本来以为只有嘉年华的六个人，结果今天到场的算上我有十二个人，这群人都自带跟班的。”

“这么多人啊！”白轩显然有些惊讶，“程唯也在吗？”

“嗯。”李沧雨点了点头，“还有俞平生、张绍辉、小朱和红狐的副队杨木紫。”

白轩感叹道：“这些人都好久没见过了。”

李沧雨轻轻环住白轩的肩膀：“下次聚会带你去吧。”

白轩瞅了他一眼，说：“我对这种热闹的聚会不太感兴趣，倒是明天晚上我们自己人的聚会，你打算是在外面还是在家里？”

李沧雨指了指白轩的双手，笑着说：“当然在家，有我们白副队亲自下厨，保管他们不会后悔加入战队，从此更加死心塌地紧紧围绕在白大厨的周围。”

听他这么一说，不知为何，白轩突然想到一群猫猫狗狗两眼放光地围绕着自己讨食物的画面……在猫神的带领下，战队的画风果然要变成吃货聚集地了吗？

次日，白轩提前准备好丰盛的饭菜，在餐厅里摆了满满的一桌。

下午五点左右，谢树荣准时到了，小顾、章叔跟他都是第一次见面，但由于游戏里经常交流的缘故，大家聊起来也并不陌生。倒是最后到达的肖寒，站在这群人的面前显得有些局促。

顾思明看着这个年纪跟自己差不多的混血小少年，很热情地走到他面前说：“你就是裤衩暗杀者吧？你好啊，我叫顾思明。你这头发是染的吗？”

什么叫裤衩暗杀者？能不能收起这个诡异的称号！还有，我的头发不是染的！

肖寒有些不高兴地看着顾思明，后者则好奇地看着他，两个小少年眼睛一个比一个大，只不过一个头发是纯黑色的，另一个头发却是漂亮的金色。

白轩看着这一幕画面心都快萌化了，赶忙走过去，伸出双手一边一个揉了揉两人的脑袋，柔声说道：“好了，你俩别见面就吵架，先去吃饭，尝尝奶爸的手艺。”

来到餐厅后，见到穿着衬衫的年轻男人，肖寒的眼睛蓦地亮了。

“你是……树神？”哪怕再淡定，亲眼见到偶像，肖寒的声音也有些不太自在。

谢树荣露出个帅气的笑容，摆出一副大神的样子，说道：“你好，我是谢树荣，也是猫神新战队的成员。”

谢树荣指了指自己旁边的座位，大方地道：“小寒，来坐。”

肖寒受宠若惊地坐在了他的旁边。

白轩忍着笑，肖寒你就看谢树荣装吧，待会儿肯定会破功。

李沧雨见大家到齐，便说道：“来，大家开动，别客气。”

然后，肖寒就看到了一幅诡异的画面——只见除了白大厨之外的那四个人突然开始埋头争抢食物，队长把鱼抢到了自己的面前，树神把红烧排骨抢到面前，顾思明以飞快的手速把茄子夹到碗里，那个年纪看上去最大的男人也不甘示弱，一筷子夹走了最大的鸡翅。

你们这是饿了多少天啊？

白轩见肖寒僵在那里不动，便微笑着给他碗里夹过来一块红烧肉，说道：“快吃吧，你要是跟他们客气，待会儿就没得吃了。”

“谢谢。”肖寒一边观察这群人狼吞虎咽的吃相，一边默默嚼着红烧肉。

他跟大家不太熟悉，吃起菜来还有些腼腆，可到后来他发现如果自己不加快动作的话，真是跟不上这群人的速度，一盘盘的肉已经快被抢光了，素菜也被吃掉了大部分……眼看鸡翅只剩最后一块，他连尝都没尝过呢，肖寒只好以杀手锐利的目光盯住那块鸡翅，拿起筷子迅速出手，准确地把它夹到了碗里。

在硝烟四起的餐桌上，成功抢到最后一块鸡翅，他突然有种奇怪的成就感。

说是职业选手，却把手速用来抢吃的，这支战队也就这点出息了吗？

还有树神，你吃东西的时候能不能稍微慢点，这形象跟想象中风度翩翩的剑客怎么完全不一致？

饭桌上基本没有人说话，因为大家的嘴里都塞满了好吃的，吃都顾不及，谁还有空聊天？

直到一顿饭结束之后，大家才心满意足地摸着肚皮来到客厅里聊天。

李沧雨笑着问道："我们白副队的厨艺怎么样？"

章决明立刻竖起大拇指："果然是传说中的大厨！"

小顾也舔舔嘴巴说道："太好吃了，我从来没吃过这么好吃的茄子！"

谢树荣则环住白轩的肩膀，一脸自豪地说："我当初加入队伍就是为了我们白副队，我们白副队除了是神奶之外，还是个神厨！"

白轩微笑着看他一眼，说："你拍我马屁也逃不掉洗碗的命运。"

谢树荣立刻抱住白轩撒娇："白轩，好白轩，你最好了，我今天能不能不洗碗？我已经连续洗了一个月了！"

白轩说道："不能，快点去洗。"

谢树荣只好垂头丧气地跑去厨房，结果一进厨房，他就兴奋地说："太好了，这里有洗碗机！"

他还是不要把谢树荣当作偶像了吧。为了不去洗碗，居然抱着白副队不要脸地撒娇，看见洗碗机就像中了彩票，有没有一点大神的样子！真是好幻灭！

十月一日这天大家都闲着，小顾很想去传说中全世界最大的神迹周边店，肖寒虽然没表态，但提到周边店的时候少年的眼睛明显亮闪闪的，李沧雨便带着大家去周边店转了转。

这次举办的世界嘉年华，吸引了世界各地的神迹迷们。李沧雨他们来到购物中心时，发现这里人山人海，有些知名的周边店门口甚至排起了长队。

三楼是规模最大的神迹周边广场，入口处摆着造型逼真的六大种族游戏雕像，这些雕像的身高都在两米以上，有不少游客跟雕像站在一起合影留念。

顾思明拽着肖寒冲进周边店，对着橱窗里的一大排游戏模型直流口水，思来想去，终于决定买一个圣骑士的模型。刚要付钱，章决明突然拍了拍他的后脑勺："你笨不笨，大老远跑来美国买这玩意儿，国内的淘宝店就有，价格差不多，送货上门，还包邮！”

白轩也走了过来，微笑着看向小顾：“你章叔说得对，这些全球发行的周边没必要在纽约买，都是统一价，国内就能买到。你想买的话，不如买一些国内订不到的限量版周边吧。”

顾思明恍然大悟：“哦，也对啊！”

白轩有收集周边的爱好，目光很快就锁定了前方的玻璃柜台，带着小顾走过去，指了指里面陈列出来的各种精致小玩意儿，说：“这些都是限量版的。”

顾思明真恨不得把整个玻璃柜台都抱回去，可惜限量版周边价格昂贵，他这次出来虽然带了不少钱，但也只能挑几件买，该买什么好呢？顾思明低着头认真地挑选起来。

肖寒也来到了限量区，目光在一盒书签上流连。白轩走到他身边，微笑着说道：“这套书签是今年新出的第六赛季限量版纪念书签，包括神迹目前的所有职业。金属制成的很好保存，过几年都不会掉色。”

白副队当起了周边解说，肖寒点了点头，说：“书签的实物比网上的图片还要好看。”

“你想买吗？”白轩问道。

“我……”肖寒看了一下价格，这套金属书签特贵，他身上带的钱不多，买这种限量版周边对他来说太奢侈，还是买一套纸制的当纪念吧。想到这里，肖寒便抬头说道，“我不买了。”他有些不舍地移开目光，转身来到平价区去看别的。

白轩看着少年挺拔的背影，微微笑了笑。正好李沧雨朝这边走了过来，白轩立刻把他拉到角落里，轻声说道：“小寒这次带的零花钱显然不多，他刚才看上一套限量版书签，没舍得买，要不你去帮他买下来？”

“哦，小意思。”李沧雨爽快地拿着信用卡把肖寒刚才看中的书签买了下来，然后走到少年的身后轻轻拍了拍他的肩膀，“小寒，这个送你。”

肖寒回头，发现李沧雨手里拿的正是他关注了很久却没舍得买的东西，不由感动地道：“我……我不能总收你的礼物……”

“客气什么。”李沧雨笑道，“认识一场也算有缘，我比你年长好几岁，也比你多赚了几年的钱，你要是不介意，不如当我徒弟吧？”

小顾的耳朵很灵，听到这里，立刻凑过来说：“快答应，快答应！猫神可从来没收过徒弟！程唯知道了肯定会嫉妒死你的。哈哈哈，以后你就是我们队的小太子！可以跟秦陌平起平坐了！”

肖寒：“……”

程唯是谁？秦陌又是谁？小疯子的疯言疯语他总是听不懂。

李沧雨见肖寒表情茫然，伸手轻轻拍了拍他的肩膀，道：“我想收你当徒弟是因为你很有天赋，如果真想玩好神迹，以后可以跟着我多学学，我毕竟打过几年比赛，经验要比你丰富得多。”

猫神的这话其实已经够谦虚了，事实上，他的水平可以算是世界级的选手。肖寒这样没经过专业培训的小菜鸟，在他手里玩不过半分钟，网游里两次被杀到只剩一条裤衩就是最有力的证明。

肖寒目前还不知道面前的男人有多强，他只知道对方是个职业选手，对国内神迹联盟不太了解的他也没听过“猫神”的名号。但是，李沧雨对他的真诚相待，还是让少年感动得眼眶发热。

他只是个毫不起眼的小透明，猫神在网游里大费周章地拉他加入固定队不说，还亲自跑去波士顿看他，今天又送这么贵重的周边，还说要收他为徒……

这种被人捧在手心里的待遇，让肖寒受宠若惊的同时又觉得特别温暖。他仰起头看着面前的李沧雨，突然发现——这个男人微笑的样子真是帅爆了！

他能认一个这样的师父，还有什么可犹豫的！

想到这里，肖寒立刻点头说道：“好，我认你当师父！”

李沧雨满意地笑了笑，说：“乖，认我当师父，保证你不会后悔。”

他本来没想收肖寒当徒弟，可昨晚跟凌雪枫在街上边走边聊，凌雪枫提到国内神迹联盟的杀手很难有人超越楼张组合，肖寒一直在国外，并没有受到国内杀手流派的影响，他就像一张最单纯的白纸，将来成长得如何，完全由自己来决定。

——那么，如果有一天，自己把这个混血少年带回国内，说不定他真能变成中国神迹联赛舞台上最有特色的杀手。

再说，凌雪枫收了秦陌当徒弟，李沧雨觉得自己也不能落后。

刚才看着小少年因为没钱买周边而垂着头失落离开的样子，李沧雨顿时心软了。肖寒可能经历过一些事情，导致性格比一般少年更加叛逆和高傲，他很想带着这个少年好好地成长，那种强烈地想要保护这个少年的冲动，让李沧雨毫不犹豫地做出了收肖寒为徒的决定。

此时，对上小少年湿润的黑色眼睛里满满的感动，李沧雨唇边的笑容不由扩大，轻轻揉了揉小少年的脑袋，把周边塞进他的手里，说："这就当是师父给你的拜师礼，还想买什么，不用客气，随便挑，师父给你刷卡。"

肖寒幸福到快要晕过去了——被"土豪"师父照顾的感觉好爽啊！

李沧雨开启"土豪猫"的买买买模式，非常豪气地给肖寒买了他喜欢的好多周边，给小顾也买了不少东西，两个小少年都快高兴疯了。

但李沧雨没想到的是，他居然会在周边店遇到凌雪枫。两人的目光在人群中相对，凌雪枫立刻快步走了过来，道："真巧，你也在这？"

"嗯，带朋友们过来买点东西，你怎么在这？"李沧雨疑惑地看着他。

"今天正好闲着，顺便帮秦陌、颜瑞文他们带点东西。"凌雪枫往他身后瞧了一眼，发现白轩和章决明，便主动打招呼，"你们好！"

白轩微笑着走上前来："凌队好！"

章决明感叹道："这是凌雪枫吗？很久没见变化挺大的啊。"

凌雪枫道："老章你也变了很多。"

章决明哈哈笑着摸了摸下巴："胡子一大把，是不是变老了啊？"

顾思明听到凌队的名字，立刻跑了过来："凌队！凌队！"当然，他不敢直接扑过去抱住这个男人，毕竟凌队太严肃，一脸冷漠的样子不像猫神那么好接近。

凌雪枫看着面前有着一张娃娃脸的少年，立刻想到他是猫猫队里的那个圣骑士——自己的黑粉。

"小顾是吗？"凌雪枫朝他点了点头。

顾思明兴奋地道："嗯嗯，没想到凌队还知道我姓顾啊！嘿嘿！我叫顾思明！"

章决明敲了敲他的后脑勺："赶紧找凌队要签名。"

"哦，对！"顾思明拆开一包刚买的海报，递到凌雪枫的面前，"凌队求签名！"

凌雪枫也不客气，随手在上面签下四个潇洒的大字"不死魔灵"——这是他在神迹联盟的注册ID，他也被粉丝们尊称为魔王。顾思明激动极了，立刻小心翼翼地把签名收好。

肖寒并不知道凌雪枫是谁，见大家都过来跟这个男人打招呼，他便走过来站在猫神的身后。

凌雪枫看见这个金发黑眼的混血少年，忍不住问道："这位是？"

李沧雨提示道："暗杀者。"

凌雪枫恍然大悟："哦……霜降？"

肖寒惊讶地睁大眼睛："你怎么知道我的游戏ID？"

"我是新区的清蒸鲈鱼，还跟你交过手。"凌雪枫说道。

肖寒忍不住心想：就是猫神所说的他所有的朋友里最菜的那个菜鸟吗？

李沧雨主动介绍道："他叫肖寒，我刚收了他当徒弟。"

凌雪枫看向肖寒，发现这少年表情很冷淡，看上去挺倔，跟自家那个傲慢自负的小徒弟秦陌神似。不过凌雪枫相信，以李沧雨的手段，不出一星期就能把这小家伙训得服服帖帖。想到这里，凌雪枫便说："你可以好好培养一下他，以后让他跟秦陌交手看看。"

李沧雨笑道："正有此意。"

肖寒一直听人提起秦陌，心里十分疑惑，但他还是忍住没问出来，倒是顾思明很积极地凑过来解释道："秦陌是国内神迹联盟今年刚出道的新秀，凌队唯一的徒弟，风色战队的小太子。我们猫神跟凌队可是旗鼓相当的最强对手，所以嘛，你跟秦陌将来肯定也是对手啦！”

肖寒听着十分茫然：师父不是说这个人是他所有朋友里最菜的吗？怎么又成最强对手了？

顾思明轻轻拍了拍肖寒的肩膀，以前辈的语气说道：“少年，你可要加油啊！”

肖寒一头黑线，回头看他：“顾思明，你比我还小几个月吧？”

“是吗？是吗？”顾思明假装不知道。

肖寒没理他，心里却对中国区的神迹联盟充满了好奇。

“我得先走了，”凌雪枫低头看了看手表，“中国代表团有官派记者，他们很快要来这里拍摄周边店的情况，为免被认出来，我建议你也尽快离开这儿。”

“我买完东西就走。”李沧雨说道，“你先回吧，下午好好休息，明天大清早嘉年华就要开幕了。”

“嗯，我知道。”

凌雪枫转身离开。李沧雨则带着几个队友扫了一批周边，也紧跟着离开。

当天下午，李沧雨又带着大家在市区几个知名的景点逛了逛，请大家在外面吃了顿正宗的西餐。回去的时候天已经黑了，次日要早起去嘉年华现场，李沧雨就建议大家早点睡觉。

肖寒在卧室洗完澡后正坐在床边整理今天的收获，突然听到外面响起敲门声。

“进来。”肖寒收起周边盒子，推门而入的正是李沧雨，肖寒忙起身道，“师父。”

“小寒你坐，我有话要跟你说。”

李沧雨走到他旁边坐了下来，少年洗完澡之后皮肤显得更白，一头金色的头发柔软地垂在耳侧，明明长得很可爱，却总是一脸冷冷淡淡不爱搭理人的样子，让李沧雨忍不住想起血统高贵漂亮的波斯猫。

“师父，什么事啊？”肖寒抬头问道。

李沧雨笑了笑，认真地看着他的眼睛说道：“小寒，我以前是职业选手，打算明年回神迹联盟打比赛，如果你有兴趣打职业联赛，我可以带你一起回国，我们战队是属于国内知名的俱乐部龙吟旗下，住宿、训练、饮食方面条件都很好，队员们也都很好相处，你在那边生活的话肯定能适应。”

李沧雨顿了顿，又补充道：“当然，你如果不愿意，我也不会勉强你。毕竟你现在年纪还小，打比赛不像是玩网游那么随意，你得好好地考虑清楚。”

肖寒愣了愣：“我的水平可以打职业联赛吗？”

他在网游里玩暗杀者不过是利用偷袭的机会躲在暗处杀人而已，真到了赛场上，肖寒并不觉得自己有能力跟职业选手对抗，那天被谢树荣一套连招秒杀就是最好的证明。

“以你目前的水平，确实不能直接上赛场。但你身上优点非常多，只要经过专业的训练，你的水平还能提高。我看中的，正是你极大的潜力。”李沧雨顿了顿，看着少年说，“小寒，我认真地问你个问题，你对神迹职业联赛有兴趣吗？”

“当然有！我一直很想打比赛，但是美国这边好多俱乐部都不公开招人了。”肖寒说到这里，不由轻轻握住了拳头，如果不是对职业联赛很感兴趣，他也不会一直关注这边的神迹赛事，还把同是华人的选手 Tree 当作自己的偶像。只是……”肖寒有些犹豫地挠了挠后脑勺，说，“我爸爸可能不会同意。”

李沧雨道：“只要你自己态度坚定，到时候我去帮你说服你爸爸！”

肖寒的眼睛蓦地亮了起来：“太好了！”

李沧雨笑了笑，轻轻揉揉徒弟的脑袋，说：“先别急着下决定，打比赛可不是简单的事情，一旦成为职业选手，你必须接受严苛的训练，还必须有承受失败和谩骂的勇气。我给你一周的考虑时间，你想清楚了再告诉我。你年纪还小，做决定之前要对自己负责任，不能冲动，明白吗？”

“嗯。”肖寒感动地点了点头。

李沧雨虽然只比自己大了几岁，可这个男人的阅历，让他身上似乎有种历经沧桑后的镇定和沉稳，他说的每一句话都很有道理，哪怕肖寒正处于叛逆期，心里对这个刚认的师父，也是十分佩服和敬重。

——师父说得对，不能草率地做出决定。

他很快就要十八岁了，必须对自己的将来负责，到底要不要成为职业选手，肖寒决定冷静下来再好好地想一想。

CHAPTER 11

世界嘉年华

纽约时间十月二号早晨九点，组委会安排的酒店门口，中国代表队的随队记者和摄影师正在向国内观众们转播嘉年华开始之前的花絮。

“守在电视机前看直播的观众朋友们，大家好！我是本次世界嘉年华的前线记者姚蓉，再过一个小时，嘉年华就要正式开始了！我现在所在的位置正是神迹世界联盟为本次活动安排的酒店门口，我们的选手都住在这家酒店，他们很快就要出来了，让我来对他们进行一个简单的采访！”

镜头前的女记者说话速度飞快，脑袋后面扎着个利落的马尾辫，笑起来的时候有一对可爱的酒窝。她一边往前走一边解说道：“这次嘉年华的六位选手，都是我们国内人气非常高的大神，相信大家一定很期待见到他们……我看见凌队了，上去打个招呼！”

姚蓉快步走到凌雪枫的面前，把话筒递到他嘴边：“凌队你好！来到纽约的感想如何？”

凌雪枫表情平静：“还行。”

这个男人特别难采访，姚蓉硬着头皮问道：“这一届的嘉年华，据说要打3V3的对抗赛，凌队可不可以透露一下，你们选了哪三人去参加3V3对抗赛？”

凌雪枫说：“这个不方便透露，开幕式的时候大家就知道了。”

姚蓉只好无奈地放过了他：“好吧，那凌队加油！”

紧跟着又有人从酒店走了出来，苏广漠、俞平生，还有红狐的柳湘和杨木紫两个妹子，姚蓉双眼一亮，走过去激动地道：“各位大神这是要出发前往嘉年华现场吗？”

苏广漠道：“是的。”

姚蓉好奇道：“怎么俞副队和杨副队也在呢？”

俞平生不爱说话，苏广漠就替他回答：“我带师弟过来当观众。”

柳湘则微笑着说：“我带小紫过来做个伴，不然只有我一个女生，太无聊了。”

话音刚落，不远处突然传来一个熟悉的声音：“喂喂，你们快点啊，别迟到了！车停在哪？”

姚蓉回头一看，居然发现了谭时天和程唯！还有楼张兄弟、楚彦和小朱！

被这么多人站在一起的场面给惊呆了，姚蓉愣了几秒，回过神来，立刻跑过去把话筒递给了程唯：“小唯你怎么也来了？”

程唯对着镜头握了握拳：“我过来当观众，给他们加油啊。”

张绍辉也把大脑袋凑到镜头前，朝国内的观众们挥了挥手，说道：“大家好，我们嘉年华的后援团人数是不是很多？有没有觉得我们好团结？以后不要黑我们了，谢谢啊！”

“张二傻你能不能别在全国观众的面前秀你的智商！”楼无双表情冷淡地把弟弟从镜头前拽走。

姚蓉震惊地看着聚在一起的众人，道：“怎么来了这么多大神？这是要用人数碾压对方？”

楚彦和朱清越也走了过来，小朱朝镜头腼腆地笑了笑，做了个抹眼泪的自黑动作就走开了。楚彦则走到镜头面前站好，认真地说道：“我们国家人口多，所以这次来纽约观光的人也比较多，正好成比例嘛！”

谭时天微笑着补充：“所以光从人数上来看，我们中国队已经取得了胜利。”

程唯配合地道：“队长说得好，鼓掌！”

谭队说得没错，别的国家嘉年华派六个人来，中国队这边官方虽说是选六个人过来，可挡不住他们自带家属啊！结果就来了十几个大神，绝对的人数碾压。

当然，程唯、张绍辉这些“后援团”的人是不能上台参赛的，只能坐在观众席给其他人加油。

姚蓉感叹道：“有这么多大神在下面加油，相信这次的嘉年华几位代表选手一定会表现得非常出色！”

旁边停着一辆南建刚主席专门安排接送选手的大巴，见大家都朝着车子走去，姚蓉快步追上去问道：“3V3 对抗赛的情况还是不能透露吗？谭队，你要不要去打 3V3？”

“抱歉，还不能透露。”谭时天微笑着朝镜头眨了眨眼，“这可是战术机密。”

本次嘉年华虽说是娱乐性质的大聚会，可毕竟全世界那么多高手集中到一起，什么都不比的话观众们也看不过瘾，因此，神迹官网昨天刚公布了一条消息，这次嘉年华会有一个 3V3 的比赛项目，各国选手可以选派三位选手组成一个小队来打 3V3 对抗赛。

国内很多神迹迷都在猜测中国代表团会派哪三位选手出场，姚记者所问的也是大家目前最关注的问题。

看直播的观众们听谭时天这么说，忍不住在评论区刷屏：“求凌、苏、谭一起啊！这三位的实力没有人质疑吧？”“凌、苏、谭一起的话绝对打出碾压局，瞪谁秒谁！”

同一时间，李沧雨也带着几个队友来到了嘉年华的现场。

今天的现场非常热闹，放眼望去，除了美国当地的神迹迷之外，还有不少从国外赶来的人，虽然大家说着不同的语言，但对神迹的热爱却是同样的深厚。

阿树今天跟 ICE 战队的人坐在一起，小顾和章叔的座位在一块儿，正好互相照应，李沧雨就暂且不管他们。但肖寒一个人坐，他还是不太放心，便让白轩跟旁边的妹子商量，跟肖寒换一下票。

那妹子是个亚洲人，不确定来自哪国，白轩用流利的英文请求她换一下座位。她是一个人来的，白轩微笑起来态度又特别温柔，妹子便很干脆地同意了，跑去把肖寒换了过来。能跟猫神和白轩坐在一起，肖寒心里也非常高兴。

开幕式在十点钟的时候正式开始。

今天上午的开幕式主要是官方准备的精彩节目表演，有游戏剧情的真人重现、大型 3D 舞台剧、主题歌演唱、不同职业的服装秀，等等，还请来了不少知名的歌手。

足以容纳几万人的场地座无虚席，现场观众都看得津津有味。

然而，节目表演结束之后才是嘉年华真正的重头戏——各国代表选手的入场！

第一届世界嘉年华，主办方为了宣传神迹，顺便为明年的世界大赛打好基础，神迹联盟总部特意邀请了十六个成员国的代表选手出席这次盛会。

这十六个成员国，都是这几年来正规举办神迹职业联赛的国家。虽然联赛的规模有大有小，但大部分赛区选出来的选手实力都相当出色。今天的开幕式所有选手都会上台，难得一见的群星荟萃画面，让现场的很多观众激动地站起来拼命鼓掌、尖叫！

随着雷鸣般的掌声响彻云霄，各国的代表团相继出场。

中国队选手出场的时候，肖寒突然发现昨天在周边店遇到的那个男人居然走在最前面……这不是猫神最菜的朋友吗？怎么成了嘉年华的选手？

肖寒疑惑地看向李沧雨，后者则微微笑了笑，解释道："小寒，我给你介绍一下，按照出场顺序，走在最前的是风色队长凌雪枫，然后是飞羽队长苏广漠、时光队长谭时天、红狐队长柳湘、鬼灵队长楼无双、清沐副队楚彦，他们都是国内非常优秀的选手。"

肖寒恍然大悟——当初自己是被猫神给骗了？那个清蒸鲈鱼根本不是最菜的，而是最强的吧？

这次参赛的队伍按照国家英文首字母的排序先后出场，最后由东道主美国队出场。

美国队的六位选手李沧雨只认识一个——走在最前面的杰克·乔希，这是全世界最出名的血族召唤师，阿树所在的ICE战队的副队长。据说他的打法疯狂又暴力，为人也很热血激进，李沧雨坐在VIP观众席，能够清楚地看见他的样子，那是个年轻又英俊的青年，典型的金发蓝眼白种人长相，脸上的表情非常自信。

——总有一天，我会站在这个舞台上挑战你的。

李沧雨看向杰克所在的方向，微微笑了笑。

这些强大的对手，一直在不断地激励着他前进。今天的他，虽然只能坐在台下当一名微不足道的观众，但李沧雨相信，明年的这里，又会是不一样的风景。

等所有国家的队伍入场完毕后，选手们入座，主持人便宣布了本次嘉年华的规则。

第一届嘉年华，白天的项目都是各种趣味游戏，所有选手可自由报名，每项活动都有奖金拿。比如分组打篮球、分组踢足球、长跑比赛、接力赛，等等，就像是神迹游戏角色参与的一场趣味运动会。晚上才是真正的较量。

今晚开始会有 3V3 的项目，每个国家的代表队可以挑选出三位选手报名参加这个项目，十六支代表队正好分成四组，从小组赛一直打到最后，冠、亚、季军都会有高额的奖金。

除此之外还有 1V1 的项目，所有选手自由报名、自选场景单挑，打淘汰制车轮战，谁能站到最后谁就算赢家，还会获得世界神迹联盟颁发的特制奖杯以及高额奖金。

大屏幕上开始公布各个代表团派出的 3V3 选手名单。

让很多观众意外的是，中国代表团居然派出了两组 3V3 小队！

1 队：MOMO、LXF、CY。

2 队：Tenday、Killer、XX。

拼音和英文夹杂的选手 ID 让很多外国人摸不着头脑，尤其是 XX 这个 ID 更加让人一头雾水，但是，国内的观众却一眼就看了出来——苏广漠（MOMO）、凌雪枫（LXF）和楚彦（CY），三位老选手组成一队；谭时天（Tenday）、楼无双（Killer）和柳湘（XX），三位新一代选手组成了二队。

直播间里的评论区瞬间就被刷爆了：“还以为会六选三派出一个队，结果出两队，完全没想到啊！”“不用筛选，直接出两队，我们中国队的六位国手就是这么厉害！”“这么一看，两个队都好给力啊！”“这是谁分的组？膜拜！”

正在做直播解说的于冰，看到这一幕画面也忍不住眼眶发热，强忍着激动的心情说道：“之前很多观众认为，如果凌、苏、谭三人联手，拿下冠军的可能性很大。但显然，我们的选手非常有信心，他们派出了两支队伍，六个人全部上场……这也在我的意料之外。”

寇宏义激动地说：“是的！我们国家的代表团居然派出了两支队伍！我突然有种一队和二队会在总决赛会师的预感！就像奥运会的乒乓球项目一样，一路横扫过去，最后再自己人争冠军嘛！”

于冰冷静地道：“可神迹毕竟不是在我们国家发源的游戏，国外优秀的选手也非常多，我们还是期待六位国手的精彩表现吧。”

嘉年华现场,除了中国队之外,韩国队、美国队和法国队也派出了两支队伍。

韩国一向是电竞强国，当年由韩国主办的综合型赛事 WCG 一度成为世界电竞盛事。美国毕竟是神迹的发源地，电竞氛围浓厚，打比赛的选手非常多。法国这些年电竞发展迅速，他们国家的选手风格特别鲜明。这三个国家的选手实力都非常强。而其他的一些国家，虽然联赛规模没有中、韩、美、法那么大，但是从六个当中选出三个，他们选出来的阵容搭配肯定会更加稳定。冠军最后花落谁家，还真是个未知数。

肖寒看向李沧雨,关心地问道:“师父,中国代表团的两支小队赢面大吗？”

“嗯，这样的阵容组合是目前最完美的分配，一队是凌、苏、楚配合的爆发压制战术，二队则是变幻莫测的风筝加暗杀战术。”李沧雨分析道，“这应该是他们讨论过后的决定，希望他们能在总决赛会师。”

听到这里，肖寒的心中也万分震惊，由于时差的原因，国内打比赛的时候波士顿经常是凌晨三四点，因此他很少关注国内的赛事。记得当年跟父亲出国时，中国的电子竞技还很少被人提起。

短短几年过去，中国区的神迹选手，已经变得这么强了吗？

开幕式结束后，嘉年华便正式开启了第一天的娱乐项目。今天的娱乐项目是篮球赛，游戏里的地图被做成了一个标准的篮球场，参加该项目的选手十人一轮，被系统抽签分成红队和蓝队。

游戏的规则很简单，作为道具的篮球在距离自己半米范围内可以选择“拾取”，捡到篮球的人头顶会出现一个标记，只要被对手用游戏技能控制住或者打到残血，篮球就会掉到地上，其他人可以再把球抢过来，带着球到达篮圈下时会出现一个“投篮”的提示，对准目标篮圈投篮，球就可以投进。

由于是游戏角色参与的娱乐性项目，这次球赛并没有前锋、后卫的区别，也没有那么多严格的犯规判定，只要抢到篮球后投进篮圈里就算得分。

大屏幕上，十位选手的游戏角色依次登入场景，主持人给了大家一点时间来读懂规则，规则被官方体贴地翻译成了多国语言。

双方选手很快就准备就绪，等篮球一刷出来，一群人立刻蜂拥而上！

这批报名的选手中并没有中国队的人，冲得最快的是美国队的精灵弓箭手托马斯，那是个身材健硕的黑人青年，五官看上去有些憨厚，笑起来的时候露出一口整齐洁白的牙齿。他跑到篮球前以极快的手速捡起篮球，然后一路冲到篮圈的面前站好投篮！

“球进了！”主持人激动地说道，“但好像投错了篮圈……”

系统判定：蓝队加 1 分。

红队的托马斯发现自己投球却给对方加了分，一脸茫然地在公频打了两个问号。

看过球赛的都知道，投篮是要投到对面篮圈里才算分，自家这边是要防守的，托马斯抱着篮球一路狂奔回家投到自家的篮圈里，结果却给对手送了 1 分。

在台下当观众的程唯乐坏了，笑着说道：“这家伙是不是傻？把球投到自家去了，哈哈哈！”

李沧雨听到后排传来熟悉的声音，回头一看，发现程唯、张绍辉等人正好坐在隔自己一排的斜后方位置上，刚才入场时观众太多没有留意，他一说中文，李沧雨就敏锐地回过头去，正好对上了程唯的目光。

程唯双眼一亮，激动地挥手道：“猫神，猫神！”

要不是前面隔着一排人，程唯恨不得立刻扑过去，那张牙舞爪的样子还真像一只奓毛的猫咪。

李沧雨朝他笑了笑，做了个让他坐下的手势，程唯这才乖乖地坐了下来，用双手比画着开幕式结束后一起去吃饭，李沧雨比了个 OK 的手势，程唯高兴得眼睛都笑弯了。

白轩看到这一幕，便凑到肖寒的耳边轻声解释道：“那个人就是程唯，时光战队的副队长，猫神头号‘脑残粉’，他要是知道猫神收了你当徒弟肯定会嫉妒你的。”

肖寒困惑地挠了挠头，问道：“时光的副队长是师父的粉丝？那我师父是不是很厉害？”

白轩笑着拍拍少年的肩膀：“以后你就知道了。”

坐在选手席的楼无双面无表情地给弟弟发来一条短信：“托马斯真是你的同类。”

张绍辉道：“怎么同类了？我是黄种人，他是黑种人！”

楼无双不客气地说：“四肢发达、头脑简单的单细胞动物同类。”

张绍辉自动无视后半句，高兴地回道：“哥，你在表扬我四肢发达是吗？前段时间天天打篮球，我的身材最近确实变好了，八块腹肌，晚上回去给你摸摸。”

楼无双：“……”

大屏幕上，趣味篮球赛的红蓝两队陷入混战局面。篮球被对方抢走之后大家心里一着急就想打架，一时间，各种职业的大招铺满了篮球场，倒是重要道具篮球不知道跑去了哪里。

蓝队一个身手敏捷的刺客瞄到篮球的位置，眼疾手快地跑去把篮球捡了起来，刚想条件反射地按隐身，结果发现隐身技能在这里不能用，只犹豫了一秒，篮球又被美国队的托马斯给抢走了！

主持人激动地道：“哦，托马斯，又是我们移动速度最快的托马斯！”

然后，托马斯抱着篮球一路狂奔，把球投进了篮圈里！

系统判定：蓝队加 1 分。

托马斯一脸茫然，打来两个问号。

主持人：“他又投错了地方。”

现场观众爆笑。

旁边一位英国队的选手看不过去，皱着眉跟他解释了半天，托马斯明白过来，讪笑着挠挠后脑勺，那动作看上去真是傻乎乎的。

国内的直播间里开始疯狂刷屏："托马斯明显是蓝队派过去的间谍啊，哈哈！""送分大神，以后碰见我们中国队请你继续给力地送分啊！"

这位黑人青年是美国豪门俱乐部 AK 战队的副队长，个人能力极强，也是世界上比较出名的精灵族弓箭手。谭时天在国内虽然极负盛名，可放在世界上名气却明显没托马斯那么响亮。只不过，托马斯有个致命的缺点——他很多时候只靠直觉做事，典型的热血上头、手指按键不过脑的选手。

一句话评价，那就是"手指发达，头脑简单"。

他的手速确实很快，跟李沧雨在一个级别，但他脑子里想得显然没那么多。平时打团战有他们队长指挥他还能收敛一点，今天没人指挥了，他自己玩自己的，立刻变成脱缰的野马，连续给对手送了 2 分……

张绍辉看到这里忍不住笑道："这是目前名声最响的弓箭手，谭时天有没有兴趣跟他单挑啊？程唯，你家谭队报没报单人项目？"

程唯说道："今天的 1V1 项目他没报，明天可能会报吧。"

朱清越好奇地问道："那篮球呢？他们不去玩儿一场篮球赛吗？看起来很好玩的样子。"

张绍辉说："我哥肯定不去！"

这次入选嘉年华的选手，凌雪枫、楚彦都是比较沉稳的性子，楼无双又很高冷，这三人对闹腾的娱乐篮球项目不感兴趣。柳湘妹子为人温婉，让她一个治疗去抢篮球也太难为她了。剩下的苏广漠个性爽朗，谭时天幽默风趣，他俩一起报篮球项目的可能性倒是比较大。

第一组球赛的结果很快就公布出来，在托马斯给力的送分之下，蓝队最终取得了胜利，所有蓝队选手都获得了主办方送出的纪念品。

紧接着，第二组球赛报名人员的 ID 打在了大屏幕上。

李沧雨抬头一看，发现了 Tenday 和 MOMO——谭时天和苏广漠果然上了，而且凑巧都分到红队！

比赛一开始，谭时天就利用精灵族敏捷上的优势，轻功飞到篮球面前把球捡了起来，对面有人想拦截他，被他一个巧妙的摆动位移给避开，后面又有人来控制他，结果苏广漠突然从旁边杀了出来，一招锁魂将干扰谭时天的人不客气地定在原地！

苏广漠掩护，谭时天带球，两人飞快地来到篮板下，按向投篮——球进了，红队得 1 分！

接下来是蓝队的回合，对面有个刺客带着球正往前跑，苏广漠直接开大招把他打残，谭时天趁机把球抢回来，转身开着飞羽步快速冲到篮板下——球进了，红队再得 1 分！

现场顿时响起震耳欲聋的掌声！

开场不到 1 分钟，红队就连进两个球，蓝队选手脸上的表情都有些茫然——苏广漠和谭时天的配合传球实在太快，苏广漠的光影回转大招闪瞎人眼，谭时天的精灵族移送速度飞快，让他们都有些措手不及。

解说间内，于冰看到这一幕画面，不由说道："其实苏队和谭队现实中也会打篮球，我记得他俩还单挑过几次，今天在嘉年华的娱乐篮球场配合起来，他们俩倒是默契十足。"

寇宏义回头看向于冰："说起篮球……联盟还有别的选手会打篮球吗？"

"鬼灵战队的张副队打球也很厉害，据他哥透露，张绍辉在中学的时候一直是校篮球队的队长。还有……"于冰说到这里突然停了下来，寇宏义接话道："还有谁？"

——还有李沧雨。

于冰沉默两秒，改口说道："还有几位已经退役的老选手。"

见于冰似乎不想多聊，寇宏义聪明地"哦"了一声，没有再问下去。

其实，李沧雨打球特别厉害。于冰还记得当年她曾经见过李沧雨跟苏广漠在球场单挑，那是第三赛季的开幕式结束之后，酒店的后面正好有个篮球场，几个选手傍晚时分闲着无聊跑去打球。李沧雨当时只有二十岁，身材修长又匀称，在阳光下带着球奔跑的样子帅气得耀眼。

运球、跨步、上篮……那一气呵成的动作，就像是专业的篮球运动员一样。

看他打球，于冰突然联想到一个画面——睡醒的猫发现猎物，立刻亮起尖锐的爪子，矫健地奔跑着，一把捉住老鼠再按死在面前，果断干脆，毫不拖泥带水。

李沧雨运球的速度非常快，只要球到了他的手里，苏广漠很难拦截下来。

苏广漠水平也不低，打球的风格偏向于凶悍的灌篮，两个人的这一场单挑打得真是畅快淋漓。

当时还有几个选手在观战，凌雪枫表情虽然冷淡，但目光却一直追随着场地中央那个人的身影，“脑残粉”程唯一直在给猫神加油，谢树荣也在给师兄助威，俞平生则像幽灵一样安静地待在旁边。

最后，苏广漠 2 分之差输了，李沧雨满头大汗地走下来，在黄昏金色阳光的照射之下，他的全身似乎都镀上了炫目的光晕。

凌雪枫给他递过去一瓶水，还体贴地给他递了毛巾，声音显得低沉而温和：“擦擦汗吧。”

“嗯，谢了。”李沧雨朝凌雪枫笑了笑，接过毛巾擦着汗，回头，发现在旁边观望的于冰，便招招手说，“于冰，一起去吃饭吧？我请客。”

路过的于冰也有幸跟着他们去吃了一顿。

那已经是三年前的事了，如今回想起来依旧让人印象深刻——李沧雨实在太过耀眼。

她一直想不通，那个男人为什么运气会那么差，总是没法拿到奖杯？

于冰稍微一走神，娱乐篮球场的比分已经迅速变成了 10:2。

寇宏义赞叹道：“苏队和谭队一个掩护、一个带球，配合得真是默契！对面的人完全蒙了，看来这次红队要赢！”

果然，十分钟比赛时间到，红队毫无悬念地大比分获胜。

苏广漠和谭时天看上去很高兴，两人轻轻击了一下掌，这才拿着纪念品走回来坐到选手席。

中场休息时间到，现场导播把镜头切去了观众席，一个熟悉的人影在画面中一闪而过，那个人的五官算不上特别精致，可组合在一起形成的轮廓却格外鲜明而深刻，一双眼睛漆黑明亮，身上有种非常利落的帅气。

于冰惊讶地瞪大了眼睛——那是不是猫神？

然而，等她想仔细看的时候已经看不清了，导播把镜头切到观众席只是为了看看现场观众们的热情，男人的脸在镜头前一晃而过，不是特别熟悉的人根本就来不及认出来。

于冰突然联想到柳湘之前发给她的那条短信："冰姐，今天在纽约见到了猫神，他请大家吃饭，还让我给你带句好。"

——李沧雨果然在纽约，这次也真的来到了现场吧？

于冰强忍着激动的心情，轻轻攥住拳头，心想：那个被埋没了很久的人，一定会有发光的那天！

CHAPTER 12

分组

上午的娱乐篮球赛打得非常欢乐，到第三场的时候，主持人还抽选了不少幸运观众上台去跟大神们一起玩，现场的气氛热闹无比。

中午十二点的时候，嘉年华暂停，进入了午休时间，程唯立刻跑到李沧雨面前，一脸期待地道："猫神，中午我请你吃饭吧！"

扭头一看，发现白副队也在，程唯笑着打招呼道："白副队，好久没见！"

白轩微笑道："嗯，你长高了嘛！"

"是吧，还是白副队眼神好。"程唯很开心。

没想到白轩后面还跟着一个人，乌黑的眼睛、金色的头发，程唯好奇地看了他一眼，以为他是路人甲就没理他，结果肖寒偏偏走到李沧雨身边，问道："师父，我们午饭去哪儿吃？"

程唯立刻震惊地瞪大眼睛："你叫他什么？"

肖寒重复道："师父。"

白轩贴心地解释起来："这是猫神前不久刚收的徒弟。"

程唯恨恨地瞪着肖寒，气得脸颊都鼓了起来。

李沧雨笑道："你这哪像个大神的样子？"

程唯不服气地抱住猫神胳膊说："我也要拜师，我也要拜师！你为什么只收他当徒弟不收我？"说罢又瞪了肖寒一眼。

被程唯用目光杀来杀去的肖寒一脸茫然地看向李沧雨。白轩在旁边乐坏了——这感觉真像是一只爹毛猫和一只波斯猫围着帅气的黑猫争宠！猫神的身上似乎有吸引小少年的磁场，说起来，联盟的这群小少年，不是被他虐哭过就是他的"脑残粉"。

李沧雨无奈地揉了揉太阳穴，看着程唯说：“你是时光战队的副队长，成熟点儿行吗？”

程唯郁闷地垂下脑袋，李沧雨顺手揉了揉，凑到他耳边柔声道：“听话，在我心里你就像我的亲弟弟，你现在的身份不适合认我当师父，懂吗？”

——亲弟弟？似乎比徒弟要更亲一点！

程唯双眼一亮，立刻满足地点了点头，说：“嗯嗯！这么说，他应该叫我师叔。”程唯回头看向肖寒，扬了扬下巴，说道，“看在你是我晚辈的分上，就不跟你计较了。”

肖寒：“……”

第一轮争宠，程唯完胜。

肖寒依旧处于好奇加茫然的状态，不太清楚师父和这个人的关系。

程唯本想今天请吃午饭，结果白轩却说：“嘉年华刚散场，附近的餐厅肯定人满为患，不如回家吃吧，我下厨做几个菜。”

李沧雨同意，程唯自然没有意见，屁颠屁颠地跟在他身后。

众人到家后白轩去下厨，章叔帮他打下手，肖寒和小顾跑去客厅里玩拳王对战，程唯则赖在李沧雨的旁边问题不断：“那个肖寒是什么人？还有那个小顾，都是你战队里的队员吗？”

李沧雨点头：“嗯，目前队里只有六个选手。”

“这里才五个，还有一个呢？”

“谢树荣，他今天跟ICE战队的人在一块，中午不方便过来。年底合约到期之后他会跟我回国。”

“阿树？”程唯震惊地瞪大了眼睛，当年一起出道，作为第三赛季风头最强劲的两位选手，程唯对谢树荣自然非常熟悉。没想到阿树也加入猫神的队伍，程唯很为李沧雨高兴，“有他在的话这次你的队伍就厉害多了啊！”

李沧雨感叹道：“这回的运气确实不错。”

程唯沉默片刻，突然说道：“猫神，其实我……我当初跟时光战队的合同只签了三年，今年正好是第六赛季，到年底，我的合同也要到期了。”

李沧雨知道他想说什么，却假装不知道的样子，回头道：“所以呢？”

程唯小声问道：“如果我转会去你的战队，你愿意要我吗？”

李沧雨很果断：“不要。”

程唯惊讶地抬起头：“为什么啊？我的水平难道比谢树荣差吗？”

李沧雨颇为无奈地揉了揉程唯的头发：“虽然都是年底合约到期，但你跟阿树的情况完全不一样……都多大的人了，做事别那么冲动。”

“我没有冲动，我是认真的。”程唯认真地看着李沧雨说，“你的战队不是正好缺人吗？而且，我跟时光的合同到期，要走要留都是我的自由，黎经理那边我会跟他说的。”

“那谭时天呢？”李沧雨问道。

程唯挠挠头说：“他跟时光签的好像是五年的合同。”

“我是说，你走了以后他怎么办？”李沧雨严肃地看着程唯，“谭时天当年出道不久，就被徐落交付了时光队长的重担，他一个新人接任队长，还能保证时光战队的成绩没有下滑，战队的事你肯定不管，小谭一个人带队其实非常辛苦，这些你想过吗？”

程唯怔怔地看着猫神，一时竟说不出话来。

“我当初为什么宁愿带着几个兄弟转去武林也不愿意一个人单飞，就是因为我身上有责任在，我是队长，我必须承担起那份责任。可是你，作为一支战队的副队长，说走就走，完全无视队友们的心情，你的心里还有没有一丁点的责任感？”

李沧雨训人的时候表情非常严肃，声音铿锵有力，让人根本没办法反驳。

“程唯，当年徐落走的时候没把队长的位子交给你，就是因为你冲动、任性，从不站在别人的角度考虑问题。你已经十九岁了，不是当初那个十六岁的毛头孩子，你感激我指导你，这种心情我能理解，但是别忘了，真正培养你的地方是时光战队。”

李沧雨看着程唯，一字一句地说：“没有时光战队，你根本不可能走上神坛。如今你出名了，就抛弃老东家，时光战队的粉丝们会怎么看你？队友们会怎么说你？谭时天又会怎么想你？”

程唯垂下脑袋不说话，眼眶都红了。

见小家伙垂着脑袋一副可怜的样子，李沧雨不由心软下来，轻轻揉着他的头道：“我说你也是为了你好。小唯，你该长大了。我最希望看到的，是你变成一个出色的副队长，而不是到我的战队来当我的小跟班。当有一天，你的实力可以跟我平起平坐，那才不枉我当年费心地教你，你懂吗？”

“我懂了。”程唯感动地点了点头。

猫神说得对，他确实太冲动，虽然合约到期后离开战队不是什么大错，可如果他现在离开时光战队，时光没有白魔法师的接班选手，就会陷入极大的困境。

他一直没有站在谭时天的角度考虑过问题，总觉得谭时天平时嬉皮笑脸没个正经，队长当得也没猫神、徐队那么好……

今天猫神的一顿教训，就如醍醐灌顶，让程唯瞬间清醒。

——如果不是谭时天，说不定时光战队早就倒了！

他怎么就没想过呢？新队长接手战队后要处理好队员们的关系，要让队员们听从自己的指挥，保证战队成绩不下滑，拉拢粉丝，应付媒体。自己这个当副队长的什么都不懂，谭时天肯定很累吧？要不是谭时天有点儿手段，时光战队早就被挤出一线豪门之列了。

想到这里，程唯又是难过，又是愧疚，甚至觉得在猫神的面前无地自容。

“我……我错了……”程唯小声说道，“我回去就跟时光续约，我要好好当副队长。”

李沧雨这才微微笑了笑，轻轻拍了拍他的肩说：“小唯，你该把超越联盟一众大神作为自己的目标，你才十九岁，还能打好几年比赛，前途无量，眼光要放得长远一点，明白吗？”

程唯用力地点了点头：“嗯嗯！”

他知道猫神是真心为他好，要不然，白来的队友谁不想要？何况猫神的队伍现在正是缺人的时候，他若加入的话肯定能给猫神助一分力量。

可是猫神却站在他的立场上，为他的以后考虑，果断拒绝了他要加入的要求……

这才是真的把他当弟弟看呢！

程唯感动地抬头看向李沧雨，认真地道："谢谢猫神。"

李沧雨笑着揉揉他的脑袋："你想明白就好。"

吃过午饭回到酒店后，程唯刷卡进门，一进屋，谭时天就紧张地把他拉了过去："你可算回来了，打你电话一直打不通，还以为你走丢了呢！吃饭没？我给你带了一份外卖，想吃的话去热一下。"

对上他关切的眼神，程唯心里一酸，忍不住扑到谭时天的怀里紧紧地抱住了他："对不起……"

被小家伙扑了个满怀，谭时天脊背微微一僵，发现程唯眼眶红红的，不由心疼地道："怎么了这是？"

程唯把脑袋埋在他怀里，有些不好意思："我错了……"

"错什么了？"谭时天一头雾水。

程唯小声解释道："我今天看见猫神，就跟他去吃午饭，还跟他说，我跟时光的合同快要到期，我想转到他的队伍去。"

谭时天微微皱了皱眉。

程唯的脑袋垂得更低了："结果我被猫神骂了一顿……我已经想明白了，回国以后我就去跟时光战队续约，再续三年，这样就和你一样了。"

谭时天听到这里总算松了口气，真是谢谢猫神把程唯的冲动想法扼杀在了摇篮里！

程唯接着说道："以前是我太任性，完全没考虑过你的感受，对不起……我大概是联盟最不合格的副队长，以后……我会帮你分担一些事情，你要是忙不过来的话，可以教我怎么做……"

谭时天依旧不说话。

程唯忐忑地抬头看他："你是不是生气了？"

对上那双湿漉漉的眼睛，谭时天不由微微笑了笑，轻轻捏捏程唯的脸说：“不会被猫神骂哭了吧？”

“没哭，我又不是朱清越那个哭包。”程唯尴尬地扭过头说，“就是有点儿难过……”

谭时天在心底无奈地叹了口气，他估计李沧雨今天骂程唯骂得不轻，大猫对小猫来说是像长辈一样的存在，小猫做错事，大猫骂他也是应该的。

不过他居然想离开时光？谭时天都想骂他一顿！

可看着程唯又是愧疚又是自责的样子，再看着他红红的眼眶，谭时天还是心软下来，忍不住伸出手臂，轻轻把他抱进了怀里，柔声在他耳边说道：“好了，别难过，你肯留在时光就好。”

程唯从来没发现，谭时天的怀抱居然这么宽容和温暖。

想起以前经常跟他作对，程唯更是羞愧得无地自容，把脸埋在他的怀里，认真地说：“谭队，以后，我会帮着你一起管理时光战队的。”

“嗯。”谭时天微笑着收了收双臂，将小家伙紧紧地抱在怀里。

其实谭时天需要的并不是一个厉害的副队长，他的能力足以一个人应付战队的事务。程唯是有些毛躁，有些傻气，心性单纯，做事冲动……可就是这个单纯直率的少年，一直吸引着谭时天的目光，想欺负他，逗他生气，看他奓毛的样子，更想爱护他。看来猫神的训话杀伤力巨大，直接让程唯彻底醒悟，还说要帮着管理战队，真是让人惊喜。

这还是程唯第一次主动扑过来抱住自己，怀里的家伙身体软软的，毛茸茸的脑袋埋在自己的胸前，感觉真跟抱着只猫一样。

谭时天心情愉快地想，以后领着死心塌地的小程唯一起征战联盟，一定会无比幸福的！

下午的嘉年华三点才开始，中午吃过饭还有两个小时的午休时间，大家便各自回房休息。

张绍辉回去的时候表哥正在洗澡，他把带来的午饭放到桌上，朝浴室的方向喊道："哥，洗完来吃饭。"

楼无双自小就讨厌人多拥挤的地方，所以帮哥哥打饭这种事情张绍辉已经做习惯了。很快，楼无双洗完澡出来，张绍辉抬头一笑，说道："哥，我买了你爱吃的鸡腿，快来吃吧。"

"嗯。"楼无双点了点头，走到他对面坐下。

虽然这个弟弟智商不太高，可和那种高智商、心机深沉的人相处起来会很累，像张绍辉这样什么都摆在脸上的简单家伙，在一起才会更加轻松，对上张绍辉的笑容，楼无双的心情也不由自主地变好。

这个弟弟其实人很好，热情直率，又没什么心机，从小就护着哥哥，谁敢来欺负哥哥他就冲上去干架，哪怕自己头破血流也不舍得让楼无双伤到一根头发。

楼无双知道那是因为他对楼家充满了感恩。其实，楼家跟张家的血缘关系已经非常淡了，自己的母亲跟张绍辉的父亲是远到不能更远的表兄妹，父亲跟张叔叔是大学同学，这层友情反倒更亲一些。张绍辉的父母遭遇车祸身亡时他还在上小学，那么小的孩子没人照顾，父母一时心软才把他接了过来。是楼家把他这个无依无靠的孤儿抚养长大的，所以他是真把楼无双当成亲哥哥来看。

"哥，鸡腿给你。"张绍辉一边习惯性地把好吃的东西往哥哥的碗里夹，一边说着，"你多吃点，吃饱了下午还要参加活动。"

楼无双突然抬头问道："阿辉，你喜欢什么样的女孩子？"

张绍辉被这突兀的问题问得一愣，摸了摸鼻子，说："没有女生会看上我这种五大三粗的人吧？"

"要是有人看上你呢？"楼无双抬起头来，锐利的目光直视着他。

"这个可能性不大。"张绍辉笑着挠了挠后脑勺，"我嘴笨，又不会哄女生开心，也没什么浪漫细胞，不懂送花啊送礼物之类的，女孩子用的化妆品、包包我更是一个都不认识。"

他倒挺有自知之明，他的身上确实一点浪漫细胞都没有，中学的时候只懂打球，中学毕业加入鬼灵战队后就只管打比赛，目前对感情的事还是个没开窍的榆木疙瘩。

楼无双心想，虽然他不懂如何讨女孩子欢心，可光是他这一身结实的肌肉就足够让女士们流口水的。像他这样不花心的老实男人，其实很适合当老公过日子，只是他平时天天窝在战队里，很少跟女生打交道，没有女生发现他的好而已。

张绍辉有些困惑地道："哥，你怎么突然问起这个？"

"没什么。"楼无双冷着脸给他夹了一块排骨，"吃饭。"

饭后，张绍辉积极地收拾了餐盒，回到床上躺下来玩了一会儿手机，刚打算睡午觉，楼无双突然走过来掀开他的被子，表情平静地看着他："不是要给我摸摸腹肌吗？"

张绍辉笑了起来："嘿，哥你摸摸，我前段时间天天打球，肌肉更结实了。"

说着，他便毫不避讳地掀开了 T 袖的下摆，八块漂亮的腹肌瞬间跃入楼无双的眼中，为了显摆自己的好身材，他还特意绷紧了小腹，那漂亮的肌肉一块连着一块，看得人真想喷鼻血……

楼无双脸上的表情非常平静，坐在床边，伸出手指轻轻戳了戳弟弟的腹肌，评价道："身材不错。"

张绍辉开心地笑了起来："是吧！虽然我头脑比较简单，但好歹四肢发达啊！比头脑简单、四肢更简单的程唯要帅多了。"

程唯躺着中枪，在隔壁房间打了个大大的喷嚏。

外面突然响起敲门声，楼无双开门一看，发现站在门外的是谭时天以及他身后的跟班程唯。谭时天礼貌地笑了笑，说道："楼队休息好了没？一起下去吧。"

"嗯。"楼无双回头道，"阿辉，你快点。"

"马上好！"张绍辉套上鞋子出来，"走吧！"

四人一起下楼，接送选手的车子早就等在原地，上车一看，发现凌雪枫他们已经坐好了，南主席见人到齐，便让司机开着车往嘉年华的现场赶去。

车上，南建刚主席说道："今天下午的项目是趣味赛跑，在项目开始之前，我们要先完成 3V3 小组的抽签，我们这回报了两支小队，抽签是很重要的一个环节，最起码你们不能抽到一个组去！”

程唯积极地举手建议道：“主席，让谭队去抽吧，今天中午起来之后我让他洗了五次手。”

隔着过道的苏广漠回头看程唯：“洗手管用吗？”

“当然！”程唯说，“我当年玩网游的时候，每次打副本都要洗手，洗完手摸装备总是摸到我用的！”

谭时天被这家伙逗笑了，伸手揉揉他的脑袋：“别乱说，听主席的安排。”

南建刚问道：“那 2 队就由谭队去抽签吧？”

“没问题。”

“1 队谁去？”

凌雪枫毛遂自荐：“我去。”

南建刚点了点头：“好，抽签结束之后你们可以自由参加下午的娱乐项目，今晚就要开始 3V3 小组赛，大家不要有压力，尽力而为就好。”

本次嘉年华的重头戏 3V3 小组赛将在晚上七点正式开赛。

下午的赛跑项目开始之前，每个小队派代表上台当场抽签决定分组。十六个国家队共计报名二十支小队，分成四个小组，其中 A 组和 B 组是上半区，C 组和 D 组是下半区，先打小组积分赛选出八强，然后上、下半区对决选出四强，再淘汰赛决出冠、亚、季军。

这种赛制跟很多体育项目的世界大赛相似，不过，神迹联盟决定的随机抽签方式很可能让一个国家的两支队伍抽到同一组，法国的两支队伍就很倒霉地全部抽到了 A 组，而美国和韩国的队伍则成功避开自己人，韩国的两支队伍分别在 A、C 组，美国则在 B、C 组。

轮到中国队抽签时，国内的很多观众都紧张地屏住了呼吸。

——千万不要像倒霉蛋法国队一样抽到一个组啊！

不少人在双手合十默默地祈祷着。

1 队的凌雪枫上台去抽签，抽到 C 组。

于冰解说道："C 组是目前实力最强的小组，我们可以看到，已经有美国 1 队和韩国 2 队分到了 C 组，这个组里世界闻名的选手非常多，要从 C 组出线会非常艰难。"

"冰姐说得对，这个组的实力确实很强。"寇宏义紧跟着说道，"但我们的凌队、苏队还有楚副队的组合水平也不弱，打积分赛的话，小组前两名出线的希望还是挺大的。"

"这倒是。"于冰赞同地点头，"希望 2 队千万别抽到 C 组。"

话音刚落，谭时天就走到主持人面前将手伸进了抽签盒里。等他拿出抽到的纸条展开的时候，国内的很多观众甚至激动地跳起来欢呼——D 组！

寇宏义也难掩激动的心情，说话的声音都有些发颤："谭时天真是个小红手啊！ D 组里面都是水平偏弱的队伍，看来我们的 2 队出线进八强完全没问题了！"

国内的直播间里顿时开始新一轮的刷屏："给谭小红手点赞！""小红手太给力了！""谭队加油，我这就去刷微博小段子给你加点流量！"

网上一群人在给谭时天点赞，谭时天则对着镜头露出了愉快的笑容。

李沧雨的手机亮了起来，低头一看居然是凌雪枫发来的短信，简单的一句话："我抽到了 C 组。"

李沧雨笑着安慰道："没关系，C 组拼一把照样可以出线。"

凌雪枫道："晚饭时间有空吗？来酒店找我。"

"干吗？"

"帮我做个战术参谋。"

"这么看得起我？"

"当然，你的想法跟我很不一样，或许能给我一些更好的建议。"凌雪枫快速敲着短信，发完之后又补充了一条，"来吗？我到酒店门口接你。"

"行，看在你亲自邀请的份上，下午的项目结束了我就过来。"李沧雨快速回复道。

坐在李沧雨旁边的肖寒回头一看，发现师父正在低头发短信，脸上带着一丝若有似无的微笑，目光也变得十分温和，跟往常那个帅气果断的猫神似乎略有不同。

师傅在和谁发短信呢？他对中国区的神迹联盟真是好奇死了。

世界嘉年华的第一天，上午的趣味活动是篮球赛，下午的趣味活动则是百米赛跑。

百米赛跑的规则也非常简单，游戏当中会设置六条并行的跑道，六位选手分别站在一条跑道上朝终点发起冲刺，途中有池塘、台阶、巨石、树林等各种障碍物，选手需要依靠灵活的走位技术来避开这些障碍，同时，还可以使用各种干扰技能来阻碍其他的对手，率先到达终点的人就算赢。

出人意料的是，凌雪枫居然报了赛跑项目。国内一些熬夜看比赛的夜猫子忍不住评论："凌队怎么会参加这种项目？""不知道，凌队严肃的表情跟这种趣味赛跑似乎很不相符！""可能他觉得赛跑比篮球好玩？"

不管众人怎么猜测，赛跑项目正式开始了。

第一轮出场的选手当中正好有凌雪枫，他被分到了第三跑道。另外五位选手的 ID 不太熟悉，但看选手 ID 前面的国旗标志，显然来自好几个不同的国家。

裁判灯一亮，比赛正式开始。

凌雪枫冷静地敲击着键盘，操作着自己的魔族召唤师快速往前冲刺。

隔壁第四跑道的精灵族选手利用敏捷优势超过了他，凌雪枫完全不管。没过多久，左手边第二跑道的血族选手也超过了他，凌雪枫依旧稳定地跑在后面。

国内看比赛的观众都有些急了："凌队快点跑啊！""凌队加油！""快跑快跑！"

选手们一起经过池塘、台阶、巨石和树林，眼看距离终点只剩三分之一的路……

凌雪枫终于在此刻出手！他召唤出一个骷髅步兵把左前方选手定在原地，紧跟着又召出女妖，用一个魅术把右前方的人给拉了回去，再然后又是魔族大招遮天蔽日！一群黑乌鸦铺天盖地飞过去，遮住了前方选手的视野！

凌雪枫利用这个机会，突然向前冲刺，迅速超越了前方的三位选手！

观众们目瞪口呆地看着那个原本排第四名的魔族召唤师在连超三人后成功突破了终点！

这一切只发生在短短的几秒钟之内，之前一直落后的凌雪枫，抓住最恰当的机会，三种宠物连续控住三个人，最后的关头瞬间逆袭反转！

比赛现场，黑乌鸦还在满天飞，其他选手简直一脸血。

主持人也惊叹起来："观众朋友们，第三跑道的LXF，这位选手就是来自中国的凌雪枫，世界最强的魔族召唤师！我们看到，他召唤宠物的速度非常快，灵活地利用三种宠物搭配，成功地干扰了对手，并且在最后关头反超对手，顺利冲到了终点！"

"我们恭喜凌雪枫获得这一轮的胜利！"

现场掌声雷动，国内的直播间更是刷了一排的"凌队简直帅哭了！""凌队你还缺腿部挂件吗？""魔王帅翻全场！"

李沧雨坐在台下看着这一幕，也不由伸出双手为他鼓掌。

凌雪枫就是这种脾气，冷静地等待着时机，然后抓准机会，一招毙命。只要他一出手，哪怕是个简单的娱乐项目也会被打出"碾压"的局面。之前一直保持速度跟在后面减少自己的存在感，最后关头连续超越三人，这种"螳螂捕蝉、黄雀在后"的逆袭，真是帅爆了。

但李沧雨不明白的是，他为什么突然去参加赛跑项目，这似乎不太符合他严肃的个性。

结果，凌雪枫领到纪念品下来之后，李沧雨立刻收到一条短信："给你赢了个精灵族召唤师的模型，待会儿结束后拿给你。"

李沧雨："……"

下午赛跑项目的奖励是指定的种族职业模型，做工精致，据说底座是纯金的，价格昂贵，每个模型都独一无二，只在世界嘉年华的赛场发放——这个模型可不能用金钱来衡量，而是一种荣誉的象征。

李沧雨哭笑不得："你跑去给我赢模型干什么？"

凌雪枫回道："这模型只在嘉年华发放，明年还不知道有没有，你今天不在赛场，我先帮你赢回来。"

那一刻，李沧雨心头的感动简直难以形容。

凌雪枫特意去参加娱乐赛跑项目，帮他赢回来一个只在世界嘉年华的赛场上才会发放的独一无二的精灵族召唤师模型——这是比任何东西都要贵重的礼物。

下午的趣味项目在五点钟正式结束，李沧雨让白轩他们先回去，自己则独自来到了酒店门口。

这家酒店作为组委会官方指定的选手入住酒店，没有通行卡的闲杂人等一律不许入内，这样严格的检查也是为了避免粉丝和记者们的骚扰，保证选手的安全。

酒店的门口有很多国家的记者，凌雪枫从落地窗看见了藏身在一处柱子后面的李沧雨，知道他是担心被记者认出来，凌雪枫便发了条短信给谭时天："帮我个忙，引开门口的记者姚蓉。"

谭时天跟程唯正好往这边走，收到短信，便主动过去打招呼："姚记者好！"

姚蓉立刻高兴地把话筒递到他嘴边："谭队，今天下午抽签抽得真好，国内好多观众说你是小红手。"

谭时天一把搂住旁边程唯的肩膀，说道："这都是程副队的功劳，中午睡醒之后，知道下午要抽签，他让我洗了五遍手。"

程唯朝镜头笑着说道："欢迎大家关注我的微博，我教你们怎么洗手，下副本能摸到好装备的，不骗你们！"

凌雪枫见姚蓉的注意力被吸引，便大步流星地走到酒店门口，轻轻拉住李沧雨的手腕，快速绕开人群刷卡进了酒店。

李沧雨跟着他一路走进电梯，这才松了口气，笑道："来酒店找你还要鬼鬼祟祟的。"

回头对上他的眼睛，凌雪枫的目光不由变得柔和下来，关心地问道："吃过晚饭了吗？”

“还没。”

“联盟这边的晚宴我也不想去，不如我们自己去吃吧，边吃边聊。”

“嗯。”李沧雨对此没什么意见。

凌雪枫带着李沧雨来到酒店四楼的西餐厅，找了一处安静的包间坐下，拿起菜单点了些吃的。包间里非常安静，服务员上菜后也自觉地退了出去，不用担心外人的打扰，两人一边吃一边聊了起来。

“晚上的 3V3 小组赛，你们第一场对上的是哪支队伍？”李沧雨问道。

“第一场的对手是澳大利亚的，那边的选手我不太熟悉，他们的队伍是剑客和狂战士带一个治疗的组合。”

“剑客和狂战士皮厚耐打，在前排也比较稳定，加上后方治疗的支援，这样的组合续航能力非常强，如果不速战速决，肯定会吃亏。”李沧雨仔细分析道。

“嗯，对付这支小队，我想先强杀治疗，你觉得呢？”

“这办法可行，你跟苏广漠配合，先把治疗杀了就会好打得多。”李沧雨笑了笑，抬头看着凌雪枫说，“这么简单的战术分析，你没必要拉我过来吧？”

“对付别的队伍我很有信心，找你是想听听你对美国队和韩国队的看法。”凌雪枫认真地看着面前的男人，低声说道，“美国 1 队和韩国 2 队都分在 C 组，想从 C 组出线并不容易，我想综合一下大家的建议，再制订一套成功率最高的战术，你的意见对我来说非常重要。”

李沧雨听到这里，眼中也不由浮起一丝赞赏。

凌雪枫的性格冷漠强硬，但他并不独断专横，更不会自负地认为自己的一切决定都是对的。相反，他能冷静下来听取其他人的建议，取众家之长、补己之短，这才是一个强者最聪明的做法。

这里毕竟是世界大赛，而不是由他说了算的风色战队。

高手太多，他愿意静下心来听听别人的建议——比如同样强大的李沧雨，就能给他提供很多新的思路。

李沧雨的脾气向来直率，有想法也就不藏着了，说道：“美国 1 队的三位王牌选手，托马斯的特色是远程快攻压制，杰克·乔希是大量召唤血族宠物爆发快攻，另一位选手埃德蒙是美国最强的刺客。一个弓箭手、一个召唤师和一个刺客组成的队伍，进攻性会非常强，我们这边两个输出带一个辅助，拼正面很难拼得过他们，不如给他们布一个圈套。”

凌雪枫感兴趣地道：“你的意思是，故意露出破绽，诱敌深入？”

“嗯。”李沧雨仔细解释起来，“这个任务可以让苏广漠来完成，他在前排可以演一场戏，假装不小心出现一些失误，让对方把注意力转移到他的身上，集中火力去杀他。苏广漠的爆发能力很强，可以在临死之前把爆发技能全部交了，把对面的三个人都打成残血，给你后面的爆发做好铺垫。”

凌雪枫双眼一亮：“我明白了，你的意思是牺牲苏广漠，保住楚彦，我再出来收人头？”

李沧雨点了点头，道：“你跟苏广漠的水平跟对面的剑客和召唤师差不多，所以，辅助才是关键，如果楚彦挂了，我们这边 2V3 就是必败的局。保住楚彦利用控场优势，赢面会更大。具体怎么实施你可以回头跟他们商量一下，当然，这只是我的一种建议，你有更好的方案也可以拿出来讨论讨论。”

凌雪枫想了想，赞同道：“我觉得你这种战术就挺好。”

不像凌雪枫以压制打法为主，李沧雨的战术思路堪称“诡秘多变”，以前他习惯了带着一支弱队去跟强队拼，正面肯定打不过，所以他苦心钻研出了各种偏门的战术，有时候也能让强队在阴沟里翻船。

如果放在国内，凌雪枫用压制打法跟任何战队拼正面都不怕，可现在是国际赛场，美国队那边的选手都是跟他们同等级别的大神，水平差不多的人对局，胜负的关键更多的还是要看战术和运气。

李沧雨果然能给他提供新的思路，凌雪枫赞赏地看着对方，说道：“你来当我的幕后军师，我突然觉得信心十足。”

“军师出场费。”李沧雨不客气地摊开手。

这一幕，让他不由联想到一只骄傲的大猫伸出爪子找人要玩具的画面。

凌雪枫配合地拿出一个精致的盒子，放到他的手里。

李沧雨打开盒子一看，正是刚才凌雪枫在娱乐项目中赢回来的精灵族召唤师模型，这模型虽小，却做得极为精致，跟平时出的周边完全不是一个档次，最特别的是它的底座，纯金的底座看上去特别奢华，背面写着“第一届世界嘉年华纪念”的字样，在灯光的照射下发出炫目的光泽。

“这底座真是纯金的吗？”李沧雨爱不释手地摸了摸。

“嗯，官方是这么说。”

“我可不可以把它拆下来卖掉？这么重的黄金能卖不少钱吧？”李沧雨笑着看向凌雪枫，后者的表情依旧平静，说道：“这东西已经是你的了，怎么处理随便你。”

真是一点幽默感都没有！跟他开玩笑，他还是一本正经的严肃样子。

李沧雨无奈地收回模型，认真地道：“这个模型我会好好保存。明年的嘉年华要是还有这种奖励,我再去帮你赢一个魔族召唤师回来,这样你也不亏嘛。”

听到这里，凌雪枫不由微笑了一下，看着面前信心满满的男人，道：“这可是你说的。”

——自己帮他拿到了精灵族召唤师的奖励，他再帮自己赢回魔族召唤师的模型，世界大赛上的礼物交换，让凌雪枫的心里突然涌起一丝淡淡的温馨感。

能在世界大赛上换礼物的，全世界估计也就他俩了吧？

当对手当成他们这样的也没谁了。

CHAPTER 13

3V3小组赛

纽约时间晚上七点整，世界嘉年华最激动人心的3V3项目即将正式开赛。

由于四个小组二十支队伍打循环赛的场次非常多，嘉年华只有五天，挨个儿比下去时间不允许，神迹官方便换了更大的场地，把3V3项目放在有一个主舞台、三个分舞台的综合型电竞赛场，这样一来，A、B、C、D四个小组的比赛就可以同时进行，网上也能分成四条线路同步直播。

美国这边的官方频道只解说主舞台的重要比赛，其他三个分赛场的比赛会放出直播视频，各个国家可以选择性地解说。

晚上七点，主舞台的比赛是C组的韩国2队对阵美国1队，这两支战队都是夺冠呼声非常高的强队，明星选手云集，收视率自然不差。然而，国内的直播平台却没有播报这场比赛，反而把镜头切去了隔壁的分赛场。因为隔壁的分赛场有中国队出场，中国这边的直播平台当然要播自己人的赛事。

——D组，谭时天、楼无双和柳湘组成的队伍，正好在第一轮遇到了瑞典队。

瑞典的电子竞技曾有一段时间非常辉煌，出过好几个世界级大神，那还是星际争霸统领电竞的时期，星际以单人赛为主，一个人单枪匹马杀出名气的天才选手非常之多，但是后来，随着团队竞技项目的兴起，瑞典的职业选手没那么多，联赛规模不大，在电竞圈便渐渐呈现衰落之势。

本届嘉年华，瑞典那边整体实力并不算强，但毕竟是全国选出来的选手，水平不可小觑。谭时天等人虽然信心满满，但也不敢轻敌大意。

吃过晚饭后，谭时天和楼无双、柳湘就聚在一起商量了一下第一场的战术，心里已经有了很明确的应对方案，因此，三人入场的时候心情都非常平静。

嘉年华3V3小组赛阶段的比赛地图是联盟规定的“城市广场”，这张地图面积很大，视野非常开阔，比赛选用同一张地图，对所有队伍都很公平。等到了八强赛阶段，赛制就会改成三局两胜的主客场选图模式，选手可以自由选择有利于自己的地图。

直播间内，于冰开始冷静地分析双方的阵容配置："这次的对手是瑞典队，瑞典队的阵容是狂战士、剑客加黑魔法师的组合，狂战士是近战当中最凶狠的职业，剑客的攻击性很强，黑魔法师的攻击技能很多，这样的组合可以将攻击达到最大化，非常暴力。"

"而我们中国的2队是楼无双的刺客、谭时天的吟游诗人和柳湘的牧师治疗组合。血族刺客和精灵族吟游诗人是比较脆皮的职业，防御偏弱，容易被对方集火秒杀，这个组合的爆发能力和拖延能力都不算出色，但优势在于——这个组合的机动性非常强。"

"是的！"寇宏义赞同地点头，"谭时天的吟游诗人敏捷属性高，配合精灵族的飞羽步，在赛场上游走起来完全可以用'迅疾如风'来形容。而楼队也是我们中国区神迹联盟最神出鬼没的杀手，擅长暗杀。他们两个配合起来，显然是要走出其不意、诡变莫测的游击战术了。"

——游击战，正是中国区神迹职业联赛当中最常见的一种战术，以时光战队为代表，谭时天更是个好手，用游击战术打崩过不少豪门。但游击战一般是谭时天和程唯配合的，他跟楼无双能不能配合起来，成了国内很多观众们关注的重点。

比赛时间很快到了，双方选手登入比赛房间，进行资料的确认。

本次世界嘉年华神迹官方专门开辟了一个单独的比赛服务器，所有选手都是在第一天验证身份之后重新注册的比赛服ID，由于ID只能打出英文字母，谭时天就打了个Tenday，楼无双注册的ID是Killer，柳湘则用了XX两个字母。

国内的观众一看ID就能对号入座地认出这几位选手，但瑞典那边的选手大家却不太熟悉，ID也完全对应不上，只能根据头像的不同分清楚他们的职业。

因为观众们对瑞典的选手不熟，于冰和寇宏义解说的时候也就不叫他们的名字了，直接喊职业，这样大家反而更容易听懂。

“瑞典队的队长是这位黑魔法师，据说是他们国内非常出色的一位远程法术系选手，本次比赛的指挥也是他。”于冰顿了顿，继续说道，“中国2队的指挥，看样子应该是谭时天。”

因为谭时天的角色 Tenday 头顶有一个队长的标记，于冰才会有此猜测。

“Tenday 这个单词是谭时天首创的，大家都知道 Sunday 是星期天，那 Tenday 是星期几呢？其实 Tenday 不是星期十，而是我们的段子手大神——十天。”寇宏义笑眯眯地说道。

这个冷笑话让不少围观群众刷出来一排省略号，于冰也是颇为无语。

为免他跑题，于冰立刻把话题正了回来：“世界嘉年华的 3V3 比赛模式跟职业联赛不太一样，选手的数据在登入比赛房间之后会全部清零。我们可以看到，所有选手的属性点已经被重置，身上的装备也要在赛场装备库里进行选择，这样的赛制，可以保证双方的绝对公平。”

“嗯，职业联赛拼的是选手实力，不能出现靠装备碾压的局面，所以双方要站在同样的起点上，双方装备库里的装备是一样的，挑选的余地会非常丰富。”寇宏义接着说道，“我们来看看这场比赛他们会怎样选择装备和属性点。”

根据对手的不同改变自己的加点模式和装备，这样也会让比赛更加灵活多变。

谭时天手速极快，不出五秒就将角色满级的 500 点属性点全部加了敏捷。

于冰对此并不惊讶：“谭队在国内打比赛的时候也是这样的加点方法，他会把精灵族弓箭手的敏捷属性加到最高，攻击上的不足由装备来补充，不出意外的话，他会穿一套攻击装。”

话音刚落，屏幕中的谭时天就迅速从装备库中选择了一套精灵族加物理攻击最高的套装——疾风套装，然后戴上加暴击的戒指和项链，并且选择了一把武器——冰霜之约。

寇宏义有些惊讶：“他换武器了？之前在国内的时候，他一直用精灵之盟这把攻击性最强的弓箭，今天换的弓箭攻击性不高，但冰霜之约这把弓箭的好处是，大招附带冰属性的减速效果。”

——精灵之盟、光明之心，这是谭时天和程唯在国内比赛时常用的武器，两把武器的数据正好互补，程唯的法杖控制很强，所以谭时天就放心大胆地选用了攻击最高的弓箭。

——今天他换掉武器，显然也是因为战术思路的改变。

于冰不由赞赏道：“谭时天很聪明，以前在国内打比赛他的身边有程唯帮他控场，今天没程唯在，他只能自己控场，所以选择具有减速效果的武器，这样就更能发挥出他攻击距离远的优势。”

李沧雨在台下看比赛，看到这里，也不禁在心里对谭时天竖起了大拇指。

在世界大赛这种重量级的赛场之上，很多年轻的选手会紧张到发挥失常，这个年轻人却如此冷静，根据局势的不同立刻做出改变，反应敏锐、胆识过人，实在看不出他只有十九岁，说实在的，谭时天比起同岁的程唯真是成熟了好几倍，程唯真该跟着他多学一些东西。

赛前有两分钟的准备时间，几位选手很快就选好装备，导播依次放大了他们的数据。

于冰跟随着屏幕上闪过的画面快速解说着：“楼队的数据也放出来了，他的加点模式跟国内打比赛时一样，衣服、护腕选择加攻击的装备，戒指和项链加敏捷，武器选的是血魔。”

“血魔啊？”寇宏义笑了起来，“这倒是楼无双最常用的一对匕首，黑色的匕首闪着血红色的光芒，看起来很漂亮。当然，他用这对匕首杀起人来，也很漂亮。”

于冰接着说：“柳湘加满了精神属性，武器选择的是加治疗量的大天使之杖，但她的衣服选的却是神族防御最高的圣言套装，这应该是谭时天和楼无双的要求，让她尽量自己保命，因为对面肯定会一上来就集火杀治疗。”

“嗯，对面是剑客、狂战士和黑魔法师的暴力快攻组合，杀掉治疗后3V2，确实会好打许多。柳湘妹子肯定压力很大，所以才会选防御装。”

台下，李沧雨也在给徒弟当现场解说：“楼无双的加点方法你可以仔细琢磨一下。”

肖寒认真地盯着大屏幕，说道：“他的攻击和敏捷属性，是不是按照 3:1 的比例加的啊？”

李沧雨欣慰地揉了揉小徒弟的脑袋，说：“能从最终数据分析出加点的比例，你的数学还不错。”

肖寒被夸得很开心，脸上却故作淡定，说道：“师父，你之前跟我说，我的加点方法攻击溢出、敏捷不够，其实我是把属性点全加了攻击，想用装备来补充敏捷的。”

李沧雨摇了摇头，说：“用装备补敏捷没有人物属性补敏捷有用，你看楼无双，他属性加敏捷的同时戒指、项链这些首饰也全部选择敏捷，这样更容易配合谭时天来打游走，不然他的速度会跟不上。”他顿了顿，又说，“如果他身边是他弟弟张绍辉，他就不需要这么加了，他今天也是根据队友做出了属性上的调整。”

“哦！”肖寒若有所思地点了点头。这些大神真的好厉害，换一个队友就能立刻调整属性来配合队友的节奏，自己虽然玩了好几年神迹，可懂的东西其实还很粗浅，以后要跟着师父好好学习才行。

肖寒默默下定了决心，认真地抬头看向大屏幕。

“观众朋友们，这里是世界嘉年华 3V3 项目的直播现场，D 组第一轮的比赛很快就要开始了，对战双方是中国 2 队和瑞典队，地图为官方选定的城市广场。”于冰看着直播屏幕，语速飞快地说道，“双方选手已经刷新在了地图上，瑞典队的出生点在左上角，中国队的选手出生在右下角。”

屏幕当中，六位选手已经在地图上全部刷新，瑞典队的三人停顿了两秒，就快速往中央喷泉处赶去。

城市广场的地图中间有个面积很大的中央喷泉，喷泉的旁边是六尊体积巨大的石像，石像所雕刻的正好是游戏当中六大种族所信仰的主神。

如果想正面对打，可以直接走进喷泉里开战；如果想打游击战，那就要利用石像制造的障碍。这张地图虽然简单，却也能完成不少战术。

谭时天最喜欢有障碍的地图，角色一刷新，他就立刻跑到一尊石像的背面藏好。

“小心石像后面。”瑞典队的队长一边操作着自己的黑魔法师，一边在语音频道指挥着，“对面的弓箭手和杀手肯定藏起来了，先强杀他们治疗！”

柳湘的牧师在喷泉处露出了一片衣角，瑞典队的黑魔法师立刻往前一跃，一招黑暗恐惧放出来，成功命中了对面的牧师！

被黑暗恐惧击中的选手不能放出任何技能，但可以移动。柳湘马上转身跑了，可惜牧师的移动速度非常慢，三个人很快就追了上来，攻击大连招同时开启，华丽的光效在周围冒出来，柳湘瞬间就被打成残血。

国内的观众都心急如焚——总不能刚开场就死治疗吧？

“湘湘撑住！”“柳队好惨，3 打 1 太凶了！”“谭时天快来救人啊，还藏着干吗？”“神奶顶住！”

不管评论区怎么说，赛场上的三人却异常冷静。

柳湘的手指虚按在键盘上，一直盯着恐惧效果的时间，等三秒恐惧时间一到，她立刻给自己甩了一个牧师大招——圣光涌动！

这是神族牧师单加效果最强的大招，柔和的白色光芒从脚底涌动升起，如同翻腾的白色巨浪，瞬间就把残血的小牧师血量给抬到了 80% ！

紧跟着，柳湘又甩出一个神族通用技能——净化！

净化是范围性的技能，可以帮范围内的队友解除一切负面状态，同时让施法者在五秒时间内抵抗任何控制。神族是爱好和平的种族，柳湘的意思很明显：你们先等会儿，不要控我，我给自己加个血吧！

瑞典队的三人见她用了净化，就不好再浪费控制技打她了，柳湘立刻利用五秒的免控时间迅速把加血 buff 愈合之语挂在自己身上，一次性叠到了满层！

愈合之语是持续回血的技能，叠到五层之后，每秒可恢复 5% 血量。

国内不少观众都在鼓掌：“湘湘奶妈的生存能力好强！”“神奶给跪！”“打半天满血了！”

对面三人见她血快要回满，不由更加焦躁，各种大招不客气地往她身上砸过来。柳湘就算是治疗手段再厉害，也受不住三个人的联手围攻，血量很快又掉了下去。

谭时天和楼无双在干吗？看治疗被打怎么没反应？

眼看治疗快死了，国内的观众都有些焦躁，就在这时，谭时天突然在队伍频道打了个“1”。

这应该是他们提前商量好的暗号。

随着这暗号打出，楼无双终于动了！

开场对面的三个人扑过来暴力揍治疗，场面太过激烈，大家的关注点都在治疗的血上，因此，很多人并没有注意到楼队去了哪里——事实上，楼无双早就隐身从另一侧的石像后面绕路过去，以极快的速度潜伏到了对面三人的背后。

“楼队绕后了！”寇宏义激动地说，“他们这是要前后包抄吗？”

“刚才谭时天一直没有行动，应该就是在等待楼队绕后的这个时机。”

于冰话音刚落，楼无双终于现身，手中冰冷的匕首利落地扬起。

——背刺！魂刺！摄魂夺魄！

他手中的武器血魔本就是一双带着血光的黑色匕首，此时被他以极快的速度挥舞起来，连续三招暴击全部招呼到对面黑魔法师身上，凌厉的血光在空中纵横交错！

瑞典队的人直接惊呆了，队长忙喊道：“刺客在后面！”

然而，等他们回头想控住刺客的时候，正前方藏在石像后的弓箭手也突然闪身而出。

——死亡箭雨！

谭时天毫不客气，一出来就放了个范围性大招，大片带着寒冰的弓箭从远处密密麻麻地射过来，让三人大面积掉血的同时还被冰霜之约武器附带的效果减慢了移动速度。

谭时天眼睛一眯，手中长弓再次拉起。

——精确瞄准！震荡射击！

这是精灵族弓箭手的单体攻击大连招，精确瞄准需要原地停留两秒让箭头对准要攻击的对手头部，震荡射击则会让弓箭穿云破雾、以锐不可当之势射中对方要害！

这一招暴击，直接将对面黑魔法师的血量压到了 30%。

谭时天射完之后就闪身到另一尊石像后面，开始用普通攻击连续不断地骚扰对手，楼无双紧跟着打出一套后续伤害——背刺！魂刺！绝杀！

这是杀手最常见的三连招，前面两招作为铺垫，最后的绝杀则会达到一击毙命的效果。

对方的黑魔法师被两人联手夹击，瞬间倒在了地上。

——First Blood！

屏幕中弹出这行提示，楼无双成功拿下一血，现场响起了热烈的掌声！

台下观战的肖寒哪怕再淡定，此时，双眸中也露出一丝惊艳的神色。

李沧雨看着他问："你觉得这楼无双怎么样？"

肖寒震撼地赞道："好厉害啊！"

李沧雨笑道："他是国内神迹联盟目前最强的刺客，他还有个表弟叫张绍辉，是鬼灵战队的副队长，他们兄弟两人的组合，经常潜伏在赛场上秒杀一众大神，鬼灵战队也是最不好对付的战队之一。"

肖寒的好奇心被师父彻底钓了起来，一双眼睛亮闪闪的。

李沧雨又揉了揉徒弟的脑袋，说道："将来，你会有机会跟他们交手的。"

肖寒认真地点头："嗯嗯！"

白轩听到他俩的对话，忍不住轻轻笑了笑——怪不得联盟那么多小少年都围着猫神团团转，他突然发现，猫神对付各种小少年还真有一套！

那天猫神骂程唯的时候他也听到了不少，一句接一句无法反驳的大道理砸下来，直接把小程唯给骂蒙了。他训人的时候就如同严厉的长辈，让人心服口服，可哄起小少年来，又像是温和的邻家哥哥，让人忍不住想围着他转。

这不，之前用土豪猫的买买买模式让肖寒感动非常，心甘情愿地加入了战队。今天简单的几句话，又把肖寒的胃口给吊了起来，回头肖寒肯定会加倍训练提高自身水平。

——小少年们，跟猫神斗，你们还太嫩啊！

赛场上，黑魔法师一死，瑞典队的选手总算意识到自己中了圈套。

谭时天放完冷箭又消失了，楼无双则战斗隐身失去了踪迹。对面剩下的两人心底发寒，这时候他们想打弓箭手够不着，想打刺客找不到……只能继续打治疗。

治疗的血只剩下 30% 了，之前大量刷血，蓝量的消耗也很大。

“打死治疗再 2V2！”已经倒下的队长深吸口气，冷静地指挥道。现在回头去追刺客或者弓箭手，反而会前功尽弃，打死治疗后 2V2 还有希望。

可惜，他们遇到的是柳湘！

柳湘在国内就有“神奶”之称，这个女生看上去笑容温婉，但在赛场上却非常坚韧和细心，她就像一只打不死的小强，生存能力极为强悍，只要给她一两秒的机会，她就能把自己的血给抬上来。两个人打半天打不死她，都快暴躁了，各种技能交出来，总算用半分钟的时间杀掉了柳湘。

——然而，等待他们的却是一场灭顶之灾。

这回，谭时天跑到另一个石像后面放了两把冷箭。

夺命射击！弹幕射击！

谭时天表示：我不偏心，一人来一箭。

那个剑客别跑，再给你一箭。还跑？再来一箭！

放完冷箭之后谭时天又一个灵活的飞羽步，闪身到隔壁石像的后面。

国内的观众们：“谭队你好讨厌啊！”“对面的人肯定烦死你了！”“放冷箭放得好溜！”

谭时天的游击战术玩得非常熟练，在六尊石像的背后来回穿梭，时不时冒出来给你放几把冷箭，他攻击距离远，对方又够不着他，这种远程的骚扰让人特别难受。

转眼之间，狂战士和剑客的血量都被压到了 50% 左右。

虽然他们成功杀掉了治疗，可他们两人已经半血，谭时天和楼无双却是满血……

瑞典队已经完全落入了劣势。

对面狂战士一咬牙，道：“走，我们冲过去干掉那个弓箭手！”

弓箭手属于“远程一霸”，只要让他保持住距离在远处射冷箭，那你只能叫苦连连，但弓箭手有个致命的缺点——防御极弱，很怕被对手近身。

只要近战职业能成功杀到他的面前，脆皮弓箭手的发挥就会大大受限，很容易被秒杀。这也是谭时天最烦苏广漠的原因，国内的赛场上每次时光跟飞羽战队交手的时候，如果程唯控不好苏广漠，被苏广漠杀到身前来，该哭的就是谭时天了。

粉丝们表示：苏队教脆皮做人。

然而，瑞典队的这位剑客水平显然不如苏广漠，谭时天一发现他要往前追击，就立刻开着飞羽步跑了。

人族敏捷属性没精灵那么高，想追上精灵，就需要靠剑客瞬间突进技能的衔接。

换成苏广漠，在没有干扰的情况下追上谭时天也就是几秒钟的事，但这位选手显然不熟悉谭时天的游走式打法，追到雕像后面，发现谭时天不见了，只好无奈地跟谭时天玩起了捉迷藏。

瑞典队的剑客一脸郁闷：“他的速度太快了，这里障碍太多！”

“他去了那尊石像后面，我们左右包抄！”狂战士说罢，立刻转移方向跟队友左右夹击想包围谭时天。

可楼无双也不是吃素的！

在两人想要追杀谭时天的那一刻，他就在剑客的身后放了一个技能——如影随形。

杀手的这个技能，可以说是最让人恶心的技能之一，如影随形就像猎人盯上猎物的标记，只要这个技能效果存在，那位杀手就可以随时瞬移到你的身后。

简直就是纯天然、无污染的人体传送。

柿子要挑软的捏，所以楼无双在狂战士和剑客中选择了好杀一些的剑客。

见他来到了石像的背后，楼无双目光一冷，再次按向如影随形——追踪效果发动，楼无双瞬移到剑客背后，手中血魔利落地扬起，起手又是一招暴击的背刺。

追踪、绕背、偷袭……这可是楼队的拿手好戏，刺了对方一刀之后，他又抬起手中泛着血光的匕首，紧跟着接一招刺客攻击性极强的技能——痛苦利刃！

匕首变成旋转的利刃，在对手的胸口肆意刺杀，那画面着实有些触目惊心！

剑客轰然倒地！

——Double Kill！

第二滴血，楼无双一口气拿下二杀。

剩下的狂战士虽然追到了谭时天身后，可楼无双也同时追到了他的身后。

一打二，完全没有希望了。

瑞典队的狂战士防御很高，艰难地支撑了几秒，最终还是成了楼无双的刀下亡魂！

——Triple Kill！

三杀！

楼无双以连续三杀完成了这场比赛。

中国队选手这边的大屏幕上弹出一行金色的大字——Winner！

比赛现场的掌声震耳欲聋，寇宏义激动得声音都在颤抖："恭喜中国队获得这场比赛的胜利！不管是柳湘出色的拖延生存能力，还是谭时天和楼无双默契配合的前后包抄暗杀打法，三位选手都发挥得非常出色！恭喜中国队首战告捷！"

于冰也欣慰地说道："这是我们的选手第一次走出国门，来到世界大赛的赛场，我本来以为他们会怯场、会发挥失误，但显然，我的担心很多余，他们的心理素质比我想象得还要强大。"

导播把镜头给到了选手隔音室，柳湘的脸上露出了笑容，谭时天坐在中间，回头跟柳湘轻轻击了一下掌，倒是连杀三人的楼无双表情依旧冷漠如冰，谭时天倒也不怕他，轻轻拍了拍他的肩膀，三人一起站了起来，礼貌地走过去跟瑞典队的队员握了一下手，风度方面也表现极佳。

国内不少观众都在疯狂地刷鲜花庆祝这场胜利。

——神迹世界嘉年华，中国队首战告捷！

——谭时天、楼无双、柳湘三人完美配合，前后夹击打崩瑞典！

这个新闻很快就传遍了电竞圈。

台下看比赛的程唯激动地站起来鼓掌，眼眶甚至微微发热。

猫神说得没错，谭时天才十九岁，却能肩负起时光战队的重任，哪怕在世界大赛的赛场，他也如此淡定从容，这个人的身上，其实有很多自己根本做不到的优点。

——这才是真正的大将之风！

李沧雨看到这里，不由微微一笑，给小程唯发了条短信："以后跟着他多学学。"

程唯立刻点头如捣蒜，回道："嗯嗯，我知道！"

坐在程唯旁边的张绍辉，此刻也开启了"脑残粉模式"，激动地说："我哥好帅，真是太帅了。连续杀了三个人，啧啧，这么冷静又暴力的杀手，绝对非我哥莫属。"

隔壁赛场的凌雪枫，拿出手机打开微博，刷到首页的这条官方赛事播报，看见中国队首战告捷的消息，表情平静地说："2 队拿下了第一场，接下来就看我们的了。"

苏广漠笑着站了起来："我们当然也不能落后。"

楚彦伸出手，三人轻轻把手叠在一起，异口同声道："加油！"

D 组小组赛第一场结束的时候，C 组这边美国 1 队和韩国 2 队的比赛正打到激烈的时候，凌雪枫三人为方便了解接下来的对手，一直坐在 C 组这边观战，两支队伍的实力确实很强，打得也非常精彩。让人意外的是，韩国队最终以微弱的优势取得胜利，美国队反倒输了。

等这场比赛打完，时间已经到了晚上七点半，工作人员通知中国 1 队准备，凌雪枫他们接下来的比赛场地也在主舞台——赛事被放到主舞台直播，显然美国这边的媒体对中国 1 队的表现也相当关注。

国内直播间内，寇宏义正在快速播报刚刚的赛事结果："各位观众朋友，世界嘉年华 3V3 项目的第一轮小组赛已经全部结束，A 组是英国队获胜，B 组德国队获胜，C 组韩国 2 队获胜，D 组是我们中国 2 队获胜，这四支队伍率先获得了 2 点积分。"

屏幕上出现了实时更新的积分榜，小组赛阶段每组队伍轮流交手，胜者积 2 分。第一轮比赛过后英、德、韩、中各有 2 分入账，其他队伍在排行榜上全是 0 分。

寇宏义顿了顿，说："现场裁判正在进行结果确认，不如冰姐先给大家介绍一下第二轮的对阵情况？"

"好的。"于冰很干脆地说，"第二轮中国 1 队会在 C 组遇到小组赛阶段的第一个对手澳大利亚队。澳大利亚是三年前才正式开展神迹联赛的，和同组的美国队、韩国队相比，整体实力稍弱。

"澳大利亚队的阵容是狂战士、剑客和治疗的组合，稳定的近战前排再加上治疗的支援，续航能力会比较强。"于冰顿了顿，接着说，"我们这边是召唤师凌雪枫、剑客苏广漠和通灵师楚彦的组合，没有治疗在，如果战局拖延下去，形势就会对我们非常不利。"

"所以，凌队他们的突破点应该在对方的治疗？"寇宏义回头道。

"嗯。"于冰配合地点了点头，"对面有两位近战保护，能不能成功击杀掉治疗是本场对局的难点。"

话音刚落，主舞台上的灯光突然亮了起来，观众席上响起热烈的掌声，双方选手已经在隔音房做好了准备，在裁判确认过后，六位选手角色依次登入比赛房间。

LXF、MOMO、CY 三位选手的 ID 都比较好认，凌雪枫放在最前面，显然他是这支队伍的临时队长。

接下来就是选手自由加点和选择装备的时间。

台下，李沧雨突然说道：“小寒，根据大屏幕上的选手数据，你能不能推算出他们的属性加点？”

肖寒被问得一愣，耳朵微微红了红，说：“我只会算刺客，其他的职业算不出来。”

李沧雨并没有责备他，对于没经过职业训练的网游玩家来说，一般都是玩什么职业就精通什么职业，对其他的职业不了解也很正常。

“你看，苏广漠的物理攻击突破了一万，说明他的属性全加了攻击。这和飞羽战队的前排很强势有关系，他的师弟俞平生是联盟最厉害的狂战士，在赛场上，俞平生会负责保护和照应师兄，苏广漠负责高攻击爆发。”李沧雨一边跟小徒弟解释苏广漠的属性，一边还简单介绍了一下飞羽战队的情况。

“哦。”肖寒若有所思地点了点头，问道，“可是今天俞平生不在，他还要像以前一样全加攻击吗？”

“因为凌雪枫在。”李沧雨微笑着说。

肖寒疑惑地看向师父：“凌雪枫？”

“嗯，凌雪枫是中国区神迹联盟爆发力最强的选手。”李沧雨耐心地解释着，“苏广漠和凌雪枫是同样强势的攻击手，在自己战队的时候他们有队友的保护，但他俩一旦形成组合，就没必要互相保护了，两位高手一起进攻，就是最好的防御方式。”

这时候，凌雪枫的数据面板被导播调了出来，李沧雨指了指大屏幕，说：“你可以看一下凌雪枫的属性，魔法输出突破一万，也是全加的攻击。”

肖寒终于恍然大悟：“哦，我懂了！两位强悍的攻击手组队，可以达到 1 加 1 大于 2 的效果——全力进攻，爆发压制，速战速决，对吗？”

李沧雨欣慰地揉揉小徒弟的脑袋，赞道：“真聪明，一点就通。”

肖寒被师父夸一夸、揉一揉，脑袋晕乎乎的，一双眼睛也亮亮的，在现场灯光的照射之下就像是纯净漂亮的黑色宝石。

白轩回头看了他一眼，有些同情地想：这孩子已经被猫神的魅力完全征服了吧？之前的高冷和傲娇呢？在猫神的面前连点渣都不剩了！

猫神对付小少年果然很有一手，目前已经驯服了程唯、顾思明和肖寒三个小家伙，说不定以后还会有更多“小猫咪”围着他团团转。

李沧雨发现白轩一直在笑，忍不住问道：“你笑什么？”

白轩微笑着说：“中国队赢了我高兴。”

李沧雨无语：“比赛还没开始呢！”

白轩认真地道：“有凌雪枫在，我就不信这一场会输，你不也这么想吗？”

被白轩戳穿了心思，李沧雨便不再掩饰，爽快地笑了笑说：“嗯，有他在，打澳大利亚的这场比赛确实没什么悬念。”

这自信心都快从胸膛里跳出来了，白轩忍不住感叹，猫神对自己有多自信，对凌雪枫就有多相信——看来，这场比赛肯定会打出碾压的局面。

事实证明，李沧雨对凌雪枫的信心并不是没有道理。

这回比赛一开场，中国队这边就打得非常主动，苏广漠和凌雪枫联手暴力进攻，完全不跟对方客气。

苏广漠在国内有人皇之称，是人族选手当中水平最高的一个，加上大赛经验非常丰富，被他近身的人会有一种极强的压迫感。哪怕对方有狂战士和剑客两个近战，苏广漠也毫不畏惧，一口气杀到对方面前！

对方的剑客想阻止他，一招锁魂的定身技能朝他放出，苏广漠居然用灵活的侧身移动成功避开了这个控制技，紧跟着一招斗转星移，绕过狂战士巨斧的威胁，成功突进到对面后排！

斗转星移是剑客极难操控的快速移动追击技能，谭时天最烦苏广漠的就是这个技能。

苏广漠在国内的注册 ID 是苍狼，加上他玩的是剑客，打法又潇洒又暴力，招式大开大合，很多苏广漠的粉丝都说苏队有种豪侠风范，看他打比赛，确实会给人一种豪迈之感。

“对面锁魂放空，苏队成功突破了前排两人的阻拦！”寇宏义兴奋地道，“这走位真是帅爆了！”

“不愧是人皇，这显然是个人实力的碾压。”于冰解说赛事冷静公平，从来不会偏袒夸大某位选手，这句也是她的真心话，能单枪匹马突破对方双人的拦截，除了个人实力太强，已经没有别的理由可以解释了。

对方的治疗显然有些慌，他大概也没想到，自己这边的双人前排居然挡不住对面的一个剑客！

不过，澳大利亚的狂战士反应也是极快，见苏广漠扑去杀治疗，立刻回头，举起肩上沉重的巨斧，一招断魂斩朝苏广漠后背直劈而下！

苏广漠的后背没长眼睛，但凌雪枫却把这一切都看在眼里，在狂战士举起斧头的那一瞬间，凌雪枫手速爆发立刻召唤出自己的女妖，然后朝他丢了一招魅术！

女妖的魅术是魔族召唤师强行拉人的技能，那狂战士手中巨斧刚要朝苏广漠砸过去，就被女妖强行拉着后退了几步，一斧头砍空，没打到苏广漠，倒是在地上砍出了一道极深的沟壑。

“很棒的预判！”寇宏义赞道，“凌队的手速不愧是世界级的水平，对面的狂战士技能还没放完，他迅速按下两个技能——召唤女妖、魅术拉人，连招非常流畅！”

话音刚落，凌雪枫紧跟着召唤出骷髅步兵，一招死亡禁锢将对面的剑客定在原地——转眼之间，魔族召唤师就控住了对面的两个人！

楚彦也不闲着，他早就站在凌雪枫的身后开始读条辅助阵法——幻术迷阵！

这个阵法是通灵师最强势的控场阵法之一，所有落入迷阵中的人眼前会出现各种颜色的奇怪幻影，完全分不清方向，更分不清是敌是友。

在中了幻术迷阵的情况下，一般人只能选择原地不动放弃攻击，以免错手杀向自己的队友，对面治疗无奈，只好交出了群体解控的净化！

楚彦放迷阵就是为了逼他的净化，净化技能一交，楚彦的第二个阵法紧跟着放了出来——冰霜阵。

全体冰冻！

当然，治疗在放完净化之后会有五秒的免控时间，他自己不受冰冻控制，楚彦放冰霜阵也不是为了控他，而是为了冻住他的队友狂战士和剑客，让他们别去干扰苏、凌二人的攻击。

苏广漠和凌雪枫的目标很一致——最快速度杀掉治疗。

所以，他们没浪费一个攻击技能在另外两人身上。

苏广漠突破那两人的阻拦，凌雪枫顺手控住他们，楚彦接上后续控制，对面狂战士和剑客想保护治疗，却被控得心有余而力不足。

可怜的治疗在五秒的免控时间内疯狂地给自己刷血，然而，凌雪枫的预判能力相当恐怖，他刚要读条给自己刷血，凌雪枫就用一招非常果断干脆的骷髅步兵爆破打断了他的读条大招！

苏广漠又紧跟着用碎骨剑打断了他的群加大招。

对面治疗被打得“生活不能自理”，血量直线下降。

眼看狂战士和剑客的冰冻控制就要结束，他心里刚松了口气，没料凌雪枫突然召唤黑乌鸦——铺天盖地的乌鸦腾空而起，将对面两人的视野遮得一片黑暗！

苏广漠紧跟着来一招光影回转的大招连击，雪白的剑光围绕在人族剑客的四周，让他整个人如同快速旋转的利刃，果断干脆地将对方的治疗给切成了残血！

——骷髅爆破！

凌雪枫紧跟着爆掉又一次召唤出来的骷髅，对面的治疗终于抵挡不住，一命呜呼！

国内直播间内转眼刷了上万条评论，拜苏广漠的、赞凌雪枫的、夸楚彦的，刷了满屏。

寇宏义笑着说道：“苏广漠和凌雪枫多亏不在一个战队啊，不然国内的其他队就没法混了，这两人联手之后的攻击爆发确实太可怕了，杀治疗都这么快，要是杀别的职业，估计只需要几秒钟。”

于冰心想，你还不知道李沧雨呢，要是李沧雨跟凌雪枫在一个队伍里……那国内的其他战队才是不用混了，直接被召唤师联手压着打到死。

当年李沧雨拒绝凌雪枫加入风色战队的邀请，对国内其他战队而言，其实是件幸运的事吧。

猫神今天也在现场观战，想到这里，于冰便收回思绪，说道：“苏队和凌队，是中国区神迹联盟攻击最强悍的选手，他们联手的效果如何大家也看到了。”

在控住对方两位近战的前提下，苏凌两人联手攻击治疗，只用了十五秒，对方的治疗就躺平在地。

寇宏义问道：“要是换成湘湘，能挡得住吗？”

于冰摇头：“凌雪枫和苏广漠的预判都太厉害，连续打断治疗的读条大招，治疗遇到他们的联手攻击，如果没有队友支援，就算柳湘也最多活二十秒。澳大利亚队的这位治疗选手今天穿的装备是加治疗量的，他大概是想依靠治疗量的优势打后期，但苏、凌二人根本不可能给他拖后期的机会。”

于冰说得很对，苏广漠和凌雪枫联手秒杀治疗，完全不给对方把战局往后拖延的机会，一上来就速战速决，根本不跟对面啰嗦。

治疗一死，对面的阵容几乎全线崩盘。

对面剑客的实力跟苏广漠没法比，狂战士对上远程凌雪枫绝对是被遛死的命，加上中国队还有一位放阵法干扰对手的通灵师辅助，不出三分钟，对面两人就相继倒下。

大屏幕上打出“胜利”的字样，现场观众掌声雷动，直播间的评论区也立刻沸腾了起来。

“又赢了！好棒！”“这局完全是碾压局啊！”

国内的观众在欢呼雀跃，而赛场上，三位选手的表情却非常平静，在凌雪枫的带领下去对面握了个手，三人便淡定地转身下台，好像这场胜利对他们而言根本不算什么。

就在这时，李沧雨的手机又亮了起来，是凌雪枫发来的短信，简单的两个字：“赢了。”

李沧雨一点都不意外，笑着回道：“连 C 组实力最弱的澳大利亚队都赢不了的话，你也没脸回来见我吧？”

凌雪枫的唇角微微扬了一下，回道：“下一场才是关键。”

李沧雨发去两个字：“加油。”

——是的，下一场对阵美国队，才是今天所有赛事当中的关键。

嘉年华 3V3 第一天的小组赛，每个组都是连打四轮，中国 1 队被安排了两场——第二轮对阵澳大利亚，第四轮对阵美国。中间有一段休息时间，凌雪枫便和苏广漠、楚彦聚在一起，再次确认了一下战术。

第四轮比赛在晚上八点半正式开始，中国队和美国队这样两支拥有夺冠实力的站队强强对决，自然被放在主舞台上直播，也成了全场观众以及各国媒体所关注的焦点。

美国这边的媒体说道：“我们美国 1 队刚刚不小心输给了韩国队，这一场必须拿下，否则会很难出线！这支队伍有我们的杰克，还有我们的托马斯和埃德蒙，干掉中国队的希望是很大的！”

每个小组只有两个出线名额，美国队今天真是出师不利，第一场遇到韩国队苦战半小时最后关头被逆袭，第二次又是强敌中国队，如果再输的话，想小组出线基本不可能。

韩国那边却说：“美国队的杰克·乔希和中国队的凌雪枫，是世界排名第一、第二的召唤师选手，托马斯是目前排第一的精灵族吟游诗人，苏广漠也是世界闻名的剑客，双方的对决几乎可以达到决赛的水平。”

国外媒体在解说中忽略了楚彦，也是因为国内的通灵师辅助打法这两年才刚刚被清沐战队带起来，有了些起色，楚彦为人低调，在世界排名中并没有出现过，国外记者对这个人根本不熟。

“美国队还有个埃德蒙，这是非常强的血族刺客！光从阵容来看，美国队获胜的概率更大。”

“美国队之前已经意外输给了韩国队，这场比赛他们一定会背水一战，我也押美国队赢。”

“美国这边三个世界闻名的强势攻击手，中国两个攻击手带一个控场辅助，美国赢面更大。”

各地媒体纷纷猜测比赛的结果，大部分都押美国队获胜。

中国这边的解说间内，于冰的表情依旧平静如常，扫了一眼对阵列表，淡定地说：“第一弓箭手托马斯，第一血族召唤师杰克·乔希，还有世界闻名的杀手埃德蒙……美国 1 队确实是超豪华阵容。”

“我刚刚观察了一下美国神迹官网的比分预测，这场比赛，押美国队获胜的观众占了 98%，押中国队获胜的观众只有 2%……”寇宏义摇了摇头，继续说道，“这也太小看我们的三位选手了吧？”

“光从阵容来看，确实美国队的赢面较大，这三位选手的人气和世界排行都占据优势，比赛又在纽约当地举办，可以说，美国队的这场比赛是聚集了天时、地利、人和三大要素。”

于冰顿了顿，话锋突然一转：“但我相信，这场比赛，最后的赢家一定是中国队。”

寇宏义疑惑地道：“冰姐这么有信心啊？”

“当然。”于冰一向冷漠的脸上，难得浮起了一丝微笑。

——她并不是对凌雪枫有信心，她是对李沧雨和凌雪枫的联手有信心。

在比赛之前，红狐的副队长杨木紫给她发了条八卦短信：“冰姐，晚饭时间我看见猫神来酒店找凌队，凌队带着他去西餐厅吃饭，特意避开了记者，你说他是来干吗的啊？”

不同于红狐队长柳湘的沉静和温婉，副队长杨木紫性格活泼好动，看见好奇的事情就发短信问于冰。

于冰很快就联想到一件事。

神迹刚刚开赛的前三个赛季，凌雪枫和李沧雨分别作为两支战队的队长，曾经在常规赛交手过六次。他们两个相识于年少时，两人之间似乎有种神奇的互相了解和心有灵犀，但他们的战术思路却大相径庭，这也致使两人在擂台赛连续避开六次，从来没有在擂台真正地交手过。

他俩谁是第一召唤师的争论在神迹论坛无休无止，一直到李沧雨率队离开才渐渐平息。

如今正是世界嘉年华 3V3 比赛期间，李沧雨在这个时候出现在酒店，于冰认为只会有一种可能性——那就是凌雪枫找他来当战术参谋。

他们在赛场上绝对是最强的对手，可他们一旦联手，却能立刻弥补对方身上的缺陷。两个并不完美的人组合在一起，就是一个完美到无懈可击的圆。

凌雪枫最擅长压制打法，但对上美国队这样同样强势的爆发型组合，“以暴制暴”的打法绝对是行不通的。所以，他找上李沧雨，肯定是想从李沧雨诡变莫测的偏门战术上寻求一些新的思路。

根据杨木紫的说法，猫神跟凌队在餐厅待了很久，李沧雨吃饭的速度极快，不可能一顿饭吃那么久，显然两人是在餐厅聊天。

之前打败澳大利亚之后，凌雪枫表情平静地走下台，立刻带两位队友去准备下一场比赛，应该是去继续商讨战术。于冰几乎可以确定，凌队已经从猫神那里获得了他想要的思路。

——这场比赛真正的指挥，其实是李沧雨。

——是一位没有任何人想到的，藏在凌雪枫身后的幕后军师。

所以，于冰对中国队获胜才会这么有信心。在她眼里，凌雪枫和李沧雨都是国内神迹联盟数一数二的大神级选手，这两人联手，如果还打不败美国队的话，那就要考虑整个中国神迹联盟的水平是不是有问题了。

这场比赛依旧放在最大的主舞台上直播，纽约现场的主持也特意介绍了一下六位选手，以及他们目前的世界排名。

——杰克·乔希，美国 ICE 战队副队长，世界最强的血族召唤师。

——凌雪枫，中国风色战队队长，世界最强的魔族召唤师。

光是这两个人的出场，就足以让全世界的召唤师粉丝们激动到尖叫！

何况，美国队还有人气很高的精灵族弓箭手托马斯、冷静到变态的杀手埃德蒙。三位王牌选手组成的临时战队让现场的尖叫声达到了顶峰，几乎要刺破人的耳膜。

不少当地的粉丝们举起了支持美国队选手的荧光牌子，相对而言，客场作战的中国队选手人气就有些可怜，只有星星点点的少数中国人在大喊加油，声音也很快被淹没在了美国粉丝的尖叫声中。

值得庆幸的是，中国队这三位选手显得非常平静，并没有受到外界的干扰。尤其是凌雪枫，依旧顶着一张英俊冷静的脸，面无表情地坐在那里用手指飞快地敲击着键盘。

李沧雨看见他这个熟悉的动作，不由微微笑了笑——他每次在赛前都会快速敲击键盘，一方面快速排查键盘的故障，另一方面也是让自己的手指尽快适应快攻的节奏。

他的手指修长有力，按键很稳，证明他心里一点都不紧张。似乎感应到了李沧雨的注视，凌雪枫突然侧头朝台下看了一眼，VIP 席距离选手隔音房很近，从台上往下看去，刺眼的灯光会模糊人的视线，但凌雪枫还是瞬间就在人群里锁定了李沧雨的位置，然后，他朝李沧雨点了一下头，给了对方一个“放心”的眼神。

李沧雨微笑起来，也朝他点了点头，意思是“加油”。

凌雪枫很快就回过头去继续准备比赛，脸色波澜不惊。

两人隔着舞台的对视转瞬即逝，没有任何人察觉到。

那个简单的眼神交换，就是他们心有灵犀的战术约定。

CHAPTER 14

中美之战

比赛很快就要开始了，双方选手登入比赛房间，倒计时两分钟开始读秒。

所有数据已经全部重置，两分钟的准备时间内选手必须重新对自己的游戏角色加好属性点并且选择好装备。两边选手速度都很快，选好按下确认之后，导播就会将每个选手的最终数据调到大屏幕上。

于冰发现苏广漠的装备有了变化，立刻说道：“苏广漠换了一把武器——审判之剑。”

寇宏义调出这把武器的单独截图，解释道：“审判之剑的攻击性很强，并且附带‘光影回转群攻技能增强 200%’的特效，但缺点在于它相当沉重，带上这把武器就要牺牲一定的敏捷属性。苏广漠很擅长快速走位，带上审判之剑，他就很难发挥出走位上的优势了……这是什么意思？”

剑客的优势在于敏捷走位、快速攻击，苏广漠选一把这么沉的武器，虽然攻击增强，但脚步会变得笨重，在高端对局当中这相当于送死。

“凌队也换了武器。”大屏幕中正好出现凌雪枫的最终数据，于冰微微皱了皱眉，道，“魔神咒杖，这是魔族召唤师攻击性最强的武器，所有宠物魔法攻击都会大幅度提升，但必须以降低主人的防御为代价。”

这两把武器让不少观众心惊胆战。

苏广漠舍弃掉自己的快速走位优势，扛起一把沉重的剑客大剑，凌雪枫却为了增加攻击而主动降低自己的防御，召唤师的防御本来就很弱，凌队难道就不怕自己被对面集火杀死？

让人意外的是，楚彦却穿了一身防御装，并且选择加快阵法释放速度的通灵师武器幻光法杖，这把法杖也是双刃剑，虽然能加快阵法的释放速度，可相

应的，阵法的作用时间也会缩短。

于冰立刻在心中确定——这场比赛的战术制订者肯定是李沧雨。

诡变莫测，正是猫神李沧雨指挥时的风格，机智的猫神让人完全猜不透。

哪怕战术素养很高的于冰目前也有些猜不透这三个人要玩什么花样，沉默片刻后，她只好放弃继续猜测机智的猫神所指定的战术思路的想法，干脆地说道："三位选手的装备更换，应该是针对美国队选定了一套比较特殊的战术方案……比赛很快要开始了，就让我们拭目以待吧！"

比赛终于开始，双方选手在城市广场地图上刷新。

这张地图是官方规定的选图，对所有选手都很公平。角色一刷新，苏广漠就扛起沉重的审判之剑，勇猛地冲在了前面，凌雪枫和楚彦紧随其后，三人形成一个相互策应的等边三角形站位。

来到中央喷泉处的时候，并没有发现对方的人，因为血族拥有通用种族技能黑夜降临，可以让自己处于隐身状态，显然，对面的血族召唤师和血族杀手一开场就隐身了，比赛地图非常大，一时间并不能推断出他们隐身到了何处。

凌雪枫并不急，目光迅速扫视着四周的环境，他们三个人刚刚来到喷泉处，双方选手的刷新点跟中央喷泉的距离一致，也就是说，此刻，对面三人应该也在喷泉的那一边。对方选择隐身，肯定是为了突然袭击，先集火杀掉一个人，建立人数上的优势，就看他们会动手杀谁。

一般血族杀手隐身杀人时会习惯性绕背，因为杀手在背后刺中目标会有伤害加成。两队的中间有一个喷泉隔着，他们如果想绕后突袭，只能从旁边的石像处绕过去，那就需要五秒左右的时间。

凌雪枫看了一眼楚彦那边的石像，手指虚按在键盘上，等待对方出现。

——他们果然选择了楚彦！

柿子先挑软的捏，这个道理谁都懂，苏广漠的剑客防御高，凌雪枫的魔族召唤师生存能力强，倒是楚彦，作为一个脆皮的魔族通灵师，在三人当中明显最好杀，而且，辅助的存在会对团战产生干扰，先解决掉辅助也是最合理的思路。

一道血光突然从楚彦的身后冒出，紧跟着便是血蜘蛛和血蛇双管齐下，远处同时射来密密麻麻的死亡箭雨！

这三人不愧是美国队的王牌选手，行动整齐统一，集火能力相当恐怖——楚彦被杰克的血蜘蛛控制在原地，杀手和弓箭手一近一远把爆发技能全丢在他的身上，血条瞬间就掉下去一半！

“他只剩半血，一拨带走！”负责指挥的杰克手指都热了起来，他最喜欢这种碾压对手的感觉，打得对手喘不过气，一口气打死，别提有多帅了！

身边的队友也立刻跟上了他的指令。

血族杀手放出了攻击力最强的技能——死亡标记、绝杀！

杀手的死亡标记可以标记想要刺杀的目标，绝杀技能则会对被标记的目标产生双倍的伤害，这一招下去，通灵师肯定会被打残！

更何况，杰克也刚好开了个大招——血蛇狂舞！

这是血族宠物蛇最强的一个单体攻击技能，红色的血蛇迅速缠绕住对方，并用身体绞杀目标！

托马斯也不闲着，手中长弓拉起，一招精准无比的夺命射击直直朝楚彦射来！

黑色、红色和绿色的技能光效在楚彦的周身相继亮起，国内不少观众都有些心酸，美国队的爆发压制确实可怕，三人联手，楚副队看来是要交待了！

纽约的现场，很多观众都开始提前欢呼——美国三位王牌联手，只用了不到十秒时间就收下中国队那个毫无名气的通灵师的人头！

然而……

大家期待中的“First Blood”一血公告并没有在公屏上弹出来。

让众人震惊的是，三人的大招放出去，楚彦非但没有掉血死亡，反倒恢复了 15% 的血量！

——通灵屏障！

比赛现场，楚彦、苏广漠和凌雪枫的身上都出现一层深紫色的球形屏障。

是通灵师的大招！

通灵屏障的作用效果非常简单——将一切不利状态转移给对手，将一切有利状态转移给自身，受到攻击后百分百反弹给攻击者。

于是，杰克、埃德蒙和托马斯三人开的大招瞬间反弹给了自身，不但没有杀掉通灵师，自己还掉了一截血。又因为血族召唤师和血族刺客的攻击附带吸血效果，这种有利效果自然就被转移给了楚彦，于是，楚彦的血量不减反增。

这一幕变化让现场的不少观众瞠目结舌，而坐在台下观战的李沧雨却像早就料到了一样，微微笑了笑，说："这就是小看通灵师的后果。"

通灵师是个脆皮的辅助，但只要掐准时机释放技能，有时候会比治疗还要给力！

解说间内，联想到比赛开场的武器更换，于冰立刻解说道："通灵屏障，这是通灵师读条时间最短的技能，读条一秒钟释放，作用时间五秒。可是，一旦选用幻光法杖这把武器，虽然作用时间缩减成了四秒，但好处在于通灵屏障可以做到瞬间释放！"

寇宏义也总算反应过来："我明白了！楚彦选择幻光法杖，其实就是为了关键时刻能把通灵屏障瞬间放出来，反弹掉对方的大招！"

解说能想通，美国队的三位选手自然也立刻想通了。

通灵师的很多技能都需要读条，读条一旦被打断，技能就会释放失败。之前他们还以为这个通灵师是被打得放不出技能，被刺客近身打断的通灵师放不出技能也很正常。三个人打得太顺利，一时把对方的武器幻光法杖给忽略了。

"停手！"杰克·乔希很快就下达了新的指令，对方身上有通灵屏障存在，这时候攻击对方，伤害会全部反弹，必须等这个屏障效果结束。

然而，他们三人停手了，苏广漠和凌雪枫却不会原地等待。之前楚彦被打的时候苏广漠去追击对面的弓箭手，而凌雪枫却在迅速召唤自己的宠物，把宠物摆到合适的位置。

等美国队三人回过神的时候，却惊讶地发现——魔族宠物骷髅步兵和女妖全都在场，而且被布置成了一种十分诡异的站位。

"散开！"杰克·乔希立刻警觉，可惜他的话还是迟了一步。

——巫妖之祸！

女妖的媚术可以将一个人拉到自己的面前，而巫妖之祸却可以将所有对手拉到自己的面前。

——骷髅爆破！

凌雪枫放置女妖的手法非常刁钻，正好把对面三人拉到了骷髅步兵的面前，拉人之后，紧跟着爆骷髅，骷髅步兵的爆破技能将对面三人集体打掉了 15% 的血量。

然而这还没完，苏广漠也早就在那里等待，见凌雪枫的女妖成功把对面三人拉过来，他果断开启剑客攻击力最强的大招——光影回转！

雪白的剑影围绕在剑客的周围，翻转、升腾，凌厉的剑光几乎要割裂四周的空气，沉重的审判之剑，以慑人的气势狠狠砸到了对面三人的身上！

转眼之间，中国队利用通灵师开启屏障的机会，凌、苏二人默契配合，果断反击，将美国队三人的血量集体压到了 65%！

而楚彦却趁着凌队群控住对面三人的时机，立刻转身，跑到对面三人攻击不到的远处。

于冰强行按捺住激动的心情，说道："果然，他们的武器选用是提前商量好的一种战术。审判之剑，这把沉重的巨剑虽然会拖慢苏广漠前进的速度，但是，在他放出光影回转大招的时候，却将伤害提高到了 200%！这一招结结实实地打下去，对面的三人肯定很不好受。"

"凌队的武器魔神咒杖也是增加宠物攻击，大家可以看到，他刚才爆掉骷髅所造成的伤害非常之高，两人的配合，将对面三人的血量瞬间给压了下去！"寇宏义激动地说，"这真是一次漂亮至极的反击！"

之前一直被压着打，这一次反击却将劣势局面成功逆转。

台下，肖寒忍不住心想，中国队的通灵师血量是 65%，剑客和召唤师都满血，而美国队这边三个人的血量都在 65% 左右，中国队赢的希望应该挺大的。

然而，他刚想到这里，就见赛场上通灵屏障的作用结束，杰克・乔希几乎在同一时间开启了血族召唤师的大招——蝙蝠血祭！

铺天盖地的血族蝙蝠腾空而起，尖叫着扑向对面！

这是血族召唤师攻击范围最广的一个大招，并且附带吸血效果。

这个大招成功命中，吸血效果导致杰克·乔希的血量立刻回升至 80% 的安全线以上，同时，苏广漠、凌雪枫血量都掉到了 80%，倒是跑远了的楚彦没被这个大招打到。

楚彦明显是跑出对战范围想暂时保命的意思，这时候美国队就有些犯难，要继续追击楚彦，就得绕过苏、凌两人的阻拦……

就在这时，托马斯那边突然发来求救信号。

他被苏广漠给追上了！

中国区神迹最出色的弓箭手谭时天曾经接受过采访，记者问到他最讨厌哪位选手时，他很直率地说："最不喜欢苏队，被苏广漠近身追着打，我技能放不出来。"

当年白轩被谢树荣追着打的时候，也很想爬进电脑里通过网线去掐住对面剑客的脖子——远程被近战近身，尤其是被攻击很强、攻击速度又很快的剑客近身，真的是"生活不能自理"。

托马斯之前站得比较远，心情愉快地在远处放暗箭，可凌雪枫的那次宠物群拉，把他也给拉了过来，以至于苏广漠瞬间到了他的面前，追着他一通猛砍。

杰克·乔希并没有管他，反而说道："埃德蒙去打死通灵师，我来看住凌雪枫，托马斯别急，剑客武器重，你风筝他！"

这无疑是当前局面下最冷静的决定。

见美国队的三人分散开来，分别去追击中国队的三位选手，在台下观战的李沧雨也忍不住在心里给杰克·乔希竖起了大拇指。

赛场最忌讳的就是不懂得随机应变的一根筋指挥，他们刚开始想集火强杀通灵师，思路并没有错，只是楚彦的这把武器在赛场比较少见，他们一时没意识到通灵屏障瞬发的问题，被打了一拨反击，杰克·乔希立刻放弃之前的战术思路，改成 1V1 单盯人的模式。

他跟凌雪枫单挑，谁也不怕谁。

托马斯被苏广漠缠上虽然会很烦，但精灵族移动速度快，他边打边跑一时半会儿也死不掉。

那么，剩下的刺客去尽快解决掉通灵师，依旧能建立三打二的人数优势。

于冰看到这里，忍不住说："杰克·乔希非常聪明，这种一个盯一个的打法，对中国队其实非常不利。被他亲自盯住，两位召唤师对彼此的技能十分了解，凌队不可能再腾出手来救队友。"

寇宏义也担忧起来："人族剑客和精灵弓箭手的单挑局我们在国内也经常看见，谭时天跟苏广漠对局的时候经常会把战局拖到十分钟以上，这个托马斯肯定也有能力拖住苏广漠……楚彦看来要危险了。"

杰克·乔希拖住凌雪枫，托马斯拖住苏广漠，剩下的刺客去强杀通灵师，楚彦确实很难保命。

3V3 团战，却被杰克·乔希拆解成了 1V1 的对局，两位世界级的召唤师互相爆宠、杀宠，打得异常激烈，谁也没法分心；剑客和弓箭手你追我赶，绕着全场跑圈，一时半会儿分不出胜负；作为辅助的楚彦对上血族杀手，肯定会处于完全劣势的局面。

眼看楚彦的血越来越少，杀手却依靠吸血技能渐渐把血回了起来……

这种劣势的局面，又该怎样逆转？

国内的观众心都提到了嗓子眼。

就在这时，于冰的双眼猛地一亮——因为她发现，苏广漠追着托马斯全场跑了一圈，托马斯时不时射几箭把苏广漠打残，同时苏广漠也时不时砍几剑把他的血量压下去，两人你追我赶绕过几尊雕像，不知不觉地居然追到了楚彦的附近！

托马斯刚反应过来自己来到了队友附近，就在这时，苏广漠突然放下他不管，一招精确无比的锁魂直击刺客后背！

正在全力杀楚彦的埃德蒙被这招定身技能命中，楚彦立刻后跳离开他的攻击范围，同时开始读条。

——冰霜阵！

这下倒好，刺客埃德蒙和弓箭手托马斯被阵法冻在了原地。

苏广漠的光影回转技能正好冷却结束，毫不犹豫地再次开启，雪白的剑光如同骤风一般席卷而来，武器 200% 攻击的加成效果让这个大招威力翻倍，密密麻麻的剑影将对面两人瞬间打成了残血！

而杰克想要救援却根本来不及，他跟凌雪枫所站的位置太远，何况他也抽不开身。

——不是说杰克·乔希缠住了凌雪枫吗？

或许，是凌雪枫反过来拖住了杰克·乔希，让苏广漠和楚彦完成了一次漂亮的会合！

埃德蒙和托马斯被冰冻在原地，结结实实地吃下苏广漠的光影回转大招，楚彦在冰霜阵效果结束的那一瞬间紧跟着接了一个幻术迷阵。

通灵师的阵法连控，瞬间就废掉了对面两个人的战斗力。

这就是通灵师，看似只是个脆皮的没什么攻击力的辅助，可他一旦不被人控制，就能强势地控制住整个场面，让对手进退两难！

杰克·乔希刚开始强杀通灵师也是这个原因，只可惜强杀的过程中屡屡遇到意外，本以为杀手能解决掉通灵师，没料对面的剑客绕了一个大圈从背后去帮忙，把被分离切割的 1V1 战局强行转变成了 2V2。

苏广漠的血已经不多了，通灵师的阵法有限，总不能一直控制下去，对面两人一旦解除控制，他肯定活不了多久，因此，苏广漠把所有的爆发招式全部开了出来，手中的审判之剑虽然沉重，但他挥舞起来却是霸气非凡、招招见血，把脆皮的弓箭手和刺客全部打残！

而楚彦在放完阵法之后，立刻飞快地躲去了石像后面，转身跑向远处。

观众们发现，这个通灵师逃命的本领——真不是一般的强！

转眼间，他绕着石像几次利落地走位，已经来到了喷泉的对面。弓箭手和刺客都被苏广漠打成残血，同样苏广漠和楚彦此时也是残血，尤其是楚彦，刚才被刺客杀了半天，只剩 5% 的血量，只要一招攻击说不定就会挂掉。

冰霜阵控制效果终于结束，对面两人本想去追杀只剩一点血皮的通灵师，却没想到苏广漠突然出现了一个走位上的致命失误！

对职业选手来说，这样的失误实在有些不应该。

“他怎么背对着刺客？”于冰紧张地盯着屏幕，苏广漠刚才为了放光影回转的大招强压对手血线，站位正好在刺客和弓箭手之间，在大招结束的时候，他可以贴着弓箭手站，远离刺客，但是，苏广漠一时的收招失误，让他的站位居然偏向于刺客这一侧，而且还是……要命的背对！

——所有玩刺客的人都知道，目标背对自己，会是多么好的机会！

因为，刺客的所有攻击只要是从目标背后发出，伤害就会自动加成。

苏广漠这相当于是把自己的后背送到了对面刺客的面前，埃德蒙怎么说也是世界一流的杀手，这么好的机会，不可能把握不住。

寇宏义已经在心底叹了口气。

果然，埃德蒙的行动非常果断，手中利刃果断刺出——背刺、魂杀、绝杀三连击！

First Blood！

一血公告终于弹了出来，双方交战十分钟，总算收了第一个人头。

苏广漠 20% 血量被刺客一套秒杀。

国内不少观众都在直播间骂了起来，尤其是黑苏广漠的，骂得格外起劲儿。

“连走位都不会，背对着刺客真是太溜！”“早就看他不顺眼了，谁选他去嘉年华丢人的啊？”

但也有不少苏广漠的粉丝小声地争辩着：“苏队不会犯这么低级的错误才是……可能意外失手。”“再牛的选手都是人，人都有犯错的时候，或许他今天状态不好吧？”“一次失误没必要骂吧……”

然而，解说间内的于冰，却很快注意到另一个关键。

由于苏广漠出现失误，埃德蒙和托马斯两人果断抓住机会杀掉他，这就使得楚彦成功脱离了对方的攻击范围，从另一侧的雕像后面绕到了凌雪枫和杰克・乔希对局的区域。

杰克·乔希和凌雪枫水平相差不大，高手对决，一旦分心就很容易被杀，所以，两人此时都非常专注，观众们可以看到，杰克·乔希和凌雪枫的血量都已经到了 30% 左右的危险临界值，谁不小心出现失误就很可能成为对方的手下亡魂。

意识到不对的埃德蒙立刻在语音频道说道："杰克，小心！"

然而，语言提示毕竟没有职业选手放技能的速度快，更何况，今天楚彦选择的是减少技能读条时间的幻光法杖，等埃德蒙一句话说完，他的技能也放完了——通灵师的咒怨！

这是通灵师唯一的一个单体控制技，可让指定对手陷入沉默放不出任何技能。今天换了武器之后沉默的时间会减少到两秒，但读条速度却明显加快了。

两秒时间，足够让凌雪枫杀掉一个残血的对手！

刚才单挑的时候凌雪枫就刻意留了大招，眼睛余光瞄到楚彦去了杰克·乔希的身后，凌雪枫立刻开始读条发大招。

——魔神之怒！

魔族召唤师最可怕的攻击型宠物就是魔神，召唤魔神的时候周围会出现一团黑雾，在弥漫的黑色雾气当中，没有形体的魔神就如同飘浮的一缕黑烟，顺着指定对手的脚底一路缠绕到头顶，三秒后，黑烟消散，造成了可怕的黑魔法伤害！

对面的召唤师瞬间就被魔神夺走了性命！

此时，凌雪枫还剩 30% 的血量，远处跑来想救援的刺客埃德蒙和弓箭手托马斯却只剩 20% 的血量。

凌雪枫果断回头，一招黑乌鸦召唤，铺天盖地的黑色乌鸦腾空而起，直接糊住了对面的视野！

紧跟着，女妖召唤，将刺客拉到身前，再用骷髅步兵围住对手并连续爆破——残血的刺客也死了！

局面瞬间逆转，原本的 2V3 居然变成了 2V1。

美国队只活着一个托马斯，他的弓箭手攻击距离很远，本想利用手长的优势去风筝凌雪枫，可惜被乌鸦挡住视野，他为了看清凌雪枫的站位只好绕开乌鸦的阻挡，结果等他从左侧绕出来想一箭射向凌雪枫的时候，等待他的却是通灵屏障。

——没错，楚彦那个冷却时间非常久、反弹一切伤害的通灵屏障又好了！

托马斯非常无奈，有通灵屏障存在，他就没法打人，只好转身控制住距离，想等屏障结束之后一招秒杀凌雪枫。

可惜凌雪枫不会给他这样的机会。

楚彦 5% 的血量一直在闪红光，蓝量更是所剩无几，一个阵法都放不出来。而凌雪枫此时的蓝量只够放一个技能——他必须一击毙命，否则留着托马斯就会后患无穷！

弓箭手那么远，普通攻击够不着，凌队会怎么办？

国内大清早爬起来看比赛的观众们都有些焦虑。

就在这时，让所有人意外的一幕发生了。

凌雪枫召唤出了——亡灵！

这个宠物是所有召唤师公用的宠物，平时在赛场很少出现，因为亡灵实在是损人不利己。

虽然亡灵召唤的耗蓝最少，但不到必要时刻，没有召唤师会用亡灵来打人。

亡灵的效果只有一个：当对手血量低于 20% 的时候，可让对手跟自己同归于尽。

——是的，这是一个同归于尽的技能！

凌雪枫的蓝只够召唤亡灵，所以他很果断地召出亡灵顺手带走了托马斯。

这个男人，哪怕是死，也会死得如此霸气！

美国队三人全灭，中国队的通灵师存活。

只剩 5% 血量的楚彦，活着就是胜利。

中国队这边的屏幕上立刻弹出“Winner！”的金黄色胜利字样，可现场观众却久久回不过神来，国内观众依旧在目瞪口呆，就连解说间内的于冰和寇宏义都相对沉默了片刻。

比赛场上，苏广漠失误先死，杰克·乔希被楚彦控住让凌雪枫趁机杀死，埃德蒙被凌雪枫杀死，剩下残血的托马斯，凌雪枫不客气地拉着他同归于尽。

最后，中国队这边居然只剩下一个楚彦，5% 血量的楚彦。

楚彦从一开始就一直被美国队集火，可最终苏广漠和凌雪枫都死了，活着的却是楚彦！

刚才在国内直播间骂苏广漠的人，这时候才察觉到不对——

“话说，苏队刚才那个失误，回想起来，当时楚彦只有 5% 的血，如果他不失误，让托马斯往前追几步一箭过去，楚彦就会死吧！”

“对啊，楚彦挂了的话，苏队和凌队 2V3 是打不过对面的！尤其是凌队和杰克单挑的情况下，苏队的作用明显没楚彦的辅助阵法那么强。”

“所以说，他是故意失误，用自己的死换楚彦的活吗？”

“如果是的话……苏广漠简直是影帝啊！”

于冰在整理了片刻思绪之后，终于平静下来。

李沧雨的战术安排强就强在，有时候比赛都打完了，你还要想半天才能回过神来！

连旁观的局外人都如此，更何况是身处赛场的美国队选手们？

苏广漠确实是“影帝”，回头仔细观察录像回放的时候，大家才会发现，他当时那个所谓的“走位失误”，在背对着刺客给了对方机会的同时，也挡住了弓箭手要追击楚彦的方向。

他那时候血量虽然还好，但蓝所剩无几，放不出多少技能了。因为他已经打完了全部的爆发技能，早就做好了死的准备。所以，他用自己的死，给楚彦争来了几秒的机会。

楚彦自然不会让他失望，楚副队的逃命能力一流，很快就成功脱离弓箭手的追击范围，绕去杰克·乔希的身后，一招控制技能帮助凌雪枫杀掉了杰克。

接下来 2V2 的局面，楚彦依旧是一碰就死的残血状态，所以凌雪枫不惜消耗大量的蓝强开乌鸦遮住对面的视野，让楚彦站到远处，并爆手速尽快解决掉最不好对付的吸血刺客，再然后召唤亡灵，同归于尽，果断带走弓箭手托马斯。

就如李沧雨赛前所说："这场比赛辅助才是关键，楚彦一死我们就会崩盘，所以，必须保楚彦。"

战术思路是李沧雨制订的，具体实施方案，两人那天在餐厅又经过仔细的商讨，但比赛现场风云变幻，不一定事事都在预料之中。杰克·乔希 1V1 分散盯人尽快杀辅助的时候，其实李沧雨心里也没底，好在苏广漠应对很快，拖着对面弓箭手迅速绕路到后面去支援楚彦。

职业选手的反应能力都不差，只要定下一个大的方向，现场随机应变，最后也成功拿下了这场比赛。

只不过，比赛的过程实在是惊心动魄，楚彦最后哪怕活着，也只剩下 5% 的血量——但他还是站到了最后，为中国队拿下这艰难的 2 分！

这场比赛打了将近半个小时，过程中亮点颇多，双方选手随机应变的能力都很强，旗鼓相当打得非常精彩，于冰整理好思绪之后，就开始给观众们耐心地解说起来。

观众们越听越是心惊——这么奇怪的战术思路，不像是凌队的风格啊！

于冰分析完这场比赛，也难得微笑着说："可能大家会觉得疑惑，这样诡异的战术布置似乎不像是凌队和苏队的风格，更不像清沐战队楚彦的风格，据我的猜测，这场比赛中国队这边应该有一位幕后军师，但没得到他的首肯，具体是谁我就先不透露了。"

观众们被于冰吊起了胃口，都开始猜测这位幕后军师到底是谁？

难道是谭时天、楼无双这些队长？似乎也不太像啊。

很多人都猜不出来，也有不少观众觉得于冰是在故意放烟幕弹。

现场的裁判已经确认了比分，凌雪枫的双手也终于离开键盘，带着苏广漠和楚彦去对面跟美国队的三人礼节性地握了握手。

托马斯很哀怨地瞪着凌雪枫，显然对最后被强行同归于尽的结果非常郁闷。

杰克·乔希脸上的表情也很不服气，他握了握凌雪枫的手，傲气十足地说："明年再战，我就不信会输给你。"

凌雪枫表情平静地点了点头，心里却想着："明年你还是别奢望太多吧，等猫神回来，你更要哭了。”

回到中国队所在的隔音房之后，凌雪枫再次看向台下的 VIP 观众席，正好对上李沧雨看过来的视线，又一次的心有灵犀。

凌雪枫的唇角微微扬起，目光中一片柔和，他朝李沧雨轻轻点了点头，好像在说：“我刚才成功完成了你的战术布置，我们赢了。”

真正的“我们”一起赢了。

虽然李沧雨并不在赛场，但李沧雨的战术思路却被凌雪枫放在了心里。

他带着他的想法，一起赢得了比赛。

李沧雨微微一笑，朝凌雪枫竖起了大拇指。

肖寒回头，看见师父的大拇指，愣了愣，顺着师父的目光看过去，居然发现凌雪枫正跟师父对视。

虽然隔着舞台，可奇怪的是，他们的视线完全锁定了对方，仿佛完全不受外人干扰。

肖寒疑惑地挠了挠头，心想，师父跟凌雪枫的关系看上去很好啊！网上不是说，他俩是死敌吗？

CHAPTER 15

幕后军师

中美的这场比赛让国内的整个电竞圈沸腾起来，记者们添油加醋地报道这场赛事，中国队战胜美国队的新闻转眼间就占据了各大电竞网站的头版头条，官方也很快放出比赛中的精彩片段集锦，微博被转了几万次，当然，大家最关注的还是于冰解说时提到的“可能有幕后军师”这句话。

——幕后军师？到底是谁？

粉丝们和记者们擦亮眼睛寻找各种蛛丝马迹，网络上一时变得热闹无比。

然而，于冰毕竟没有给出太明显的提示，大家猜测了半天，大部分人猜测是不是同行去纽约的南建刚主席？但也有不少人持否定态度，理由是南主席虽是神迹联盟主席，但他的战术水平远不如凌雪枫、苏广漠这些队长，怎么可能给他们当幕后军师？跟过去给大家当保姆还差不多。

虽然大部分人猜错，可别忘了，网上还有不少擅长推理、抽丝剥茧找出真相的分析高手在！

有人在微博上写了条长达上千字的分析论据，一条条列出来，最后的结果居然直指猫神李沧雨！

他的理由非常充足：帮忙对付美国队的幕后军师肯定是中国选手，既然不是去嘉年华的这几位大神那就不是现役选手。在已经退役的神迹选手当中，最有可能的就是跟凌雪枫齐名的第一赛季的“五神”。

五神当中，飞羽前队长宋阳早已淡出了电竞圈；时光前队长徐落据说去了欧洲；鬼灵前队长莫权只喜欢偷袭和暗杀，并不擅长今天这样复杂的战术——那就只剩一个 FTD 的前队长李沧雨。

李沧雨在第三赛季结束后带队去了武林，虽然几年来成绩没什么起色，但他却能在另一个竞技游戏里学到不少新的思路，“武林”和“神迹”两个游戏融会贯通，可以演变出不少新颖的战术打法，这跟今天中美对战时复杂诡异的战术方案正好不谋而合。再加上前不久沧澜战队解散，队长李沧雨下落不明，说不定正好在纽约，时间也对得上。

这位博主论据充足、分析缜密，不少围观党也相信了今天的幕后指挥是猫神李沧雨。

网络上顿时褒贬不一。

神迹联盟目前争议最大的选手是哭包朱清越，因为小朱当初在赛场流眼泪，被不少人骂得狗血淋头。可前几年还有一位争议比他更大的选手，那就是李沧雨。

李沧雨是神迹联盟唯一的一位没有退役、反而带队转移游戏的队长。在很多偏执的神迹粉心里，他就像是神迹的叛徒，更何况，他去武林那边之后也没取得什么好成绩，好像在给神迹的选手丢脸。

他当年的粉丝数量很多，只是那次带队转移后人气大损，如今粉丝已所剩无几，倒是黑他的非常多。

虽然有很多冷静的网友认为他这场战术安排得很漂亮，但也有不少人披着马甲在微博嘲讽他。

“原来是猫神，去武林的那位猫神啊！”“就是当初那个输了比赛就走人的尿包？”“在神迹丢脸不够跑去武林丢脸，丢够了脸又回来干什么？”“嘉年华还需要他来插手吗？”“这是在故意找存在感吧？”“谁叫他自己的队伍一次奖杯都拿不到，只能抱凌雪枫的大腿刷一下存在感。”

隔着网络谁也看不见谁，这就导致国内网络上暴民特别多，不分青红皂白，上去就是一顿臭骂，反正骂完了他们自己心情爽了，也不管被骂的人会不会难受。

程唯当时正坐在观众席刷微博，他本想看一看网上对这场比赛的评价，结果却看到首页转过来一条“幕后军师到底是谁”的微博，下面的评论里赞这场比赛的占大多数，却也有不少人跳出来嘲讽猫神，仿佛嘲讽一下那个没拿过奖杯的男人就能让自己显得更加明智似的。

差点被气到吐血的程唯立刻爹毛，发了条微博：“嘲讽猫神的那些跳梁小丑你们也是够了，有本事你来美国打败杰克·乔希和托马斯再说话！把你放在赛场上，说不定你会吓得尿裤子，你有什么资格嘲讽打败美国队的猫神？要点脸好吗？”

这条微博震惊了神迹圈，这下倒好，不知道猫神是幕后指挥的人一看程唯的微博也能确认了，于是，关于李沧雨在幕后帮助中国队制订战术方案的新闻，很快就在各大电竞网站刷足了版面，不少电竞记者开始猜测猫神是不是要回归神迹，一时间众说纷纭。

……

于冰完全没想到，自己随口一句话居然引发这么大的风波，她的心里顿时无比内疚。

程唯是猫神的“头号脑残粉”，事实上，于冰也是猫神的隐藏粉丝，这不仅是因为李沧雨强大的个人能力让她十分佩服，还因为当初的红狐战队跟李沧雨颇有一些渊源。

第二赛季，于冰带领红狐进入神迹联盟，纯女子战队最初一直遭受媒体记者和观众们的质疑，几个女孩子一路走来也颇为艰难，而李沧雨每次都转发于冰接受采访的微博公开表示支持于冰，还主动把神迹这边电竞选手们训练用的很多小软件发给了于冰。

于冰当时很感激他，但他却笑笑说：“不客气，大家都不容易。”

一个女选手，带着队伍在高手如云的神迹联盟征战，确实很不容易。李沧雨能体会到于冰的辛苦，对这个坚韧的女生也多了几分敬重。

后来有一次，于冰打比赛路过当初 FTD 战队所在的杭州，主动提出请李沧雨吃饭，两人在一家餐厅吃了顿晚饭，顺便讨论了一些战术相关的问题，相谈甚欢。

没想到这一幕画面被路过的狗仔队记者拍到，还八卦说李沧雨和于冰是不是情侣？两人光从外表上看也确实郎才女貌，非常相配，面对面坐在一起吃饭的画面十分美好和谐。

微博上炸了一整天，于冰回去以后知道这件事，非常为难。

她平时看上去冷若冰霜、性格强硬，可毕竟年纪还小，刚进神迹联盟人生地不熟，遇到这种绯闻也不知道该怎么处理，又怕给猫神惹麻烦，不敢轻易站出来说话。

倒是李沧雨很快就站了出来，转发微博说："朋友坐在一起吃饭聊天而已，你们想多了。于冰目前还是单身，大家别胡说八道，这种绯闻对女生的影响不好。"

李沧雨的话实在太正直，完全没一丝一毫心虚的模样。

这次绯闻风波也就渐渐地平息下来，后来又有人拍到于冰和李沧雨吃饭，不过李沧雨为了避嫌，每次吃饭都会叫上好搭档白轩，谣言便不攻自破。

这只是一件小事，或许李沧雨早就不记得了，但于冰却记在心里。她当年艰难无助的时候，李沧雨就像兄长一样处处维护着她、支持着她，红狐战队能坚持走到最后，于冰对李沧雨一直非常感激，敬他如同兄长。

这次知道李沧雨要回来，于冰只是太激动了，她迫切地想跟所有人分享这种喜悦，想让所有人知道那个强大的男人要回到神迹，所以她在解说的时候才会一时说漏嘴，提到"幕后指挥"这个词。

她实在小看了网友们八卦的能力，更没想到那些人居然真的猜出了李沧雨，并且对猫神各种嘲讽。

纠结了一会儿，于冰最终还是决定给猫神打个电话。

她从柳湘那里问到李沧雨的号码，拨通电话，耳边响起的声音低沉温和，跟记忆中一样熟悉。

"喂，你是？"

于冰的眼眶微微发热，哽咽着说："猫神，我是于冰。"

李沧雨有些惊讶，却很快笑了起来："于冰？你怎么会突然打电话给我？"

"对不起，我在解说的时候说漏了嘴，国内很多网友已经分析出这场比赛的幕后指挥是你，猫神，我给你惹麻烦了。"她的声音虽然极力保持着镇定，可握住手机的手指却在微微地颤抖。

李沧雨爽快地说道："没关系，反正纸包不住火，早晚会被猜出来，你不用介意。"

明明是自己给他惹了麻烦，却反被他安慰，于冰真是羞愧万分，一时不知道说什么才好。

"对了，我没想到你退役后去当解说，改行还习惯吗？"

"还好。"

"嗯，我看了几场你解说的比赛，分析得非常透彻，你还挺适合当解说的。"李沧雨赞道。

"谢谢。"于冰沉默片刻，还是不放心地说，"猫神，幕后指挥这件事……"

"哦，这件事你没必要放在心上。"李沧雨笑着说，"网友们八卦的能力太强，即使你不说他们也有办法把我揪出来。再说，我既然出手，就没打算藏着掖着，我又没干坏事，有什么好怕的？"

——是啊，没干坏事，有什么好怕的？

他行得端、坐得正，问心无愧，那些嘲讽他的人在他的面前不过是跳梁小丑罢了。

想到这里，于冰总算松了口气，笑着说："那等你回国，我请你吃饭吧。"

李沧雨道："好，电话号码存一下，到时候见。"

虽然媒体记者曾经说他俩很般配，但李沧雨的心里一直把于冰当妹妹看，于冰对他也是敬重居多。没想到于冰今天亲自打电话过来道歉，事情似乎有些严重。

想到这里，李沧雨立刻拿出手机登录了自己的微博。

沧澜解散后他的微博很久没登录过，这回一登录，未读评论和私信都快破万条，李沧雨暂时没管，刷到首页一看——小程唯你能不能稍微沉住气啊！

这话题被顶起来，程唯真是功不可没。

没想到的是，凌雪枫也跟着转发了微博，简单的一句话："猫神是我请出来帮忙的，要骂的来我这里骂。"

有必要吗，凌雪枫？程唯爹毛就算了，你干吗也跟着插一脚？

对于网上那些嘲讽的声音，李沧雨从不理会，毕竟他不是人民币，不可能让所有人都喜欢他，人气高者如凌雪枫、苏广漠都有不少黑，何况他离开神迹的做法本就饱受争议，不可能他一回来所有人都要列队欢迎，部分看他不顺眼的网友趁机嘲讽几句也很正常。

李沧雨被群嘲，程唯立刻跳出来骂回去，凌雪枫又主动把矛头引了过去，虽然没什么必要，可这两人的维护，却让李沧雨的心里非常温暖。

片刻后，消失了很久的猫神，突然发了一条新的微博。

“我要回神迹了，明年第七赛季再见，会带给你们惊喜的。”

他对被嘲讽这件事倒是只字未提，显然，他完全不在意这些言论。

当年的第一赛季，赛场上首次出现精灵族召唤师，不少人发出质疑的声音，最后，李沧雨的精灵族召唤师横扫神迹擂台，一时无人能敌。

猫神就是这种直率的脾气——你们尽管骂吧，反正总有一天，他会让你们跪着把脸打肿。

凌雪枫回到选手后台后拿出手机刷微博，看见程唯转发的消息，心里顿时升腾起一股怒火。说来也奇怪，他的黑很多，每次风色输掉后他被黑们轮着骂，他一点都不介意。可是，看到李沧雨被揪出来群嘲，他就恨不得把那群人用魔神降临的大招给团灭了。

他主动发微博支持李沧雨，虽然知道猫猫并不会介意这些，可还是忍不住想维护那个人。

正好这时候，官方记者姚蓉跑过来采访。

姚蓉显然也得知国内神迹圈正掀起滔天巨浪，赶忙激动地把话筒递到凌雪枫面前：“凌队，请问这场比赛的战术制订者真的是猫神李沧雨吗？”

凌雪枫对着镜头平静地说道：“是的。美国队的三位选手都是爆发很强的输出，我跟苏广漠也是同样的爆发压制风格，以暴制暴的打法很难行得通，所以我请他过来商量了一下，他想出了更好的战术，我便采用了他的方案——在这里还要谢谢猫神为中国队出谋划策。”

凌队公开表示感谢，力挺猫神的态度再明显不过。

姚蓉愣了愣，接着问道：“猫神目前是在纽约吗？他这次出手帮你是不是意味着他要回到神迹？”

“嗯，他会在明年的第七赛季回来。”凌雪枫淡淡地道，“他一定会带给大家更多的精彩。”

凌雪枫说罢就转身离开了，这个采访视频一发出来，国内的神迹圈又一次爆了。

——猫神要回来？

虽然有不少新接触神迹的粉丝并不认识李沧雨，可从第一赛季就跟过来的老玩家们没有不知道猫神的名号的，那可是当年跟凌雪枫齐名的选手，五神之一啊！

苏广漠和谭时天，是五神中宋阳、徐落的徒弟，真讲辈分的话，他俩可都算猫神的晚辈！朱清越还被猫神虐哭过，程唯更是猫神的“脑残粉”！

联盟如今的好多大神都跟猫神有一些渊源，那可是传奇一般的男人。

这次回归的猫神，签了哪家俱乐部？将带来一支怎样的队伍？会有争夺奖杯的实力吗？

不少人开始猜测猫神回归的情况。

李沧雨那条言简意赅的微博，甚至被顶到了当日热门，被电竞圈记者们广泛转载。

比赛后台，凌雪枫本想立刻去找李沧雨，结果却被南建刚主席拦了下来：“老猫真在纽约？”

看来主席也挺八卦的，这么快就知道了国内的动向。

“嗯，这次嘉年华他来了现场。”凌雪枫解释道。

南建笑着说：“既然他在，那就约他一起吃个饭吧。”

主席亲自邀约，总不能直接拒绝，凌雪枫只好说道：“我问问他，看他有没有空。”

李沧雨当然有空，他这几天带着几个队友看嘉年华比赛，时间相当充裕。不过，收到凌雪枫短信的时候他却有些惊讶——

“南主席说想见见你，请你一起吃晚饭，来吗？”

这位南建刚主席他倒是印象深刻，当年他带队离开神迹的时候南建刚还揪着他一顿臭骂。李沧雨想到当时的场景，不由笑着摸了摸鼻子，回复道：“在哪？我现在过来。”

凌雪枫把地址发过去，李沧雨很快就来到订好的餐厅。

让他意外的是，餐厅包间里只有南建刚主席和凌雪枫两个人在，并没有其他的队长。

李沧雨自觉走到主席对面，笑着伸出手道：“主席，好久不见！”

南建刚主席表情严肃地跟李沧雨握了握手，感慨道：“老猫，你这一消失可就是三年啊！”

李沧雨要回到神迹的事，身为主席的南建刚自然很早之前就知道，龙吟俱乐部的老板刘川把李沧雨的选手资料转回了神迹联盟，这意图再明显不过——显然李沧雨在沧澜解散之后就签到了龙吟俱乐部，并且要回神迹发展。

这些年来神迹联盟人才辈出，可南建刚心里最遗憾、最惋惜的选手便是李沧雨。

当初那个意气风发的少年，在赛场所向披靡，是他见过的精灵族选手中最出色的一个。

那时候的李沧雨，还没现在这么成熟稳重，笑起来的时候依旧能看出少年的青涩和单纯，每次聚会都把隔壁桌的鱼抢过来吃光，这些光荣事迹南建刚都知道。

并称五神的其他几人，如风色的凌雪枫、飞羽的宋阳、鬼灵的莫权、时光的徐落，都拿奖杯拿到手软，可唯独李沧雨一次季后赛都没打进去过。

他一肩扛起 FTD 战队的重担，南主席真是看在眼里疼在心里。

南建刚的年纪都可以当这些选手的父亲了，所以他对这些选手们一直都有着长辈的慈爱和关怀，李沧雨当初带队离开的时候他劝过、骂过，但最终还是没能说服那个倔强的少年，他甚至指着李沧雨说过气话：“你这家伙，跑去武林有什么好？总有一天你还是要滚回神迹的！”

记得当时李沧雨笑着说：“主席，要是我真的滚回神迹，您可要继续收留我啊！”

这一晃就是三年。

当初那个少年直率的笑容还清晰地印在脑海里，如今，面前的男人却没了当初那个少年的青涩，这几年屡受挫折，他不但没有气馁，身上反而多了几分成熟男人的沉稳和睿智，那双眼睛依旧漆黑明亮，充满自信——真是典型的越挫越勇的性格。

南建刚在心底长叹口气，低声说道：“回来就好，回来就好啊！”

他就像是等待游子归来的父亲。

李沧雨的离开曾经是他心里最大的遗憾。

如今，他终于等到那位他最喜欢的天才选手从远方归来。

主席的这句话，让李沧雨的心里也很感动。

神迹联盟对他最好的人除了凌雪枫之外就是联盟主席南建刚了，南建刚是个很惜才的人，对战术变幻莫测、个人能力又极强的李沧雨尤为爱护，当年FTD战队经费困难到连外出打比赛的酒店都订不起的时候，南建刚还私底下帮过他们。只可惜，李沧雨最后还是辜负了他的期望，带着队伍离开了神迹。

神迹联盟那么多战队和选手，真是有操不完的心，南主席的前额已经长了不少白发，看着比以前老了许多，李沧雨不禁有些心酸，走过去轻轻抱了抱他，笑着说道：“您当年不是说了吗，总有一天我是要滚回神迹的。我现在滚回来，您应该高兴才是吧？”

南建刚被他气笑了，忍不住用力拍了一下李沧雨的肩膀，说：“早该回来了。”

李沧雨顺势在他旁边坐下，帮他倒了一杯茶，说道：“现在回来也不算晚，主席您还在神迹联盟，这不是挺好的吗？明年的第七赛季，您正好可以把冠军奖杯亲自颁到我的手里。”

听到这里，凌雪枫不由看向李沧雨，挑眉道：“想拿冠军，你都不问过我？”

李沧雨抬头迎上凌雪枫的目光：“问你干吗？你不让我拿吗？看我在赛场上怎么收拾你。”

明明是挑衅的话，凌雪枫的眼神却莫名温和起来，眼底甚至透出些笑意：“说不定是我收拾你呢？”

李沧雨道：“你走着瞧。”

南建刚主席突然觉得，时间过了这么久，很多东西其实并没有变。当年李沧雨和凌雪枫经常被粉丝们拿来对比，他还担心这两人会合不来，结果在晚宴看见凌雪枫给李沧雨抢鱼吃，他总算明白了——有些人表面上是对手，其实却是最难得的知己。

看着他俩互相下战书，南建刚不由微微笑了笑：“老猫，这可是你说的，明年回来之后，要是再打不进季后赛，我第一个收拾你！”

李沧雨笑着摆摆手：“主席您就放心吧，这次的队友都很给力，季后赛小意思，我可是奔着冠军去的。”

说着，他又跟主席聊了聊战队组建的情况，把白轩、谢树荣、顾思明、章决明还有肖寒这五个队友简单地介绍了一下。

南建刚越听越是惊讶，这回的队伍比李沧雨当年的 FTD 战队强了不知道多少倍。这样一支队伍，确实有夺冠的希望，也难怪李沧雨会这么自信。

想到明年的世界大赛，南建刚突然说道：“对了，明年的世界大赛邀请的十六支代表队，正好是这一届嘉年华的队伍，我们中国区神迹联盟在第七赛季结束后会进行一次公开的选拔赛，每一位选手都必须通过选拔赛加入国家队，这样才能保证公平。”

这跟篮球、乒乓球那些奥运项目相似，国家队毕竟代表着国家的荣誉，举办公开选拔赛也正好杜绝网络上的各种关于“黑幕”的质疑声，保证每一位加入国家队的选手的实力。

南建刚顿了顿，继续说：“虽然国家队的队员要重新选拔，但是，神迹联盟有个规定——第七赛季职业联赛的冠军队队长，自动接任世界大赛国家队的队长——你们懂我的意思吧？”

凌雪枫和李沧雨对视了一眼，两人的心底都忍不住激动起来。

嘉年华的 3V3 项目，不过是神迹联盟用来试水的开胃小菜，真正的大餐是明年的世界大赛，到时候高手云集，大规模的团战才是真正考验战术素养和选手实力的时候。

南建刚主席提前透露这个消息，无疑是在激励李沧雨。

李沧雨明白主席的想法，微微笑了笑，说：“国家队，还有选拔赛，听起来好麻烦……”

主席眼睛一瞪，李沧雨立刻改口说：“我会努力的。”

他说着又看了凌雪枫一眼，道：“我这次回来本来就是为了世界大赛，以前没拿过奖杯，这回一拿就拿个重量级的，比如世界冠军之类，那才过瘾，不是吗？”

南建刚笑了起来，赞道：“有志气。”

李沧雨道：“主席请我吃鱼吗？我看了一晚上比赛，正好来点夜宵。”

这话题转得太快，南建刚一时愣住，倒是凌雪枫，主动找服务生点了一条鱼给他吃——今天傍晚为了方便商量战术，带李沧雨去西餐厅吃了份牛排，他显然没吃饱。

鱼很快就端了上来，李沧雨笑着问：“你们吃吗？”

两人都表示不饿，他便心安理得地把鱼端到面前，不客气地埋头吃了起来。

南建刚开口道：“今天跟美国队的这场比赛，你想出来的战术也真够流氓的。”

李沧雨抬头看了主席一眼，意思是“我的战术一向这么流氓”。

凌雪枫忍不住轻轻笑了一下。李沧雨的脑袋非常聪明，想出来的战术五花八门，故意犯错的影帝打法以前也玩过几次，今天拿到嘉年华 3V3 赛场，却出乎意料地好用。

南建刚见他快速吃鱼，又忍不住道：“你慢点儿吃！小心被鱼刺卡住。”

对这位特殊的选手，他这主席也是操碎了心。

“我吃鱼的技术一流，从来没卡过。”李沧雨说了一句，然后迅速把盘里的鱼吃光，满足地擦擦嘴巴，“吃饱了，可以回去了吧？”

南建刚简直无语了。

主席亲自埋了单，三人这才从餐厅走出来，趁着主席去开车的时间，凌雪枫突然伸出手轻轻拍了拍李沧雨的肩膀，道：“今天的战术很成功。”

李沧雨道：“我看到了。”

凌雪枫接着说：“但美国队的几人都很不服气，杰克跟我说，明年他一定会赢回来。”

“明年？他想多了吧？”李沧雨笑道，“明年我亲自上场，他会哭得更惨。”

男人脸上的自信真是耀眼极了，在路灯照射下好像整张脸都泛起了光泽，凌雪枫认真地注视着他，沉默片刻后，终于伸出手，轻轻地环住李沧雨的肩膀，以一种“好哥们”的姿势。

“明年我们一起。”凌雪枫平静地说。

“嗯。”李沧雨回头看向他，眼睛明亮如星，“你还没有单挑赢过我，凌雪枫。”

“怎么不是我赢你？”凌雪枫也回头看他。

“跟你打的话，肯定是我赢。”李沧雨自信满满地说。

“是吗？”凌雪枫微笑道，“别忘了，我可以召唤亡灵，跟你同归于尽。”

“哦……没错，召唤师这个技能太缺德，你真是损人不利己。”

“跟你学的。”

“是吗？”

“当初在团战赛场上，你发现打不过风色，就用亡灵跟我同归于尽，死也要拖着我垫背。”

“有吗？我已经不记得了。”李沧雨故意装不知道。

凌雪枫看着他，伸出手来，轻轻按住他的肩膀，柔声说道：“这次请你出手，让你回神迹的消息提前曝光，是我没考虑周到。”

“无所谓，反正迟早要曝光。”李沧雨笑了笑说，“还有，以后我被人嘲讽，你没必要站出来帮我说话，那些言论我根本不介意。”

“但我介意。”凌雪枫低声说。

李沧雨对上男人深邃的眼眸，一时怔在原地。

他突然想起三年前的那个夜晚。

当时 FTD 战队因为成绩不好、赞助商全面撤资而不得不解散，李沧雨拒绝了很多战队的高薪邀请，说要带队集体转移去武林，之后就来到了纽约。

凌雪枫一路追到纽约，想要挽留李沧雨。

“神迹有那么多战队邀请你，你真的打算换项目去武林打比赛吗？”

“我有自己需要承担的东西。”

“你去武林那边，肯定会比在神迹更加艰难。”

“我知道，但我已经做好了心理准备。”

凌雪枫没再说话，因为他知道李沧雨一旦下定了决心，就不可能再动摇。

两人并肩走到岔路口的时候，凌雪枫才突然开口道：“如果有一天累了，想再回神迹，记得告诉我一声。”

李沧雨笑道：“好。”

沉默片刻后，他又认真地看着凌雪枫说：“谢谢你大老远跑来找我，这份情我领了。”

当时国内有不少挽留的声音，但凌雪枫是唯一一个直接追到纽约去挽留他的人，李沧雨其实非常感动，有这样一个朋友，他觉得自己在神迹混这么多年，也算值了。

……

如今是同样的夜色，两人同样并肩走在纽约的街上。

到岔路口的时候，凌雪枫又一次停下脚步，回头看着李沧雨说：“我当年的那句话成了真，你能重新回来，我真的很高兴。”

“嗯，国内赛的话，能拿到奖杯我就很满足了，我其实更想去世界大赛看看，主席说的国家队选拔赛，听起来好像很严格。”李沧雨若有所思地摸了摸下巴，“国家队不知道要选多少个人，召唤师肯定名额有限，但我希望……”他突然回过头来，认真地看着凌雪枫，“我希望，我们两个都能够入选。”

凌雪枫表情平静地说：“我也希望。”

李沧雨笑着伸出手：“明年世界大赛，我们联手，怎么样？”

“好。”凌雪枫微微一笑，伸出手跟他轻轻握在一起，像是一种最默契的约定。

凌雪枫平时总是冷着脸，可今天，近距离看着这个男人脸上浅浅的笑容，李沧雨突然发现，微笑起来的凌雪枫真是英俊极了，也比平时那位高冷男神更有人情味。

两人面对面地站着，暖黄色的灯光洒在他们身上，将他们的背影拉得很长。

同样高大的男人，一个英俊冷漠，一个帅气直爽，在别人眼里都是强大的战神，可对上彼此的目光时，他们的眼神却同样变得柔软。

伸出手掌，轻轻相握。

简单的约定，那画面看上去却有种别样的温暖。

第一天的世界嘉年华 3V3 项目，C 组由凌雪枫、苏广漠和楚彦组成的中国 1 队连续击败澳大利亚队和美国队，一口气拿下了 4 分。而 D 组这边谭时天、楼无双和柳湘组成的中国 2 队只安排了一场比赛，也成功击败瑞典队拿下了 2 分。

次日下午的 3V3 对战由于队伍太多，赛事安排得相当紧张，尤其是中国 2 队一下午要连着打三场。好在 D 组其他队伍实力并不强，谭、楼、柳三人默契配合，连续赢下三场，以第一名的成绩提前确定了小组赛 D 组的出线名额。

相对而言，C 组那边就要艰难许多。

在击败强敌美国队之后，凌雪枫三人又遇到了本次嘉年华的劲旅——韩国队。

韩国一直是电竞强国，国内对电子竞技非常重视，豪门俱乐部很多，优秀选手数不胜数，韩国队在曾经的魔兽争霸、英雄联盟等竞技项目中也经常拿下世界冠军。中韩在电竞领域算是老对手，在别的游戏中多次交手，各有胜负。

这场神迹嘉年华的 3V3 比赛由凌雪枫亲自坐镇指挥，双方激烈交战，一度把战局拖到了三十分钟。然而韩国那边战术大神也非常多，在彻夜研讨过中国队和美国队的比赛之后，他们专门针对楚彦制订了一套暗杀战术，一开场就用一盯一的方式拖住了凌雪枫和苏广漠，并迅速杀掉辅助楚彦。

楚彦一死，中国队这边立刻陷入劣势局面。

虽然凌、苏两人全力支撑也杀掉了对面的两人，但最后韩国队的刺客在关键时刻隐身逃走，并且成功绕背暗杀掉只剩血皮的凌雪枫，中国队遗憾落败。

国内对这场比赛的评价有好有坏。理智一些的观众都认为凌雪枫和苏广漠表现出色，在 2V3 的局面下能杀掉对面两人已经很不容易，赛场有输有赢，尽力就好。也有一些激进的网友在网上说他们三人的坏话，极尽所能地冷嘲热讽，“早就知道打不过韩国队的”“真给中国队丢脸”“每次都输给韩国，能不能给力一点”“大神也就这样了”。

当然，这些人都被三人的粉丝联手喷了回去。

程唯忍不住发了条微博：“每次输了比赛就是‘怎么那么菜啊，真丢人，打得好烂’——对于这些不问缘由乱骂一通的喷子，我只想送给你们一句话：You can you up，no can no bb！这是我练得最熟的一句英文了！”

程唯向来脾气直率，每次联盟出什么事，第一个跳出来的绝对是他，他不会顾虑到自己大神的身份而不敢说话，这家伙从来都是想到什么就说什么的直肠子。只要关注他的微博，便能知道神迹联盟最近发生了什么大事——他的反应简直比官方记者还要迅速。

谭时天转了这条微博，微笑的表情后面跟着一行字：“摸头，不理他们。”

爹毛的程唯每次都被谭队摸头安慰，他这次爹毛也是因为国内有些喷子骂得太难听。不过，网络上喷子多，大家早已习惯，尤其是各战队的大神们，早已练就了“自动过滤垃圾消息”“无视一切负面言论”的厚脸皮神功。

既然是职业选手，那必须有强悍的心理承受能力，这点风言风语还不至于对他们造成任何影响。

凌雪枫的表情非常淡定，韩国队的三人跑来隔音房握手的时候，凌雪枫只留下一句话："明年见。"

——就跟杰克·乔希当时跟他说的话一样。

这场比赛输掉的原因很多，在昨天打完美国队之后，韩国队专门研究了凌、苏、楚三人阵容的缺陷，在辅助一直被针对的情况下，中国队这边确实很难赢。即便苏广漠再影帝附身，昨天已经演过一次，美国队上当，韩国队就不可能再上同样的当。

不过让人欣慰的是，中国1队也以小组赛第二名的成绩出线进了八强。

赛后采访的时候，记者姚蓉主动问道："凌队，你觉得这场比赛输掉的关键原因是什么？"

凌雪枫直说道："应该是阵容问题，3V3对局不如6V6的团战稳定，韩国队是三个近战的菜刀队阵容，正好非常克制我和楚彦的远程。"

姚蓉是官方派去的记者，不会问太过尖酸刻薄的问题，听到这里就帮选手们圆场道："相信大部分理智的观众都能够理解，这一场比赛三位大神已经尽力了！恭喜中国队两支小队都进入八强，接下来的八强赛会改变赛制，凌队有信心吗？"

凌雪枫目光坚定："当然。"

这句话信心十足，也带给国内的观众极大的希望。

赛后，凌雪枫到后台休息室，顺手给李沧雨发了条短信："进八强了。"

李沧雨笑着回复："恭喜。"

嘉年华只有三天，今天必须比完八强淘汰赛，明天就是半决赛和总决赛的重头戏。

确定出线名额之后，六位嘉年华选手便紧跟着去后台准备八强的淘汰赛。上、下半区出线的八支队伍抽签对决，凌雪枫抽到法国队，谭时天抽到了英国队。

八强淘汰赛会改成三局两胜的赛制，双方各自选择一张地图，若前面两场平局，再打第三局的决胜局。

中国这边的选手对于比赛地图的研究非常透彻，在主场地图毫无意外地双双获胜。客场地图凌雪枫这边赢了，2:0 直接晋级；谭时天那边的小队输了，好在第三局的随机地图中又赢了回来，2:1 晋级。

这一届的四强，中国队晋级两支，另外两支是 A 组出线的韩国 1 队和 B 组出线的美国 2 队。

半决赛中，谭时天小队遇到韩国 1 队，这支队伍的队长是韩国战术素养最强的一位选手，开场就连续控住治疗柳湘，在大家以为他们要集火杀治疗的时候，三人却突进到后排，出人意料地强杀掉了远程弓箭手谭时天，形成 3V2 的局面。

谭时天小队在半决赛失利，这就意味着，南建刚主席当初所期待的“两队会师”局面不可能再出现。

事实上，这一届嘉年华牛刀小试，各国涌现的高手非常多，中国队哪怕再强，在世界嘉年华上独占鳌头的可能性也很小。

会师什么的只是美好的愿望而已，在强队如云的局面下，两队都能进四强，这已经是很好的结果了，国内对此也没有太大的争议。

隔壁赛场，凌雪枫三人在半决赛遇到从 B 组出线的美国 2 队，这支队伍的风格和杰克·乔希他们三人完全不一样，中国队打了半个钟头才艰难地取胜。

这样一来，凌雪枫三人组又一次跟韩国队在总决赛相遇，只不过，这次的是韩国 1 队，阵容跟小组赛遇到的韩国 2 队不太一样。

会不会连续输给韩国两场？国内的很多观众对此都忧心忡忡，在以前的 LOL 等竞技项目中，中国队经常输给韩国队，这让很多国内观众对中韩对决都有了心理阴影。

然而，凌雪枫告诉大家——同样的错误他不会犯第二次。

之前韩国队专门研究他们三人的阵容缺陷，开场快速秒杀掉楚彦，凌雪枫这回就利用这种阵容缺陷，让楚彦主动作为“诱饵”。

楚彦诱敌深入，以自己的死给队友争取了一次机会。

苏广漠开大招强势群攻入场，凌雪枫手速爆发迅速秒掉对面的两人，对方仅剩的刺客想要隐身偷袭，却被凌雪枫的黑乌鸦打出来，最终无奈地倒在苏广漠的剑下。

屏幕上弹出“Winner”的字样，凌雪枫和苏广漠、楚彦站起来击掌庆祝!

这次嘉年华 3V3 项目的最终结果是——凌雪枫小队拿下冠军，韩国队亚军，美国队季军。

中国有一队拿下冠军，两队都打进四强，也算是完美收官。

只不过，为了全力应对 3V3 项目，这一届的 1V1 项目中国队这边没有选手报名，冠军被美国的血族召唤师杰克·乔希拿走。

比赛结束后，凌雪枫来到后台，给李沧雨发去了一条短信：“我们拿下冠军了。”

本来是求鼓励、求表扬的意思，可奇怪的是，李沧雨那边一直没有回复，凌雪枫还以为他在现场太吵了没听见，就暂时收起了手机。

嘉年华的闭幕式暨颁奖典礼在当晚八点准时举办，中国的凌雪枫、苏广漠和楚彦一起举起了金奖奖杯。

虽然金奖很有纪念意义，但凌雪枫知道，嘉年华 3V3 项目的奖杯并不能代表中国队的实力。3V3 项目是双方直接交战打死对手就算赢，更偏向于娱乐性质；而 6V6 的团战会更加复杂多变，也更能考验团队的配合和指挥的战术运用。

——真正的冠军奖杯，应该是世界大赛的团体项目。

凌雪枫举起了奖杯，表情平静地看着台下黑压压的观众席。

今天现场的灯光太过强烈刺眼，他找不到李沧雨的身影，但他相信，明年，他还会站在这个颁奖典礼的舞台上。而那个时候，他的身边，会有李沧雨跟他并肩。

番外篇

时光战队

神级召唤师 2

SHENJI ZHAOHUANSHI Ⅱ

谭时天去时光战队报到的那天，队长徐落正好不在，他跟着战队经理来到训练室，一眼就看见了坐在门口戴着耳机看动漫的少年。那少年长着一张可爱的圆脸，眼睛又大又亮，盯着电脑屏幕看得很是认真，手里还抱着一大包薯片。

少年啃薯片的声音听起来格外清脆，吃东西的姿势，就像是一只饿坏了的小松鼠。

经理似乎见惯了这种场景，笑道："小唯，队里来新人了，徐队正好不在，你带他四处逛逛。"接着又回头给谭时天介绍道，"这位是程唯，时光战队的副队长，你应该听说过吧？"

谭时天关注神迹职业联赛许久，自然听说过大名鼎鼎的程唯。

第三赛季人才辈出，飞羽战队的谢树荣和时光战队的程唯分别拿下了"最具潜力新秀奖"和"赛季最佳新人奖"，这两位选手都是新人中的佼佼者，不过，谢树荣打完第三赛季后出国了，程唯则在赛季结束后接任了时光战队的副队长，他也是目前神迹职业联盟最年轻的副队长。据说他十六岁出道，如今也不过十七岁，确实称得上天才少年。

今天是谭时天第一次近距离接触传说中的程唯。作为刚来时光的新人，谭时天对程唯这位已经拿过奖的"前辈选手"自然是满心尊敬，当下立刻礼貌地朝程唯鞠了个躬，微笑着自我介绍道："程副队，你好，我叫谭时天，是刚来的新人，以后还请多多关照。"

新人见到副队，自然要毕恭毕敬，哪怕这位副队有一张可爱的脸，脸上稚气未脱，初来乍到的谭时天也不敢太随便。

他刚打完招呼，程唯便放下手里的薯片，转身看向谭时天，笑嘻嘻地道：

“你好新人！你叫什么来着？我刚才戴着耳机没听清。”

谭时天重复道：“我叫谭时天。”

程唯挠了挠脑袋，若有所思地道：“这名字有什么讲究吗？让我猜猜，你是初十生的，所以叫十天？”

谭时天微微一笑：“不是数字‘十’，是时间的时，天空的天。”

程唯点了点头：“这样啊！小谭你吃饭了没？”

小谭？这个昵称让他一时没反应过来，回过神后才礼貌地道：“还没有。”

程唯立刻热情地拉着他的手道：“走走走，我带你去吃好吃的！”

经理在旁边建议道：“现在正好是饭点，小唯你可以带新人熟悉一下战队的食堂。”

程唯点头如捣蒜：“好！我们战队伙食很不错，今天好像有红烧肉，一起去吃吧！”

萌新谭时天一路乖乖跟在程唯的身后，他比程唯高了整整一个头，年纪也比程唯大一岁，但程唯毕竟入队早，加上在竞争激烈的联盟拿了最佳新人奖，谭时天心里其实对他挺敬佩的。

然而，想象中的“天才少年”一到食堂就形象全无，端着盘子转眼间拿回来一堆好吃的，拿起筷子之后嘴巴就再也闲不住了，而且饭量大得出奇，转眼就将一大盘红烧肉一扫而光……

由于和程唯住同一间房的选手不久之前刚退役离开，谭时天就被经理安排跟程唯住一间。吃过饭后，程唯就积极地带着谭时天回宿舍，帮他安顿好行李，热情地说：“小谭啊，你不要客气，以后就把这里当成是自己的家，有什么困难都可以跟我说。”

程唯身为副队没有一点架子，为人热情活泼，对他这个新人也十分关照，这让谭时天心中颇为感动，立刻点头道：“谢谢副队。”

程唯个子矮谭时天太多，于是踮了踮脚尖，拍拍谭时天的肩膀，用一种前辈的语气说：“不客气！”

当天晚上，谭时天跟着程唯来到训练室，晚上八点整是时光战队的日常训练时间，程唯将谭时天介绍给了队友们，还井井有条地安排大家两两组队去打竞技场。虽然程唯年纪很小，当副队长当得却这么好，谭时天对程唯不禁刮目相看。

就这样平静地过了两天，因为家里有事请假回去的徐队终于回来了。

谭时天就是徐落亲自录取进时光战队的，对他来说，徐队就像他的伯乐，他心中对徐落大神自然多了分感激和敬重。然而，徐落见到他的第一句话就是：“小谭啊，你不要客气，以后就把这里当成是自己的家，有什么困难都可以跟我说。”

谭时天怔了怔——为什么这句话听着如此熟悉？

脑海中突然晃过程唯一边吃零食一边一本正经地跟他说这句话的场景，确实跟徐队的话一字不差。

谭时天有些哭笑不得，但还是认真点头道：“知道了，徐队。”

徐落带着他来到训练室，问大家：“我离开这两天，你们有没有按我的安排好好训练？”

众人齐声答道：“有！”

难道训练任务不是程副队安排的吗？谭时天心中疑惑，直到徐落将一份打印好的表格交给程唯，朝程唯道：“这是下周的训练安排，小唯，你发给大家。”程唯一边将表格分发给大家，一边认真重复道：“这是下周的训练安排！”

谭时天突然意识到，可能是自己想错了。

程副队这两天给大家发的安排表，看来都是徐队提前安排好的。

晚上一起吃饭的时候，谭时天找来比自己早半年进战队的队员陆逍，拐弯抹角地问了问徐队、程副队在队里分别负责的事务。

陆逍凑到谭时天耳边，神秘兮兮地道：“小唯在队里，其实只有一个任务。”

谭时天疑惑：“什么任务？”

陆逍轻笑出声：“帮徐队长传话。”

原来是个传话筒副队！怪不得，他进战队第一天听到的话，跟徐队后来和他说的话一模一样，这肯定是徐队交代程唯的吧？

在“传话”这件事上，程唯真是尽职尽责——如同复读机，一字不差！

谭时天忍着笑问：“怎么会这样？”

陆逍轻轻揉了揉额头，道：“别看小唯现在是副队长，但他本质上还是个没长大的小孩儿，没心没肺的，每天除了训练，就是吃零食、看动漫，真让他管理战队，徐队也不放心。”

谭时天这下明白了——表面上是“副队”，其实明明就是个“团宠”嘛！

怪不得这两天看见好几个队员外出购物，回来都会给程唯带些零食。谭时天起初还以为队员们在“讨好副队”，实际上，队员们是在“投喂团宠”吧！

想起程唯一本正经重复徐队话的样子，谭时天也觉得这家伙有种说不出的可爱。

别的战队一般是队长对外，制订比赛战术、担任赛场指挥；副队长对内，负责日常训练、调节队员们的心态。时光战队却是徐落队长负责一切比赛安排、训练安排，等等，程唯副队长只负责帮他传话。

小程唯被徐队保护得很好，也算是全联盟最幸福、最轻松的副队长了。

自从知道真相后，谭时天最初对程唯的“敬意”，很快就变成了对没长大的小朋友的“爱护”。

表面上程唯依旧是副队长，可谭时天却开始反过来照顾他。

比如，去超市买日常用品的时候，谭时天会记得买程唯爱吃的薯片、糖果、饼干等零食，回来投喂他；每天饭堂开饭的时候，要是有肉，谭时天就提前帮程唯打一份，这家伙特别爱吃肉，还长不胖；就连程唯追的动漫更新了，谭时天也会及时提醒他去看。

毕竟两个人住在一起，再加上谭时天的性格特别温柔，又很会照顾程唯，所以两个人的关系也渐渐变得亲密起来，成了无话不谈的好朋友。

在经过一个月的训练后，徐落突然单独找到谭时天，问道：“小谭，第四赛季很快就要开始，我想让你这个赛季就跟着队伍打比赛，你有信心吗？”

谭时天受宠若惊。陆逍是去年六月份来到时光战队的，到现在还没正式出道，他才来了一个月就能直接打比赛？想到这一点，谭时天便问道：“徐队，我记得一般都要在战队训练半年以上才能正式上场吧？”

“我们时光上赛季有几位老选手退役，队里青黄不接，我很欣赏你的天赋，想让你这赛季就跟着我打比赛，在赛场上多多磨炼，进步的速度比在训练营里练习要快得多。”徐落简单解释了原因，目光温和地看着谭时天道，“小谭，我就问你，有信心和那些大神交手吗？”

谭时天激动地点头：“当然有信心！”

徐落轻轻拍了拍他的肩膀，道：“我一直都想收个徒弟，不知道你愿不愿意当我的徒弟？”

谭时天看出徐队有心培养他，自然是求之不得，当下就给徐队倒了杯茶，恭恭敬敬地捧到他面前，微笑道：“谢谢师父！我一定会努力，不让您失望！”

徐落欣慰地接过茶：“我很看好你，以后加油吧，别让师父失望。”

谭时天果然没让师父失望。

第四赛季出道首秀，他在团战中直接拿了三杀，他的远程弓箭手总能在团战时找到最好的输出环境，飘忽不定的位移技巧让刺客也难抓到他，弓箭手的远程火力压制，再配上徐队和程唯的双白魔法师控场，时光战队在第四赛季常规赛的第一场就大比分获胜，赢得了开门红。

徐队徒弟的出现，让整个神迹联盟都为之轰动。

大家都认为，谭时天是比程唯更可怕的天才选手。程唯虽然手速快、打法犀利，可思维单纯，脑袋缺根筋，就像是没长大的小奶猫，对付起来会比较容易。谭时天却不一样，这个少年总是面带微笑，看上去温柔谦逊，可是，没有人能猜到他在想什么。

——这样心思缜密的人，在赛场上才最为可怕。

凌雪枫也很快注意到了谭时天，在时光和风色的常规赛交手中，擂台阶段，凌雪枫正好在最后守擂阶段和谭时天遇上，两人血量差不多，成败在此一举。

作为第一赛季就征战联盟的老选手，凌雪枫经验丰富，加上临场应变能力极强，这场比赛毫无疑问是凌雪枫赢了。但是，凌雪枫在比赛过程中也感受到了压力，谭时天的身上，除了初生牛犊不怕虎的锐气之外，还有很多新选手都做不到的沉稳。

自始至终，哪怕被凌雪枫逼入绝境，这个少年选手也从不紧张和慌乱，依旧镇定自若。在比赛结束后，他还很有礼貌地过来和凌雪枫握手，微笑着道：“凌队确实厉害，心服口服。”

凌雪枫见他面带微笑的淡定模样，难得赞了一句：“你也不错，徐落收你当徒弟，真是慧眼如炬。”

徐落在旁边哈哈笑道：“凌队过奖了，小谭还嫩着呢，需要你们这些大神多虐一虐。”

为了磨炼谭时天，常规赛阶段的第一轮，所有擂台赛徐落都让谭时天承担守擂的重任，谭时天肩上的压力不是一般的重。被各大战队的大神们轮番虐过一遍之后，谭时天的水平突飞猛进，成长速度惊人，在常规赛第二轮开始后，他已经能和很多战队的主力选手一较高下了。

在队内训练赛中，谭时天能跟程唯单挑打成平手，和师父徐落——当年的“五神”之一，神族最强白魔法师单独过招，他也有接近四成的胜算。

时光的队长徐落，当时年纪已经不小了，家里有很多事需要他处理，他一直打算退役，苦于找不到接班人。谭时天的出现，终于给了他希望。

徐落除了让谭时天磨炼个人技术之外，在常规赛第二轮的时候还亲自指导谭时天比赛时的大局观，教了他很多战术思路，平时的训练赛也让他尝试着指挥。还把跟谭时天关系很好的弓箭手陆逍也调去了主力队，让他们尝试着打配合。

徐队在培养接班人，准备退位的意图非常明显，时光即将大洗牌，队员们都感觉到了这一点，偏偏程唯毫无察觉，依旧没心没肺地每天追着他爱看的动漫、吃着薯片，过着无忧无虑的日子。

常规赛即将结束，时光战队顺利杀入季后赛。就在这时，徐落突然把谭时天叫过去，道：“小谭，你跟着我学了一个赛季，如今已经能独当一面。我早就说过这赛季结束后会退役，等我退役了，就由你来接任时光战队的队长吧。”

谭时天脸色一变，立刻反对道：“师父，我加入时光还不到一年，资历太浅，您直接把队长的位子给我，恐怕不能服众。而且，小唯是现任的副队长，您就算退役，也该把队长的位子给他。”

徐落轻笑出声：“小唯？你觉得我能指望他这个小屁孩去管好一支战队吗？”

想到那个整天抱着薯片啃的家伙，谭时天也觉得程唯很难担起队长的责任，便建议道：“我可以当副队长协助他。”

徐落摇头：“程唯这个副队当初是我临时安上去的，他在队里不怎么管事儿，大家都知道。小唯心性单纯，加上口无遮拦，面对记者经常说错话，真让他当队长，时光战队肯定会乱套。”

谭时天沉默下来，因为他知道徐队说得没错，程唯确实不是当队长的材料。

徐落目光温和地看着徒弟，语重心长道：“你确实资历浅，又很年轻，但我相信我的眼光。你遇到大事从不慌乱，更关键的是，在战术指挥上也非常有天赋。队长是一支战队的主心骨，时光需要你这样的队长来稳住军心。你如果不答应，也枉费师父对你的栽培了。至于小唯，他是难得一见的天才选手，但他脑袋缺根筋，不懂人情世故。你只要哄好他，以后，他自然会是你最得力的左膀右臂。”

师父都这么说了，谭时天只能点头：“好吧，我尽力。”

徐落这才放下心来，轻轻拍了拍徒弟的肩膀，道：“以后，时光战队就交给你们了。”

第四赛季，徐落退役，谭时天接任时光队长。

程唯知道这个消息后大发雷霆，一整天都没理谭时天，一个人躲在屋里拼命敲键盘打游戏，几乎要把键盘给敲碎。谭时天听着屋里的动静，心里无奈，只好柔声哄他：“小唯，你还生我的气呢？我不是故意不告诉你的，是师父让我先不要公布。”

“砰”的一声，一只鼠标砸了过来，谭时天准确地接住，摸着鼻子轻笑：“你这机械鼠标也用了好几年吧？不太灵敏，我改天给你买只新的。”

程唯瞪大眼睛，眼眶都红了："你才来时光一年，徐队怎么会让你当队长？"

谭时天走过去把鼠标放回桌上，耐心解释道："本来，按照资历来说，应该是你当队长，我当副队，但徐队怕你当队长会太累。每次赛季开始之前，队长都要去开会，还要接受媒体记者的采访，还得跟赞助商见面，配合经理安排各种广告拍摄，按照赛程安排训练和战术……"

程唯听得头晕，忙打断他："行了行了，我知道我不是当队长的料！但是，也不该是你吧？你明明入队的时间最晚，徐队让你当队长，大家能服气吗？"

谭时天微微一笑，目光颇为自信："我当然有办法让他们服气。"

程唯"哼"了一声，语气十分不屑："我才不信！就你这么年轻，队里有的是比你资历老的选手，他们能听你指挥吗？别以为队长很好当！"

"如果我有办法让大家都服我呢？"谭时天笑眯眯地看着程唯道，"以后，你能不能也听我的话？"

程唯心里十分别扭，他拿过第三赛季的最佳新人奖，算是谭时天的"前辈"，结果却要他听谭时天的话，他能服气吗？

谭时天看着程唯气鼓鼓的样子，忍不住伸出手用力揉了揉程唯软软的脑袋："我会让你心服口服的。"

程唯被他的手给揉晕了，等反应过来时，谭时天早已经扬长而去。

怒火攻心的程唯立刻追了上去，道："谭时天，你知不知道男人的头是不能揉的！我本来就长得比你矮，你这算什么意思？"

对着卧室门骂了半天，里面毫无动静，程唯一脚踹开门，却发现谭时天早就离开了宿舍。

他这是骂空气呢！

程唯气得胃疼，一路追到训练室，结果走到门边，就听谭时天正在跟队员们训话："既然徐队退役的时候把队长的位子交给了我，证明我在他眼里还是有一定实力的，你们就算不信我，也该信徐队的眼光。"

训练室里鸦雀无声，谭时天微笑着扫过众人，温言道："我知道我入队时间晚，资历比大家都浅，听我的指挥，可能会让很多人心里觉得别扭。没关系，大家可以慢慢适应。以后不管有什么意见，都可以私下提出来，但是在赛场上，请一定听我的指挥，不听指挥可是比赛时的大忌。联盟强队那么多，我想，大家也不希望我们时光战队，还没被对手打崩，内部就先崩盘了吧？”

谭时天说话的语气非常温和，脸上始终带着笑容。哪怕有人心里不服他，他如此谦虚、客气，表面上，大家也不好直接反驳他。

程唯原本怒气冲冲来找谭时天算账，结果听完他这一席话，倒是把自己要算账的事给忘了，反而挠着头，心情复杂地想，当队长真麻烦，就谭时天这大段大段的官方话，自己别说是想出来，照着念都不一定能念对，还是当副队轻松！

徐落的退役对时光战队来说，无疑是巨大的打击，谭时天新队长上任，压力自然很大。趁着休假期，他紧锣密鼓地调整阵容、安排训练，由于他对队员们的态度非常谦虚温和，就算有人犯错他也会很客气地私下提出来，大部分年轻队员都已经认可了谭时天这位队长，一些元老见他如此客气，也不好明着作对。

时光战队只用了短短半个月就恢复了士气，调整后的阵容也渐渐强大。

新赛季开始，大部分战队都认为，时光没了徐落，就像是老虎缺了锋利的牙齿，不足为惧。谭时天？那不过是个才入联盟一年的新人，年纪轻轻的能有多大本事？

然而，第一个这样想的队伍，就在常规赛的对决中被谭时天的新颖战术打得落花流水！

赛后用上帝视角回看录像，大家才发现，时光战队的两位远程弓箭手，在白魔法师的层层保护之下，居然打出了十几万的输出！

数据一放出来，整个神迹联盟都为之震惊！

风色队长凌雪枫言简意赅地评价：“真正的风筝流出现了。”

飞羽队长苏广漠关注了谭时天的微博，点赞、转发，还说：“期待交手。”

风色和飞羽那可是拿过冠军的战队，这两位队长在联盟的地位自然不需多说。时光战队原本不服谭时天的人全部闭了嘴，因为，身为时光的队员，他们最能切身体会到谭时天的厉害之处！

——冷静，可怕的冷静。

大家都记得这一场比赛，年轻的队长，双手稳稳地放在键盘上，面带着微笑平静地说：“全队后退五米，魔法师群控，弓箭手大招准备——放！”

两秒后，敌人踏入包围圈，死亡箭雨落下，对方团灭。

时光战队的众人都快惊呆了。谭时天对技能释放时间、攻击距离的精确计算，对赛场时机、地形的恰当把握，简直可以用“天才”两个字来形容。

有这样强有力的指挥，队员们心里别提有多激动了。程唯原本对谭时天很不服气，可如今，他却不得不服——谭时天就算加入联盟的时间比自己晚一年，可谭时天的身上，确实有种让人信服的魄力。

接下来的比赛，在谭时天的率领之下，时光战队状态好得出奇，在常规赛一口气打出五连胜的战绩，谭时天的“风筝流战术”也让无数战队头疼。

赛季中旬接受记者采访时，谭时天依旧谦虚地说，自己还年轻，还需要学习——虽然那时候的他，已经得到了职业联盟的广泛认可。

程唯心里的不服气渐渐消失殆尽，只是面子上过不去，总觉得自己这么快屈服在新队长的威望之下也太没出息了，怎么说也该抵抗一两个月吧？毕竟当初谭时天入队，还是他亲自带着谭时天熟悉战队环境的，那时候他总是摆出前辈的架势叫谭时天“小谭”，现在要改口叫“谭队”还真是改不过来。

这天跟风色的比赛结束后，很少夸人的凌雪枫也给了谭时天极高的评价，说他“年轻有为”，是“非常出色的队长”，这下，谭时天在联盟的地位可以算是真正地稳定了。

程唯心里闷闷不乐——当年他拿到最佳新人奖的时候，高冷的凌队一句都没夸他，怎么到了谭时天，就变成“年轻有为”了？

回到酒店，程唯去楼下闲逛买零食，结果南方的天气阴晴不定，突然下起了暴雨。眼看就要淋成落汤鸡，程唯正打算冒雨回去，就在这时，一把大伞稳稳地撑在了自己的头顶。

程唯怔了怔，抬头一看，对上谭时天深沉的眼睛。

年轻的队长微笑着道：“我就猜到你来楼下觅食了。”

程唯有些不好意思地移开视线："什么觅食！说得我像是某种动物一样。"

可不就是饿坏了的小松鼠吗？

谭时天心里这么想，但不敢说出来，便转移话题道："今天听见凌队夸我年轻有为，心里是不是不舒服？我受到的认可越多，你就越觉得别扭。我明明资历比你浅啊，怎么大家都夸我不夸你了？"

被戳穿心思的程唯脸颊猛然一红——听谭时天这么一说，怎么觉得他像个小孩子似的？

谭时天轻叹口气，柔声道："其实，你应该高兴有我在。徐队退役后，我们必须挑起时光战队的大梁。如果没有我，这重担落在你的肩膀上，你还不被压得喘不过气来？"

程唯知道他说得有道理，难得的没有反驳，乖乖站在他身边低头不语。

谭时天看着他垂下脑袋的模样，心里不由一软，微笑着环住他的肩膀，说："你放心，以后我一定会拼尽全力，为时光战队撑起一把遮风挡雨的伞。你只要乖乖待在伞下，别乱跑就行啦。"

程唯被说得面红耳赤，抬头瞪谭时天："我又不是三岁小孩儿！"

谭时天道："没错，你只是十八岁的小孩儿。"

程唯伸手要打他，谭时天灵活地躲开，两人在雨里打打闹闹，但谭时天的伞却一直撑在程唯的头顶，体贴地照顾着他，没让他被雨淋湿。

站在酒店阳台上的风色副队长颜瑞文，看见这一幕，忍不住好笑地说："时光的'谭程组合'真是一对活宝，就跟小孩儿似的。"

凌雪枫听见这话，走到窗边看了眼楼下打闹的两人，淡淡地道："程唯是时光战队的团宠，确实有些孩子气，但不得不承认，他在游戏上天赋极高。谭时天为人冷静稳重，又很会顺毛哄着程唯，两个人性格互补，打法上也正好互补。谭、程这两人，以后一定会成为神迹联盟的王牌组合。"

颜瑞文若有所思："这么看，时光战队，以后会是我们的劲敌了吧？"

凌雪枫淡淡道："多一些劲敌，打比赛才更有趣味。"

那一年，时光战队最年轻的队长谭时天，以风筝流战术在神迹联盟初显锋芒，程唯依旧没心没肺当着最清闲的副队长。

谭程组合，后来果然成了神迹职业联盟的王牌组合之一。但两人的相处模式很多人都不懂，总觉得谭时天宠程唯太过了——哪有什么都不做，整天惹事的副队长？

只有谭时天知道，徐落离开前曾经跟他说过一句话，程唯就像是单纯的小奶猫，顺毛摸，他会成为你最强的助力；如果逆着摸，他奓毛反咬你一口，也能让你遍体鳞伤。

最初，他是按师父的教诲，尽量地顺着程唯，好让程唯乖乖听他的指挥。但是后来，他宠着程唯、顺着程唯太久，也就慢慢地变成了习惯。比如，每次外出他会忍不住带零食投喂程唯；偶尔在一些无关紧要的小事上逗逗他，看他气鼓鼓地瞪大眼睛，听他语速飞快、如同机关枪扫射一样地骂人。

谭时天知道程唯没什么心机，他很喜欢和这个单纯的家伙在一起，打打闹闹，吵吵嚷嚷，枯燥的训练过程中，有叽叽喳喳的程唯在，日子也过得生动了许多。

两个人并肩走过这么多年，早就习惯了如此相处。

其中乐趣，外人又怎能体会？